Дж. Р. Р.
ТОЛКИН

Дж. Р. Р. ТОЛКИН

Под редакцией КРИСТОФЕРА ТОЛКИНА

БЕРЕН И ЛУТИЭН

Иллюстрации АЛАНА ЛИ

Издательство АСТ

Москва

УДК 821.111-312.9
ББК 84(4Вел)-44
Т52

Серия «Толкин — творец Средиземья»

John R.R. Tolkien
BEREN AND LUTHIEN
illustrated by Alan Lee

Originally published in the English language by HarperCollins Publishers Ltd.
under the title Beren and Luthien

All text and materials by J.R.R Tolkien
Под редакцией Кристофера Толкина

Иллюстрации *Алана Ли*

Перевод с английского *С.Б. Лихачевой*

Компьютерный дизайн *Г.В. Смирновой*

Печатается с разрешения издательства HarperCollins Publishers Limited и
литературного агентства Andrew Nurnberg.

Толкин, Джон Рональд Руэл.
Т52   Берен и Лутиэн (с илл. Алана Ли) / Джон Р.Р. Толкин ; [перевод с английского С.Б. Лихачевой]. — Москва: Издательство АСТ, 2022. — 288 с. — (Толкин — творец Средиземья).

ISBN 978-5-17-107695-5

Перед вами — история о настоящей любви и верности, мужестве и отваге.

Берен, простой смертный, отважился просить себе в жены у эльфийского короля Тингола его дочь, красавицу Лутиэн. Поистине невыполнимое задание поставил перед смельчаком владыка Дориата: принести ему Сильмариль, драгоценнейшее творение Феанора, тот самый Камень, что вделал в свою корону Чёрный Властелин Моргот...

Кристофер Толкин рассказывает об эволюции поэмы «Берен и Лутиэн», о том, как развивался замысел одного из трех ключевых эпизодов, трех великих сюжетов «Сильмариллиона».

УДК 821.111(73)-313.9
ББК 84(4Вел)-44

*Посвящается Бейли**

---

* Бейли Толкин (урожденная Класс) — вторая жена Кристофера Толкина. — *Примеч. пер.*

От переводчика:
о передаче имен и названий

П редваряя непосредственно текст, скажем несколько слов о переводческой концепции передачи имен и названий. Транслитерация имен собственных, заимствованных из эльфийских языков, последовательно осуществляется в соответствии с правилами чтения, сформулированными Дж.Р.Р. Толкином в Приложении Е к «Властелину Колец» и перенесенными на русскую орфографию. Оговорим лишь несколько наименее самоочевидных и вызывающих наибольшие споры подробностей. Так, в частности:

<L> смягчается между [e], [i] и согласным, а также после [e], [i] на конце слова. Отсюда — Бретиль (*Brethil*), Мелько (*Melko*), но Улмо (*Ulmo*), Лутиэн (*Luthien*); Эльвэ (*Elwë*), но Олвэ (*Olwë*).

<TH> обозначает глухой звук [θ], <DH> обозначает звонкий [ð]. Эти фонемы не находят достаточно точных соответствий в русском языке и издавна следуют единой орфографической замене через "т" и "д". Мы передаем графическое *th, dh* через "т" и "д" соответственно. Например — Тингол (*Thingol*), Маэдрос (*Maedhros*).

<Е> обозначает звук, по описанию Толкина примерно соответствующий тому же, что в английском слове *were*, то есть не имеющий абсолютно точного соответствия в русском языке. Попытки использовать букву "э" всюду, где в оригинале имеется звук [е] после твердого согласного, то есть практически везде, представляются неправомерными. Звук [э] русского языка, при том, что он, строго говоря, и не соответствует стопроцентно исходному, будучи передаваем через букву "э", создает комичный эффект имитации "восточного" акцента. Та же самая цель (отсутствие смягчения предшествующего согласного) легко достигается методами, для русского языка куда более гармоничными: в словах, воспринимающихся как заимствования, согласный естественным образом не смягчается и перед "е" (так, в слове "эссе" предпоследний согласный звук однозначно твердый).

В системе транслитерации, принятой для данного издания, в именах и названиях, заимствованных из эльфийских языков, буква "э" используется:

— на конце имен собственных, заимствованных из эльфийских языков (тем самым позволяя отличить эльфийские имена от древнеанглийских): Финвэ (*Finwë*) (но Эльфвине (*Aelfwine*)).

— в начале слова и в дифтонгах (во избежание возникновения звука [j]): Галадриэль (*Galadriel*), Эгнор (*Egnor*).

В большинстве же случаев для передачи пресловутого гласного звука используется буква "е": Берен (*Beren*), Белерианд (*Beleriand*).

В языке квенья *ui, oi, ai, iu, eu, au* — дифтонги (то есть произносятся как один слог). Все прочие пары гласных (напр.

ёа, ёо) — двусложные. В языке синдарин дифтонги — *ae, ai, ei, oe, ui, au.* Тем самым, в таких именах и названиях, как Эсгалдуин, Гаурхот, Таур-на-Фуин, «уи»/«ау» прочитывается как один слог: «уй»/«ав» («Эсгалдуйн», «Гаврхот», «Тавр-на-Фуйн»). Прецедент взят из академических изданий переводов с языков, где присутствуют дифтонги, в которых первый элемент является слоговым, а второй — нет.

Для ряда этнонимов в тексте оригинала используются формы множественного числа, образованные по правилам грамматики соответствующих эльфийских языков (*Noldor, Eldar, Noldoli*), но не правилам английской грамматики. В силу этой причины те же формы мы используем в русском переводе как несклоняемые существительные (*нолдор, эльдар, нолдоли* и т.д.).

Согласно правилам постановки ударения в эльфийских именах и названиях, изложенным Дж.Р.Р. Толкином в Приложении E к «Властелину Колец», ударение в эльфийских языках квенья и синдарин падает на второй от конца слог в двусложных словах (На́рог, Финро́д). В словах с бо́льшим количеством слогов ударение падает на второй от конца слог, если этот слог содержит в себе долгий гласный звук, дифтонг или гласный звук, за которым следует два или более согласных (Калаки́рья, Куиви́энен, Финго́лфин). В противном случае ударение падает на предыдущий, третий от конца слог (Ме́лиан, Лу́тиэн, Фе́анор). В «Списке имен и названий» в конце книги для удобства читателя в эльфийской ономастике проставлены ударения.

Отдельного уточнения заслуживает название *Нарготро́нд.* Согласно вышеизложенному правилу, в данном случае ударение должно падать на второй от конца слог, поскольку он содержит в себе гласный звук, за которым следует два или более согласных (Нарго́тронд). Однако на протяжении всей поэмы сам автор последовательно ставит ударение на первый слог (На́рготронд) — в противном случае нарушалась бы ямбическая метрика стиха:

…Thus Felagund in Nargothrond… (VI.35)
…the Gnomes of Nargothrond renowned… (VI.67)
…before the gates of Nargothrond… (VI.89)
…singing afar in Nargothrond… (VII.510)

В переводе мы сохраняем авторскую постановку ударения.

Содержание

Иллюстрации

«…однако теперь увидел Берен в сумерках танцующую Тинувиэль…» (см. цветная вклейка 1(*а*))

«…но Тевильдо, заприметив ее там, где угнездилась она, воскликнул…» (см. цветная вклейка 1(*б*))

«…но вместо листьев — вороньё / крича, расселось в полумгле / и на ветвях, и на стволе…» (см. цветная вклейка 1(*в*))

«Вот волки номов взяли в круг, / объял нарготрондцев испуг». (см. цветная вклейка 1(*г*))

«Тогда братья ускакали прочь, однако ж, уезжая, предательски выстрелили в Хуана» (см. цветная вклейка 2(*а*))

«…В плащ запахнувшись, на мосту / она запела…» (см. цветная вклейка 2(*б*))

«…с заоблачных хребтов / вниз ринулся Король Орлов». (см. цветная вклейка 2(*в*))

«…пред взором Моргота взвилась / и, в вихре танца закружась, / тенёта морока свила…» (см. цветная вклейка 1(*г*))

«Воистину, то Сильмариль сияет на Западе?» (см. форзац)

Предисловие

После публикации «Сильмариллиона» в 1977 году я потратил несколько лет на изучение предыстории этого труда и написал книгу, которую назвал «История "Сильмариллиона"». Позже она легла в основу первых томов «Истории Средиземья», — в несколько сокращенном виде.

В 1981 году я наконец написал Рейнеру Анвину, в подробностях рассказав о том, что делал до сих пор и продолжаю делать. На тот момент, как я ему сообщил, рукопись насчитывала 1968 страниц, имела шестнадцать с половиной дюймов в ширину, и для публикации совершенно очевидно не годилась. Я сказал ему: «Если и/или когда вы эту книгу увидите, вы сразу поймете, почему я утверждаю, что невозможно и помыслить о том, чтобы ее издать. Текстологический и прочий анализ слишком подробен и доскональен; размер ее (который со временем вырастет еще более) непомерен. Я проделал эту работу отчасти для себя самого, чтобы все разложить по полочкам, и еще потому, что мне хотелось знать, как на самом деле весь этот замысел возник и постепенно эволюционировал, начиная с самых ранних вариантов...

Если у таких изысканий и есть будущее, мне бы хотелось по возможности позаботиться о том, чтобы все последующие исследования «литературной истории» Дж.Р.Р.Т. не превратились в чушь только потому, что ход ее развития как таковой будет истолкован неправильно. Хаотичность и неразборчивость многих бумаг (одна и та же страница исчеркана редактурой в несколько слоев, ключевые подсказки содержатся на обрывках и клочках, разбросанных по всему архиву, на оборотной стороне тех или иных работ записаны уже другие тексты, рукописи разрознены и в беспорядке, местами почти или вовсе нечитаемы) просто не поддаются описанию...

Теоретически я мог бы подготовить не одну книгу на основе "Истории": есть множество возможных вариантов, по отдельности и в сочетаниях. Так, например, я мог бы составить сборник о «Берене», включив туда исходное «Утраченное сказание»*, «Лэ о Лейтиан» и статью об эволюции легенды. Я бы, пожалуй, предпочел (если бы, по счастью, дело и впрямь дошло до такого издания) скорее рассмотреть одну отдельно взятую легенду в развитии, нежели опубликовать все «Утраченные сказания» сразу; но в таком случае подробное изложение оказалось бы весьма затруднительным — пришлось бы постоянно объяснять, что происходит где-то в других местах, согласно другим неопубликованным сочинениям».

Я писал, что с удовольствием подготовил бы книгу под названием «Берен» в соответствии с предложенным форматом: но «организация материала представляет проблему: нужно, чтобы история была понятна без избыточного вмешательства редактора».

На тот момент я имел в виду именно то, что написал: я не думал, что такая публикация возможна иначе как в виде од-

---

* «Утраченные сказания» — название легенд «Сильмариллиона» в их первоначальном варианте.

ной отдельно взятой легенды «в развитии». И теперь, получается, я сделал именно это — даже не вспомнив о том, что говорил в письме к Рейнеру Анвину тридцать пять лет назад: я напрочь о нем позабыл до тех пор, пока оно случайно не подвернулось мне под руку, когда книга уже была почти готова к печати.

Однако есть существенная разница между нею и моим первоначальным замыслом, а именно: совершенно другие условия. С тех пор значительная часть колоссального количества рукописей, относящихся к Первой эпохе, или Древним Дням, увидела свет на страницах подробно откомментированных изданий: главным образом в составе серии «История Средиземья». Книга, посвященная развитию легенды о «Берене», о которой я упомянул Рейнеру Анвину в качестве идеи для возможной публикации, представила бы читателю обширный материал, на тот момент не известный и не доступный. Но в настоящем издании не содержится ни единой страницы неопубликованного оригинала. Тогда зачем такая книга нужна?

Попытаюсь дать ответ (ожидаемо неоднозначный) — один или даже несколько. Во-первых, вышеупомянутые издания имели целью представить тексты как наглядную иллюстрацию довольно эксцентричного метода работы моего отца (что на самом-то деле зачастую бывал обусловлен внешним давлением) и тем самым выявить последовательность стадий в развитии повествования и обосновать мое истолкование текстологических свидетельств.

В то же время Первая эпоха в «Истории Средиземья» в этих книгах воспринималась как *история* в двояком смысле. Это действительно история — хроника жизней и событий в Средиземье; но это еще и история смены литературных концепций с течением лет; таким образом, повесть о Берене и Лутиэн растянулась на много лет и несколько книг. Более того, поскольку легенда эта тесно переплелась с медленно формирующимся «Сильмариллионом» и в конце концов стала одним из ключевых его эпизодов, развитие ее отражено в последовательности рукописей, в которых речь идет преимущественно об истории Древних Дней в целом.

Вот почему проследить историю Берена и Лутиэн как цельное, связное повествование по «Истории Средиземья» очень непросто.

В часто цитируемом письме от 1951 года отец назвал эту историю «главным из преданий "Сильмариллиона"» и писал о Берене так: «изгой из рода смертных добивается успеха (с помощью Лутиэн, всего лишь слабой девы, пусть даже эльфийки королевского рода) там, где потерпели неудачу все армии и воины: он проникает в твердыню Врага и добывает один из *Сильмарилли* Железной Короны. Таким образом он завоевывает руку Лутиэн и заключается первый брачный союз смертного и бессмертной.

История как таковая (мне она представляется прекрасной и впечатляющей) является героико-волшебным эпосом, что сам по себе требует лишь очень обобщенного и поверхностного знания предыстории. Но одновременно она — одно из основных звеньев цикла, и, вырванная из контекста, часть значимости утрачивает».

Во-вторых, в данной книге я преследовал двоякую цель. С одной стороны, я попытался обособить историю Берена и Тинувиэли (Лутиэн), так, чтобы представить ее отдельно, насколько это возможно (на мой взгляд) без искажений. С другой стороны, мне хотелось показать, как это основополагающее предание развивалось в течение многих лет. В моем предисловии к первому тому «Книги утраченных сказаний» я писал об изменениях в легендах:

> В истории самой истории Средиземья по ходу ее развития редко случалось так, что отдельные элементы отвергались напрямую — чаще имели место постепенные, поэтапные преобразования (например, тот процесс, в результате которого сюжет о Нарготронде соприкоснулся с преданием о Берене и Лутиэн, — в «Утраченных сказаниях» на эту связь даже не намекалось, при том, что оба элемента уже существовали). Примерно так же складывается легендариум у разных народов — как творение многих умов и поколений.

Ключевая особенность этой книги заключается в том, что процесс развития легенды о Берене и Лутиэн представлен подлинными текстами моего отца — его же собственными словами. Мой метод таков: я использую отрывки из гораздо более пространных рукописей, в стихах и в прозе, созданных на протяжении многих лет.

Благодаря этому стало возможным представить вниманию читателя целые фрагменты, содержащие детальные описания или исполненные драматического накала, что теряются в конспективном и сжатом пересказе, характерном для значительной части повествования «Сильмариллиона»: обнаруживаются даже элементы сюжета, впоследствии полностью утраченные. Например, допрос Берена, Фелагунда и его спутников, замаскированных орками, Некромантом Ту (первое появление Саурона), или появление зловещего Тевильдо, Князя Котов, который, при всей мимолетности его литературной жизни, несомненно, заслуживает, чтобы его помнили.

И наконец, я процитирую еще одно из моих предисловий — к «Детям Хурина» (2007):

Не приходится отрицать, что очень многим читателям «Властелина Колец» легенды Древних Дней абсолютно неизвестны, разве что понаслышке — как нечто странное и невразумительное по стилю и манере изложения.

Не приходится отрицать также и то, что пресловутые тома «Истории Средиземья» действительно могут показаться устрашающими. Объясняется это тем, что процесс создания отцовского легендариума был по сути своей непрост: основная цель «Истории» состояла в том, чтобы в нем разобраться — и, таким образом, представить предания Древних Дней как творение, (якобы) непрерывно меняющееся.

Полагаю, объясняя, почему тот или иной элемент предания был в итоге отвергнут, отец мог бы сказать: «со временем я понял, что все было не так», или «я осознал, что это имя — неправильное». Изменчивость преувеличивать не стоит: несмотря ни на что, многие основополагающие элементы оставались незыблемыми. Но, подготавливая эту книгу, я, безусловно, надеялся, что смогу показать, как создание древнего легендариума Средиземья, изменяющегося и разрастающегося за многие годы, отражало стремление автора представить миф наиболее желанным ему образом.

В своем письме к Рейнеру Анвину от 1981 года я отмечал, что, в случае, если я ограничусь одной отдельно взятой легендой из числа всех тех, что вошли в книгу «Утраченных сказаний», «подробное изложение оказалось бы весьма затруднительным — пришлось бы постоянно объяснять, что происходит где-то в других местах, согласно другим неопубликованным сочинениям». В отношении «Берена и Лутиэн» мои предположения оправдались. Необходимо было найти какое-то решение, ведь Берен и Лутиэн, вместе со своими друзьями и врагами, жили, любили и умерли не на пустой сцене, в одиночестве и без какого-либо прошлого. Потому я прибег к тому же методу, что и в «Детях Хурина». В предисловии к той книге я писал:

> Таким образом, из собственных слов моего отца бесспорно явствует: если бы ему только удалось закончить и привести к финалу повествование в желаемом ему объеме, он воспринимал бы три «Великих Предания» Древних Дней (о Берене и Лутиэн, о детях Хурина и о падении Гондолина) как произведения вполне самодостаточные и не требующие знакомства с обширным корпусом легенд, известным как «Сильмариллион». С другой стороны <…> сказание о детях Хурина неразрывно связано с историей эльфов и людей в Древние Дни и неизбежно содержит в себе изрядное количество ссылок на события и обстоятельства предания более масштабного.

Потому я привел «сжатое описание Белерианда и населяющих его народов в конце Древних Дней» и включил «список имен и названий, встречающихся в тексте, с краткими пояснениями к каждому». Для данной книги я заимствовал из «Детей Хурина» это сжатое описание, отчасти подсократив его и подправив в соответствии с настоящим изданием; а также и добавил список всех имен и названий, встречающихся в текстах, — в данном случае, сопроводив их пояснительными комментариями самого разного толка. Все эти дополнения не то чтобы важны; они задумывались просто в помощь тем, кто в этом нуждается.

Стоит упомянуть и об еще одной проблеме, которая возникает вследствие слишком частой смены имен. Настоящая книга не ставит целью четко и последовательно отследить преемственность имен и названий в текстах разных периодов. Потому в данном отношении я не соблюдал какого-то определенного правила: в силу тех или иных причин, в одних случаях я проводил различие между ранними и поздними вариантами, в других — нет. Нередко мой отец исправлял какое-то имя в рукописи по прошествии времени, иногда очень долгого, и притом не последовательно: например, заменял *Elfin* на *Elven**. В таких случаях я оставлял одну-единственную форму *Elven*, или *Белерианд* вместо раннего *Броселианд*; в других ситуациях я сохранял оба варианта, как, например, *Тинвелинт/Тингол, Артанор/Дориат*.

Таким образом, эта книга по своему назначению радикально отличается от томов «Истории Средиземья», откуда, в сущности, заимствована. Она со всей определенностью не задумывалась как дополнение к этой серии. Перед нами — попытка вычленить один повествовательный элемент из масштабного, необычайно богатого и сложного труда; но это повествование, история о Берене и Лутиэн, само непрестанно развивалось и обогащалось новыми связями, все глубже врастая в более обширный контекст. Решение о том, что из этого древнего мира «в целом» включать или не включать в книгу, неизбежно оказывается субъективным и неоднозначным: в таком предприятии «единственно правильного способа» нет и быть не может. Однако в целом я делал выбор

---

* И тот и другой вариант написания означают 'эльфийский'. — *Примеч. пер.*

в пользу понятности и старался не злоупотреблять разъяснениями, опасаясь, что они пойдут вразрез с главной задачей и методологией данной книги.

Подготовленная мною на девяносто третьем году жизни, эта (предположительно) моя последняя книга в долгой серии публикаций трудов моего отца, прежде по большей части неизданных, весьма примечательна по сути своей. Данное предание выбрано *in memoriam**, поскольку корнями своими оно так прочно вросло в жизнь самого автора и поскольку он так много размышлял о союзе Лутиэн, которую называл «величайшей из эльдар», и смертного Берена, об их судьбах и об их посмертии.

С этим преданием я познакомился на заре жизни — в самых ранних моих воспоминаниях сохранилась конкретная его подробность, а не просто общее ощущение от того, что мне рассказывают сказку. Отец поведал мне эту легенду, по крайней мере, частично, вслух, не зачитывая, в начале 1930-х гг.

Та подробность, что до сих пор стоит перед моим мысленным взором, — это вспыхивающие во тьме подземелий Ту волчьи глаза, по мере того, как волки появлялись один за другим.

В письме ко мне о моей матери, написанном в тот же самый год, как она умерла, — и за год до собственной смерти, — отец говорит о своем всепоглощающем чувстве утраты и о своем пожелании написать на могиле под ее именем — «Лутиэн». В этом письме (как и в том, что процитировано на стр. 33 настоящей книги) он возвращается к зарождению

---

* В память (*лат.*). — *Примеч. пер.*

предания о Берене и Лутиэн на небольшой лесной полянке, поросшей болиголовами, под Русом, в Йоркшире, где мама танцевала, и добавляет: «Но легенда исказилась, я — оставлен, и *мне* не дано просить перед неумолимым Мандосом».

Примечание о Древних Днях

Ощущение временно́й бездны, в которую уходит корнями эта история, убедительно передано в достопамятном отрывке из «Властелина Колец». На великом совете в Ривенделле Эльронд рассказывает о Последнем Союзе эльфов и людей и о поражении Саурона в конце Второй эпохи, более трех тысяч лет назад:

> Эльронд надолго умолк — и вздохнул.
> — Ясно, как наяву, вижу я великолепие их знамен, — промолвил он. — Оно напомнило мне о славе Древних Дней и воинствах Белерианда — столь много великих владык и полководцев собралось там. И однако ж не столь много и не столь блистательных, как в ту пору, когда рухнул Тангородрим и подумалось эльфам, будто злу навеки положен конец — но они заблуждались.

— Ты помнишь? — потрясенно воскликнул Фродо, не замечая, что говорит вслух. — Но мне казалось... — смущенно пробормотал он, едва Эльронд обернулся к нему, — мне казалось, Гиль-галад погиб давным-давно — целую эпоху назад.

— Воистину так, — печально отозвался Эльронд. — Но в памяти моей живы и Древние Дни. Отцом моим был Эарендиль, рожденный в Гондолине до того, как пал город; а матерью — Эльвинг, дочь Диора, сына Лутиэн Дориатской. Перед моими глазами прошли три эпохи на Западе мира, и множество поражений, и множество бесплодных побед*.

О Морготе

Моргот, Черный Враг, как со временем его стали называть, это изначально — как сообщает он захваченному в плен Хурину, — «Мелькор, первый и могущественнейший среди Валар; тот, кто был до сотворения мира»**. Теперь же, навеки воплощенный и принявший обличие гигантское и величественное, пусть и ужасное, он, король северо-западных областей Средиземья, физически пребывает в своей огромной твердыне Ангбанд, Железные Преисподни: над вершинами Тангородрима, гор, воздвигнутых им над Ангбандом, курится черный смрад, что пятнает северное небо и виден издалека. В «Анналах Белерианда» сказано, что «врата Моргота находились всего лишь в ста пятидесяти лигах от Менегротского моста; далеко, и все же слишком близко»***. Здесь имеется в виду мост, подводящий к черто-

---

* ВК, II.2. — *Примеч. пер.*
** «Неоконченные предания», стр. 67. — *Примеч. пер.*
*** Имеются в виду «Серые Анналы», опубликованные в HOME XI, стр. 15; эта же фраза дословно повторена в опубликованном «Сильмариллионе» (глава «О синдар»). — *Примеч. пер.*

гам эльфийского короля Тингола; чертоги эти звались Менегрот, Тысяча Пещер.

Но, как существу воплощенному, Морготу был ведом страх. Мой отец писал о нем так: «…В то время, как росла его злоба, — росла и воплощалась в лживых наветах и злобных тварях, таяла, перетекая в них же, и его сила — таяла и рассеивалась; и все неразрывней становилась его связь с землей; и не желал он более покидать свои темные крепости»*. Так, когда Финголфин, Верховный король эльфов-нолдор, один поскакал к Ангбанду и вызвал Моргота на поединок, он воскликнул у врат: «Выходи, о ты, малодушный король, сразись собственной рукою! Житель подземелий, повелитель рабов, лжец, затаившийся в своем логове, враг Богов и эльфов, выходи же! Ибо хочу я взглянуть тебе в лицо, трус!»** И тогда (как рассказывают) «Моргот вышел. Ибо не мог он отвергнуть вызов перед лицом своих полководцев»***. Сражался он могучим молотом Гронд, и при каждом его ударе в земле оставалась громадная яма, и поверг Моргот Финголфина наземь; но, умирая, Финголфин пригвоздил гигантскую ступню Моргота к земле, «и хлынула черная кровь, и затопила выбоины, пробитые Грондом. С тех пор Моргот хромал»****. Также, когда Берен и Лутиэн, в обличии волка и летучей мыши, пробрались в глубинный чертог Ангбанда, где Моргот восседал на троне, Лутиэн навела на него чары: и «пал Моргот — так рушится смятый лавиной

---

* «Анналы Амана», опубликованные в HOME X, стр. 133; эта же фраза практически дословно повторена в опубликованном «Сильмариллионе» (глава «О Солнце и Луне»). — Примеч. пер.
** «Серые Анналы» (HOME XI, стр. 456). — Примеч. пер.
*** «Серые Анналы» (HOME XI, стр. 456). — Примеч. пер.
**** «Серые Анналы» (HOME XI, стр. 456). — Примеч. пер.

холм; с грохотом низвергся он со своего трона и распростерся, недвижим, на полу подземного ада»*.

О Белерианде

Древобрад, шагая через лес Фангорн и неся на согнутых руках-ветках Мерри и Пиппина, пел хоббитам о древних лесах обширной страны Белерианд, — лесах, уничтоженных в ходе сокрушительной Великой Битвы в конце Древних Дней. Великое море нахлынуло и затопило все земли к западу от Синих гор, именуемых Эред Луин и Эред Линдон; так что карта, прилагаемая к «Сильмариллиону», заканчивается этой горной цепью на востоке, в то время как карта, прилагаемая к «Властелину Колец», этим же горным массивом ограничена на западе. Прибрежные земли к западу от Синих гор — это все, что в Третью эпоху осталось от области, называемой Оссирианд, Земля Семи Рек: там и бродил некогда Древобрад:

> Летом скитался я в вязовых рощах Оссирианда.
> А! Свет и музыка лета в Семиречье Оссира!
> И думалось мне: здесь — всего лучше.

Через перевалы Синих гор в Белерианд пришли люди; в тех горах находились гномьи города Ногрод и Белегост; именно в Оссирианде поселились Берен и Лутиэн, после того, как Мандос дозволил им вернуться в Средиземье (стр. 231).

Бродил Древобрад также и среди гигантских сосен Дортониона (то есть «Земли Сосен»):

---

* «Сильмариллион», глава 19 («О Берене и Лутиэн»). — *Примеч. пер.*

К сосновым нагорьям Дортониона я поднимался зимой.
А! Ветер и белизна, и черные ветви зимы на Ород-на-Тоне!
Голос мой ввысь летел и пел в поднебесье.

Этот край впоследствии стал называться Таур-ну-Фуин, «Лес под покровом Ночи», когда Моргот превратил Дортонион в «средоточие страха и темных чар, морока и отчаяния»* (см. стр. 112).

Об эльфах

Эльфы появились на земле в далеком краю (Палисор) на берегах озера под названием Куивиэнен, Вода Пробуждения; Валар же призвали эльфов уйти оттуда, покинуть Средиземье, пересечь Великое море и явиться во владения Богов, «в Благословенное Королевство» Аман на западе мира. Вала Оромэ, Охотник, повел в великий поход через все Средиземье тех, кто внял призыву; их называют эльдар, это — эльфы Великого Странствия, Высокие эльфы — в отличие от тех, кто отказался внять призыву и предпочел жить в Средиземье и связать с ним свою судьбу.

Но не все эльдар, даже перейдя через Синие горы, отплыли за море; тех, что остались в Белерианде, называют синдар, Серые эльфы. Их верховным королем стал Тингол (что значит «Серый плащ»): он правил в Менегроте, Тысяче Пещер в Дориате (Артаноре). Также не все эльдар, переплывшие Великое море, остались в земле Валар; ибо один из великих родов — нолдор («Хранители знания») — вернулся в Средиземье: их называют Изгнанниками.

---

* Данная цитата из «Детей Хурина» восходит к «Серым Анналам» (HOME XI). — *Примеч. пер.*

Вдохновителем их мятежа против Валар стал Феанор, создатель Сильмарилей, старший сын Финвэ: сам Финвэ, что некогда вел народ нолдор от озера Куивиэнен, к тому времени погиб. Как писал мой отец:

> Враг Моргот возжелал Самоцветов, похитил их и, уничтожив Древа, унес камни в Средиземье и надежно сокрыл их в своей могучей твердыне Тангородрима. Вопреки воле Валар Феанор покинул Благословенное Королевство и отправился в изгнание в Средиземье, уводя с собой большую часть своего народа; ибо в гордыне своей замыслил он силой отвоевать у Моргота Самоцветы.
>
> Так началась безнадежная война эльдар и эдайн [людей Трех Домов Друзей эльфов] против Тангородрима, в которой они в конце концов были разбиты наголову*.

Перед тем, как бунтари покинули Валинор, произошла страшная трагедия, омрачившая историю нолдор в Средиземье. Феанор потребовал, чтобы телери, третий народ эльдар, некогда отправившийся в Великое Странствие и ныне живущий на побережье Амана, отдали нолдор свои корабли, свою величайшую гордость, поскольку без кораблей столь огромному воинству в Средиземье не переправиться. Телери отказались наотрез.

Тогда Феанор и его народ напали на телери в их городе Алквалондэ, Лебединой гавани, и отобрали корабли силой. В этой битве, известной как Братоубийство, погибло много телери. В «Сказании о Тинувиэли» содержится отсылка на это событие: «злые деяния номов в Гавани Лебедей» (стр. 46); см. также стр. 133.

Вскоре после возвращения нолдор в Средиземье Феанор погиб в битве. Его семеро сыновей владели обширными зем-

---

* Приложение А к «Властелину Колец». — *Примеч. пер.*

лями на востоке Белерианда, между Дортонионом (Таур-на-Фуин) и Синими горами.

Второй сын Финвэ, Финголфин (единокровный брат Феанора), считался верховным владыкой всех нолдор; он и его сын Фингон правили Хитлумом, что протянулся на северо-запад от гигантского хребта Эред Ветрин, гор Тени. Финголфин пал в поединке с Морготом. Второй сын Финголфина, брат Фингона, Тургон, основал потаенный город Гондолин и воцарился в нем.

Третий сын Финвэ, брат Финголфина и единокровный брат Феанора, в ранних текстах звался Финрод, а позже — Финарфин (см. стр. 109). Старший сын Финрода/Финарфина в ранних текстах звался Фелагунд, а позже — Финрод. Вдохновленный красотой и великолепием Менегрота в Дориате, он отстроил подземный город-крепость Нарготронд, почему и был наречен Фелагундом, «Владыкой Пещер»: тем самым, Фелагунд ранних текстов позже становится Финродом Фелагундом.

Врата Нарготронда выводили в ущелье реки Нарог в Западном Белерианде; но владения Фелагунда простирались вдаль и вширь, на восток до реки Сирион и на запад до реки Неннинг, что впадала в море у гавани Эгларест. Фелагунд погиб в подземельях Некроманта Ту, впоследствии — Саурона; и корона Нарготронда перешла к Ородрету, второму сыну Финарфина, как рассказывается в настоящей книге (стр. 114, 124).

Остальные сыновья Финарфина, Ангрод и Эгнор, вассалы своего брата Финрода Фелагунда, обосновались в Дортонионе: с северных его склонов хорошо просматривалась обширная равнина Ард-гален. Галадриэль, сестра Финрода Фелагунда, долго жила в Дориате у королевы Мелиан. Мелиан (в ранних текстах используется много вариантов ее имени, в том числе Гвенделинг) была Майа — то есть могущественным духом, принявшим обличие, подобное человеческому. Она жила в лесах Белерианда с королем Тинголом; она стала матерью Лутиэн и праматерью Эльронда.

На шестидесятый год после возвращения нолдор многолетний мир был нарушен: громадное войско орков вышло из Ангбанда, но было наголову разбито и уничтожено силами нолдор. Это сражение получило название *Дагор Аглареб*, Славная Битва; однако эльфийские владыки вняли предостережению и взяли Ангбанд в осаду, что продержалась почти четыре сотни лет.

Осада Ангбанда завершилась пугающе внезапно (хотя готовились к тому долго) однажды ночью в разгар зимы. Моргот обрушил вниз с Тангородрима реки огня, и обширная травянистая равнина Ард-гален, раскинувшаяся к северу от нагорья Доротонион, превратилась в выжженную, бесплодную пустыню, впоследствии известную под новым именем, *Анфауглит*, Удушливая Пыль.

Эта сокрушительная атака получила название *Дагор Браголлах*, Битва Внезапного Пламени (стр. 111). Глаурунг, Праотец Драконов, впервые явился из Ангбанда в расцвете мощи; на юг хлынули бессчетные полчища орков; эльфийские владыки Дортониона погибли, равно как и значительная часть воинов народа Беора (стр. 110–111). Король Финголфин и его сын Фингон вместе с воинами Хитлума оказались оттеснены к крепости Эйтель Сирион (Исток Сириона), туда, где великая река берет начало на восточном склоне гор Тени. Путь огненным потокам преградили горы Тени, и Хитлум с Дор-ломином остались непокоренными.

В год после *Браголлах* Финголфин, ослепленный отчаянием, поскакал к Ангбанду и бросил Морготу вызов.

Берен и Лутиэн

В письме моего отца от 16 июля 1964 года говорилось:

Зародышем моих попыток записать собственные легенды, соответствующие моим искусственным языкам, стала трагическая повесть о злосчастном Куллерво из финского эпоса «Калевала». Эта история остается одним из основных эпизодов в легендах Первой эпохи (которые я надеюсь издать как «Сильмариллион»), хотя как «Дети Хурина» видоизменилась до неузнаваемости — за исключением трагического финала. Второй точкой отсчета стало написание «из головы» «Падения Гондолина», истории Идрили и Эаренделя, во время отпуска из армии по болезни в 1917 г.; и исходный вариант «Сказания о Лутиэн Тинувиэли и Берене», написанный позже в том же самом году. Первоосновой для него послужил небольшой лесок, густо заросший «болиголовами» (вне всякого сомнения, росло там и немало других родственных растений), близ Руса на полуострове Хольдернесс, где я какое-то время находился в составе хамберского гарнизона.

Мои отец с матерью поженились в марте 1916 года: ему было двадцать четыре, ей — двадцать семь. Сначала они жили в деревушке Грейт-Хейвуд в Стаффордшире, но в начале июня этого года отец отбыл во Францию, на битву на Сомме. Заболев, он был отослан обратно в Англию в начале ноября 1916 года; весной 1917 года его перевели в Йоркшир.

Этот исходный вариант «Сказания о Тинувиэли», как назвал его сам автор, — вариант, записанный в 1917 году, не существует — или, точнее, существует в виде неразборчивой карандашной рукописи, причем почти весь текст от начала и до конца практически полностью стерт; а поверх записано то, что считается самой ранней версией легенды. «Сказание о Тинувиэли», в числе прочих преданий, вошло в основной ранний корпус отцовской «мифологии», в «Книгу утраченных сказаний» — чрезвычайно сложное произведение, которое я издал в первых двух томах серии «История Средиземья» (1983–1984). Но поскольку настоящая книга специально посвящена эволюции легенды о Берене и Лутиэн, здесь я почти не стану останавливаться на причудливом обрамлении и на аудитории «Утраченных сказаний», поскольку «Сказание о Тинувиэли» само по себе с обрамлением практически не связано.

В «Книге утраченных сказаний» центральное место отведено истории английского моряка «англосаксонского» периода по имени Эриол или Эльфвине: он, плывя по океану далеко на запад, в конце концов добрался до Тол Эрессеа, Одинокого острова, где жили эльфы, покинувшие «Великие земли», впоследствии названные Средиземьем (в «Утраченных сказаниях» этот термин не используется). Гостя на Тол Эрессеа, Эриол узнал от эльфов истинную древнюю историю о Сотворении Мира, о Богах, об эльфах и об Англии. Эта история и составила «Утраченные сказания Эльфинесса».

Данный труд дошел до нас в виде нескольких потрепанных «тетрадочек», исписанных чернилами и карандашом; рукописи зачастую крайне неразборчивы, хотя, рассматривая их с помощью лупы на протяжении многих часов, много лет назад я сумел распознать все тексты, за исключением разве что отдельных слов. «Сказание о Тинувиэли» — одно из преданий, поведанных Эриолу эльфами на Одиноком острове; в данном случае рассказчицей выступает девочка по имени Веаннэ, а слушает ее множество детей. История изложена в чрезвычайно своеобразной манере, с пристальным вниманием к деталям (ее характерная черта), в ней встречаются архаичные слова и целые конструкции; ее слог разительно отличается от поздних стилей моего отца, — глубоко прочувствованный, поэтичный, и порою «по-эльфийски загадочный». Тут и там в манере выражения ощущается также подспудный сардонический юмор (например, убегая вместе с Береном из чертогов Мелько и столкнувшись с жутким демоническим волком Каркарасом, Тинувиэль вопрошает: «Откуда такая грубость, Каркарас?»).

Как мне кажется, было бы небесполезно, не дожидаясь завершения «Сказания», остановиться здесь на некоторых аспектах этой самой ранней версии легенды и вкратце пояснить некоторые имена, играющие важную роль в повествовании (они приводятся также в «Списке имен и названий» в конце книги).

«Сказание о Тинувиэли» в переписанном виде, — а для нас это самый ранний ее вариант, — в составе «Утраченных сказаний» легенда отнюдь не самая ранняя; другие сказания отчасти ее поясняют. Если говорить только о структуре повествования, некоторые из них, как, например, сказание о Турине, не слишком далеко ушли от версии опубликованного «Сильмариллиона»; некоторые, как, в частности, «Падение Гондолина», сказание, написанное самым первым, представлены в опубликованной книге лишь в крайне сжатом виде;

а некоторые (здесь ярким примером как раз и послужит настоящее сказание) разительно отличаются в ряде аспектов.

Ключевым отличием в эволюции легенды о Берене и Тинувиэли (Лутиэн) стал тот факт, что позже в нее вошла история Фелагунда Нарготрондского и сыновей Феанора; не менее важно, пусть и в ином смысле, то, что поменялась природа Берена. Неотъемлемо-важный элемент более поздних вариантов легенды состоит в том, что Берен — смертный, а Лутиэн — бессмертная эльфийская дева; но в «Утраченных сказаниях» эта тема отсутствует: здесь Берен тоже оказывается эльфом. (Однако из примечаний моего отца к другим сказаниям видно, что изначально Берен был смертным; то же самое явствует из стертого карандашного текста «Сказания о Тинувиэли».) Эльф Берен принадлежал к эльфийскому народу под названием нолдоли (впоследствии нолдор); в «Утраченных сказаниях» (и позже) этот этноним переводится как «номы»: Берен был номом. Данный перевод впоследствии обернулся для моего отца настоящей проблемой. Он использовал слово *ном* (*Gnome*) как абсолютно отличное по происхождению и значению от тех гномов, которые сегодня воспринимаются как маленькие фигурки для украшения садов. Слово *ном* у отца восходит к греческому <u>gnōmē</u> 'мысль, мудрость'; в современном английском языке оно кое-как выжило в значении 'афоризм, максима', вместе с прилагательным 'гномический' (*gnomic*).

В черновике к Приложению F к «Властелину Колец» отец писал:

> Иногда (не в этой книге) я использовал слово 'номы' (*Gnomes*) для *нолдор* и 'номский' (*Gnomish*) для *нолдорина*. Я поступил так, поскольку есть люди, для которых слово 'ном' (*Gnome*) все еще подразумевает знание. Название этого наро-

да на Высоком эльфийском языке — нолдор, что означает 'Знающие'; ибо из трех родов эльдар с самого начала нолдор отличались и своим знанием всего сущего и бывшего в мире, и своим стремлением узнать больше. Однако они ни в коей мере не напоминали гномов из высокоученых теорий, равно как и из народного фольклора; и в настоящий момент я отказался от этого вводившего в заблуждение термина.

(Между прочим, мой отец также весьма сокрушался [в письме от 1954 года] по поводу того, что воспользовался словом 'эльфы', отягощенным «достойными сожаления оттенками», которые «слишком сложно преодолеть».)

Враждебность по отношению к Берену как эльфу объясняется в первоначальном «Сказании» (стр. 46) так: «все лесные эльфы почитали номов Дор-ломина созданиями вероломными, лживыми и жестокими».

Может показаться несколько странным, что по отношению к эльфам зачастую используется слово 'фэйри' в единственном и множественном числе. Так, про белых лесных мотыльков говорится: «Тинувиэль, будучи фэйри, не пугалась их» (стр. 45); она называет себя «Принцессой Фэйри» (стр. 68); о ней говорится (стр. 77), что она «призывает на помощь все свое искусство и волшебство фэйри». Во-первых, в «Утраченных сказаниях» слово 'фэйри' употребляется как синоним слову 'эльфы'; и в этих произведениях есть несколько упоминаний о том, что физический облик людей и эльфов относительно сходен. В тот ранний период отцовские представления на этот счет были довольно неустойчивыми, но, со всей очевидностью, по его замыслу с ходом эпох соотношение это менялось. Так, он писал:

Поначалу люди были почти сходны статью с эльфами, ведь фэйри были куда больше, а люди меньше ростом, нежели ныне*.

Но на эволюцию эльфов сильно повлиял приход людей:

По мере того, как люди множатся в числе и растет их сила, фэйри истаивают и становятся малы и хрупки, и бесплотны, и прозрачны, люди же делаются все крупнее, и крепче, и грубее. В конце концов люди (почти все) неспособны более видеть фэйри**.

Нет нужды полагать, несмотря на выбранный термин, что мой отец представлял себе «фэйри» этого сказания бесплотными и прозрачными; и, конечно же, когда в историю Средиземья вступили эльфы Третьей эпохи, в них не было ничего «фееричного» в современном смысле этого слова.

Куда большую сложность представляет слово *fay* 'фея, дух'. В «Сказании о Тинувиэли» так часто называют Мелиан (мать Лутиэн), которая явилась из Валинора (и именуется [стр. 44] «дочерью Богов»), но также и Тевильдо: про него говорится, будто он «злобный дух [*fay*] в обличии зверя» (стр. 73). В «Сказаниях» упоминается также о «мудрости духов [*fays*] и эльдар», об «орках, драконах и злых духах [*fays*]» и «духе [*fay*] лесов и лощин». Особенно примечателен нижеследующий отрывок из «Сказания о приходе Валар»:

А с ними вместе явился великий сонм духов дерев и лесов, лощин и чащ и нагорий, и те, что поют в траве поутру и на закате в хлебах на корню. То нермир и тавари, нандини и орос-

---

* «Книга утраченных сказаний» I, набросок к «Сказанию Гильфанона» (стр. 235). — *Примеч. пер.*
** «Книга утраченных сказаний» II, «История Эриола» (стр. 283). — *Примеч. пер.*

си [феи (?) лугов, и лесов, и долин, и гор], феи, и пикси, и ле-
преконы, и как бы уж их только ни называли, ибо число их
воистину велико: однако не следует смешивать их с эльдар
[эльфами], ибо родились они прежде мира, и старше, чем древ-
нейшие его обитатели, и миру не принадлежат.

Еще одна вызывающая недоумение черта, присутствую-
щая не только в «Сказании о Тинувиэли», для которой я не
нахожу ни объяснения, ни обобщающего описания, касается
того, какой властью Валар обладают над делами людей и эльфов, более того — над их мыслями и сердцами, в далеких
Великих землях (Средиземье). Например, на стр. 83 «Валар
привели [Хуана] на поляну», где Берен и Лутиэн, спасаю-
щиеся из Ангбанда, простерлись на земле; и Лутиэн сказала
отцу (стр. 87): «Одни только Валар спасли [Берена] от жестокой смерти». Также, в рассказе о бегстве Лутиэн из Дориата (стр. 61), фраза «не вступила в темные земли, а, собравшись с духом, поспешила дальше» была позже изменена
следующим образом: «не вступила в темные земли, но Валар
вложили в ее сердце новую надежду, так что она снова поспешила дальше».

Что касается имен и названий, встречающихся в «Сказании», отмечу здесь, что Артанор соответствует более позд-
нему топониму *Дориат*; его же называли *Запредельная земля*.
К северу высилась гряда *Железных гор*, иначе называемых
холмами Горечи, из-за которых пришел Берен; впоследствии
они станут *Эред Ветрин*, горами Тени. За горами лежал *Хисиломэ* (*Хитлум*), Земля Тени, также именуемая *Дор-ломин*.
Палисор (стр. 41) — это край, где пробудились эльфы.

Валар часто называют Богами, а также *Айнур* (ед.ч. *Айну*).
Мелько (позже *Мелькор*) — великий и злой Вала, прозванный

Морготом, Черным Врагом, после похищения Сильмарилей. Мандос — имя Валы и название его обиталища. Он — хранитель Покоев Мертвых.

Манвэ — владыка над всеми Валар; Варда, созидательница звезд, его супруга и обитает вместе с ним на вершине Таникветили, высочайшей из гор Арды. Два Древа — величайшие из дерев, их цветы дарили свет Валинору; Древа были уничтожены Морготом и чудовищной паучихой Унголиант.

И, наконец, здесь уместно сказать несколько слов о Сильмарилях, сыгравших столь значимую роль в легенде о Берене и Лутиэн: они — творение Феанора, величайшего из нолдор, коему «не было равных в искусстве слова и в мастерстве»; имя его означает «Дух Огня». Я процитирую здесь фрагмент из более поздней версии «Сильмариллиона» (1930) под названием «Квента Нолдоринва»; о ней подробнее см. стр. 108.

В те давние времена начал однажды Феанор долгий и чудесный труд — и всю свою силу, и всю свою искусную магию призвал он на помощь, ибо вознамерился создать творение, прекраснее которого не выходило доселе из рук эльдар, творение, коему суждено пережить все прочие. Три драгоценных камня сработал он и назвал их Сильмарилями. Живой огонь пылал в них — слитый воедино свет Двух Древ; даже в темноте излучали они собственное сияние; и никакая нечистая смертная плоть не могла прикоснуться к ним, ибо испепеляли они ее и сжигали. Эти самоцветы эльфы ценили превыше всех своих изделий, и Манвэ освятил их, а Варда молвила: «Судьба эльфов заключена в них, и в придачу судьба многого иного». И сердце Феанора прикипело к камням, им же самим созданным.

Ужасную, разрушительную клятву принесли Феанор и его семеро сыновей, утверждая свое единоличное и нерушимое право на Сильмарили, украденные Морготом.

Сказание Веаннэ адресовано напрямую Эриолу (Эльфвинэ), который никогда не слыхал о Тинувиэли, но в изложении девочки нет вступления как такового: она начинает с рассказа о Тинвелинте и Гвенделинг (впоследствии известных как Тингол и Мелиан). Однако в том, что касается этого важнейшего элемента легенды, я снова обращусь к тексту «Квента Нолдоринва». В «Сказании» могущественный Тинвелинт (Тингол) — один из центральных персонажей: он — король эльфов, живущих в густых чащах Артанора; он правит своими подданными из обширной пещеры в самом сердце леса. Но и королева его — фигура весьма значимая, хотя появляется редко; здесь я привожу рассказ о ней, содержащийся в версии «Квента Нолдоринва».

Там говорится, что во время Великого Странствия эльфов от далекого Палисора, места их пробуждения, к Валинору на далеком Западе за великим Океаном:

[многие эльфы] потерялись на долгих, одетых тьмою дорогах; и скитались они по лесам и горам мира, и так и не достигли Валинора, и не узрели света Двух Древ. Потому зовутся они илькоринди, эльфы, что вовеки не жили в Коре, городе эльдар [эльфов] в земле Богов. То — Темные эльфы; и не счесть их рассеявшихся по миру племен, и не счесть языков их.

Из Темных эльфов превыше прочих прославлен Тингол. И вот почему так и не добрался он до Валинора. Мелиан была из числа духов. В садах [Валы] Лориэна жила она, и среди всего тамошнего прекрасного народа не было никого, кто превзошел бы ее красотой либо мудростью; и никто не был более нее искушен в песнях магии и чар. Говорится, будто Боги оставляли труды свои, а птицы Валинора забывали о своих забавах, и смолкали колокола Валмара, и иссякали фонтаны, когда при смешении света Мелиан пела в садах Бога Сновидений. Соловьи следовали за нею повсюду; она-то и научила их песням. Однако полюбила она глубокий сумрак и часто подолгу скиталась во Внешних землях [в Средиземье]; там, в безмолвии предрассветного мира, звучал ее голос и голоса ее птиц.

Соловьев Мелиан услыхал Тингол, и подпал под власть чар, и покинул народ свой. И отыскал он Мелиан под сенью дерев, и погрузился в глубокий сон и непробудную дрему, так что напрасно искали его подданные.

В рассказе Веаннэ, когда Тинвелинт пробудился от своего мифически долгого сна, «более не вспоминал он о своем народе (и воистину, то было бы напрасно, ибо подданные его давным-давно достигли Валинора)», но мечтал только о том, чтобы увидеть вновь госпожу сумерек. Она же была неподалеку, ибо оберегала Тинвелинта, пока спал он. «Но ничего более об их истории не знаю я, о Эриол, кроме одного только: в конце концов стала она его женою, ибо Тинвелинт и Гвенделинг долго, очень долго оставались королем и королевой Утраченных эльфов Артанора или Запредельной земли, — по крайней мере, так сказано здесь».

Далее Веаннэ повествует о том, что жилище Тинвелинта «было сокрыто от мысли и взора Мелько магией феи Гвенделинг, и соткала она завесу чар над лесными тропами, чтобы никто не мог пройти по ним беспрепятственно, кроме одних только эльдар [эльфов]; так король оказался защищен от любой опасности, кроме разве предательства. Чертоги его устроены были в просторной и глубокой пещере, однако ж обитель эта, достойная короля, поражала красотой. Пещера эта таилась в самом сердце Артанора, огромнейшего из лесов, и река протекала перед ее вратами, так что никто не мог вступить под своды дворца иначе как перебравшись через реку. Берега соединял узкий мост, который бдительно охранялся». Затем Веаннэ восклицает: «Ло, теперь я поведаю вам о том, что случилось в чертогах Тинвелинта»; по-видимому, с этого момента и начинается сказание как таковое.

Сказание о Тинувиэли

Двое детей было у Тинвелинта, Дайрон и Тинувиэль, Тинувиэль же затмевала красотою всех прочих дев из числа потаенных эльфов; воистину, немногие из живущих могли сравниться с ней прелестью, ибо мать ее была феей, дочерью Богов. А Дайрон был в ту пору сильным и веселым мальчуганом и более всего на свете любил играть на свирели из тростника либо других инструментах — дарах леса; ныне причисляют его к трем эльфийским музыкантам, чья колдовская власть не имела себе равных; а другие двое — это Тинфанг Трель и Иварэ, слагающий напевы у моря. Тинувиэль же находила отраду в танце, и некого сравнить с нею — столь прекрасна и изящна была ее легкая поступь.

Дайрону и Тинувиэли отрадно было уходить далеко от пещерного дворца Тинвелинта, отца их, и вместе проводить долгие часы среди дерев. Часто Дайрон, усевшись на кочку или древесный корень, слагал мелодию, а Тинувиэль кружилась в танце в лад его напевам, когда же танцевала она под музыку Дайрона, казалась она более легкой и гибкой, нежели Гвенделинг, и более волшебной, нежели Тинфанг Трель в лунном сиянии; столь стремительной и радостной пляски не видывали нигде, кроме как в розовых кущах Валинора, где Несса танцует на неувядающих зеленых полянах.

Даже по ночам, когда луна сияла бледным светом, они играли и танцевали, не зная страха, что испытала бы я, ибо власть Тинвелинта и Гвенделинг ограждала леса от зла, и Мелько до поры не тревожил их, а от людей тот край отделяли холмы.

Больше всего Дайрон и Тинувиэль любили тенистый лесной уголок, где росли вязы, и буки тоже, но не слишком высокие, и несколько каштанов с белыми цветами, почва же была влажной, и густые заросли болиголова в туманной дымке поднимались под деревьями. Как-то раз в июне дети Тинвелинта играли там, и белые соцветия болиголова казались облаком вокруг древесных стволов, и Тинувиэль танцевала, пока, наконец, не угас летний вечер. Тогда запорхали белые мотыльки, но Тинувиэль, будучи фэйри, не пугалась их, как это в обычае у детей человеческих, хотя жуков она не любила, а до паука ни за что не дотронется никто из эльдар — из-за Унгвелиантэ. Теперь же белые мотыльки кружились над головою Тинувиэли, и Дайрон наигрывал причудливую мелодию, как вдруг случилось нечто странное.

Я так и не узнала, как Берену удалось добраться туда через холмы; однако же немногие сравнились бы с ним в храбрости, как ты еще убедишься; может статься, одна лишь тяга к странствиям провела его через ужасы Железных гор в Запредельные земли.

Берен был номом, сыном Эгнора, лесного охотника из сумрачных чащ на севере Хисиломэ. Страх и подозрительность разделяли эльдар и родичей их, изведавших рабство у Мелько, и в том нашли отмщение злые деяния номов в Гавани Лебедей. Лживые измышления Мелько передавались из уст в уста в народе Берена, и верили номы всему дурному о потаенных эльфах; однако теперь увидел Берен в сумерках танцующую Тинувиэль, Тинувиэль же была в серебристо-жемчужных одеждах, и ее босые белые ножки мелькали среди стеблей болиголова. Тогда Берен, не заботясь о том, кто она — Вала или эльф, или дитя человеческое, подкрался поближе и прислонился к молодому вязу, что рос на холме, — так, чтобы сверху глядеть на полянку, где Тинувиэль кружилась в танце; ибо чары лишили Берена сил. Столь хрупкой и прекрасной была эльфийская дева, что Берен, наконец позабыв об осторожности, выступил на открытое место, дабы лучше видеть ее. В этот миг полная яркая луна вышла из-за ветвей, и Дайрон заметил лицо Берена. Тотчас же понял сын Тинвелинта, что тот — не из их народа, а все лесные эльфы почитали номов Дор-ломина созданиями вероломными, лживыми и жестокими; потому Дайрон выронил инструмент свой и, восклицая: «Беги, беги, о Тинувиэль, в лесу враг», быстро скрылся за деревьями. Но изумленная Тинувиэль не тотчас же последовала за Дайроном, ибо не сразу поняла слова его, и, зная, что не умеет бегать и прыгать столь же ловко, как ее брат, она вдруг скользнула вниз, в заросли белых болиголовов, и затаилась под высоким цветком с раскидистыми листьями; там, в светлых одеждах, она казалась бликом лунного света, мерцающим на земле сквозь листву.

Тогда опечалился Берен, ибо одиноко ему было, и огорчил его испуг незнакомцев; повсюду искал он Тинувиэль, думая, что не убежала она. И вдруг, нежданно-негаданно, коснулся он ладонью ее тонкой руки среди листвы; и, вскрикнув, Тинувиэль бросилась от него прочь; стремительно, как только могла, скользила она в бледном свете между древесных стволов и стеблей болиголова, и вокруг них, порхая и мелькая в лунных лучах, как умеют одни лишь эльдар. Нежное прикосновение ее руки еще больше разожгло в Берене желание отыскать деву; быстро следовал он за нею — однако недостаточно быстро, ибо в конце концов ей удалось ускользнуть. В страхе прибежала Тинувиэль к жилищу своего отца и еще много дней не танцевала в лесах одна.

Великая скорбь овладела Береном, и не пожелал он покинуть те места, все еще надеясь увидеть вновь, как кружится в танце прекрасная эльфийская дева; много дней скитался он в лесу, дик и одинок, разыскивая Тинувиэль. На рассвете и на закате искал ее Берен, когда же ярко светила луна, надежда возвращалась к нему. Наконец, однажды ночью он заприметил вдалеке отблеск света, и что же! — там, на невысоком безлесном холме, танцевала она в одиночестве, и Дайрона поблизости не было. Часто, очень часто впоследствии приходила туда Тинувиэль и, напевая про себя, кружилась в танце. Порою тут же был и Дайрон, — тогда Берен глядел издалека, от кромки леса; порою же Дайрон отлучался — тогда Берен подкрадывался поближе. На самом же деле Тинувиэль давно уже знала о его приходах, хотя делала вид, что ни о чем не догадывается; давно оставил ее страх, ибо великая скорбь и тоска читались на лице Берена в лунном свете; и видела она, что нет в нем зла, и очарован он ее танцами.

Тогда Берен стал незамеченным следовать за Тинувиэлью через лес до самого входа в пещеру и до моста; когда же исчезала она внутри, Берен взывал через поток, тихо повторяя «Тинувиэль», ибо слышал это имя из уст Дайрона; и, хотя не ведал Берен о том, Тинувиэль часто внимала ему, скрываясь под темным сводом, и улыбалась либо тихо смеялась про себя. Наконец, однажды, когда танцевала она в одиночестве, Берен, набравшись храбрости, выступил вперед и молвил ей: «Тинувиэль, научи меня танцевать». «Кто ты?» — спросила она. «Берен. Я пришел из-за холмов Горечи». «Ну что ж, если так хочешь ты танцевать, следуй за мною», — отвечала дева и, закружившись в танце перед Береном, увлекла его за собой все дальше и дальше в лесную чащу, стремительно — и все же не так быстро, чтобы не мог он следовать за нею; то и дело оглядывалась она и смеялась над его неловкой поступью, говоря: «Танцуй же, Берен, танцуй! Так, как танцуют за холмами Горечи!» И вот извилистыми тропами пришли они к обители Тинвелинта, и Тинувиэль поманила Берена на другой берег реки, и он, дивясь, последовал за нею в пещеру и подземные чертоги ее дома.

Когда же Берен оказался перед королем, он оробел, а величие королевы Гвенделинг повергло его в благоговейный трепет; и вот, когда король молвил: «Кто ты, незваным явившийся в мои чертоги?» — ничего не смог сказать Берен. Потому Тинувиэль ответила за него, говоря: «Отец мой, это — Берен, странник из-за холмов, он хотел бы научиться танцевать так же, как эльфы Артанора», — и рассмеялась; но король нахмурился, услышав о том, откуда пришел Берен, и молвил: «Оставь легкомысленные речи, дитя мое, и ответь, не пытался ли этот неотесанный эльф из земли теней причинить тебе вред?»

«Нет, отец, — отвечала она, — и думается мне, что его сердце не знает зла. Не будь же столь суров с ним, если не хочешь видеть слезы дочери твоей Тинувиэли; ибо никого не знаю я, кто дивился бы моим танцам так, как он». Тогда молвил Тинвелинт: «О Берен, сын нолдоли, чего попросишь ты у лесных эльфов прежде, чем возвратишься туда, откуда пришел?»

Столь велики были радость и изумление Берена, когда Тинувиэль заступилась за него перед отцом, что к нему вновь вернулись отвага, и безрассудная дерзость, что увела его из Хисиломэ за горы Железа, вновь пробудилась в нем, и, смело глядя на Тинвелинта, он отвечал: «Что ж, о король, я прошу дочь твою Тинувиэль, ибо девы прекраснее и нежнее не видывал я ни во сне, ни наяву».

Молчание воцарилось в зале, и только Дайрон расхохотался; все, слышавшие это, были поражены; но Тинувиэль потупила взор, а король, глядя на оборванного, потрепанного Берена, тоже разразился смехом; Берен же вспыхнул от стыда, и у Тинувиэли от жалости к нему сжалось сердце. «Что! Жениться на моей Тинувиэли, прекраснейшей деве мира, и сделаться принцем лесных эльфов — невелика просьба для чужестранца, — проговорил Тинвелинт. — Может статься, и мне позволено будет просить о чем-то взамен? О безделице прошу я, разве что в знак уважения твоего. Принеси мне Сильмариль из Короны Мелько, и в тот же день Тинувиэль станет твоей женою, буде пожелает».

Тогда все во дворце поняли, что король счел происходящее грубой шуткой и сжалился над номом, и заулыбались многие, ибо слава Сильмарилей Феанора в ту пору гремела в мире, нолдоли встарь сложили о них легенды, и многие из тех, кому удалось бежать из Ангаманди, видели, как сияют они ослепительным светом в железной короне Мелько. Никогда не снимал Враг этой короны и дорожил самоцветами как зеницей ока, и никто в мире, ни эльф, ни человек, ни дух, не смел надеяться когда-либо коснуться их хоть пальцем — и сохранить жизнь. Об этом ведомо было Берену, и понял он, что означают насмешливые улыбки, и, вспыхнув от гнева, воскликнул: «И впрямь ничтожный дар отцу за невесту столь милую! Однако же странными кажутся мне обычаи лесных эльфов, уж очень схожи они с грубыми законами людского племени — называешь ты дар, прежде, чем предложат тебе его, но что ж! Я, Берен, охотник из народа нолдоли, исполню твою пустячную просьбу», — и с этими словами он стремительно выбежал из залы, в то время как все застыли, словно пораженные громом, Тинувиэль же вдруг разрыдалась. «Худо поступил ты, о отец мой, — воскликнула она, — послав его на смерть своею злосчастную шуткой, ибо теперь, сдается мне, он попытается исполнить назначенное, ибо презрение твое лишило его рассудка; и Мелько убьет его, и никто более не посмотрит на танцы мои с такой любовью».

На это отвечал король: «Не первым падет он от руки Мелько, коему доводилось убивать номов и по более ничтожному поводу. Пусть благодарит судьбу, что не остался здесь, скован ужасными чарами за то, что посмел незваным явиться в мои чертоги, и за дерзкие свои речи». Гвенделинг же ничего не сказала и не отчитала Тинувиэль, и не расспросила, почему вдруг расплакалась та о безвестном скитальце.

Ослепленный же яростью Берен, уйдя от Тинвелинта, углубился далеко в лес и шел, пока не добрался до невысоких холмов и безлесных равнин, отмечающих близость мрачных Железных гор. Только тогда ощутил он усталость, и остановился; после же начались для него испытания еще более тяжкие. Ночи беспросветного отчаяния выпали ему на долю, и не видел он надежды исполнить задуманное, да надежды почти и не было. Вскоре же, идя вдоль Железных гор, Берен приблизился наконец к наводящему ужас краю, обиталищу Мелько, и сильнейший страх охватил его. В той земле водилось немало ядовитых змей, там рыскали волки, однако неизмеримо страшнее были банды гоблинов и орков — гнусных тварей, порождений Мелько, что бродили по окрестностям, творя зло, преследовали и улавливали в западни зверей, людей и эльфов, и волокли их к своему господину.

Много раз Берена едва не схватили орки; а однажды спасся он от челюстей огромного волка, сразившись со зверем, — из оружия же была при Берене только ясеневая дубина; многие другие тяготы и опасности выпадали ему на долю всякий день, пока шел он к Ангаманди. Часто мучили его к тому же голод и жажда, не раз склонялся Берен к тому, чтобы повернуть назад, не будь это почти столь же опасно, как и продолжать путь; но голос Тинувиэли, что просила за него перед Тинвелинтом, эхом звучал в сердце Берена, а по ночам казалось ему, что сердцем слышит он порою, как она тихо плачет о нем — далеко, в своих родных лесах; и воистину, так оно и было.

Однажды жестокий голод вынудил Берена поискать в покинутом орочьем лагере остатков еды, но орки нежданно возвратились и захватили его в плен, и пытали его, но не убили, так как предводитель орков, видя, сколь Берен силен, хотя и изнурен тяготами, подумал, что Мелько, может статься, доволен будет, если пленника доставят к нему, и назначит ему тяжелый рабский труд в шахтах или кузницах. Вот так случилось, что пленника приволокли к Мелько, однако же Берен не терял мужества, ибо в роду его отца верили, что власти Мелько не суждено длиться вечно, но Валар снизойдут, наконец, к слезам нолдоли, и воспрянут, и одолеют и скуют Мелько, и вновь откроют Валинор для истомленных эльфов, и великая радость вернется на землю.

Мелько же при взгляде на Берена пришел в ярость, вопрошая, с какой это стати ном, раб его по рождению, посмел без приказа уйти столь далеко в лес; Берен же отвечал, что он — не беглый раб, но происходит из рода номов, живущих в Арьядоре и тесно сообщающихся там с племенем людей. Тогда Мелько разгневался еще больше, ибо всегда стремился положить конец дружбе и общению между эльфами и людьми, и сказал, что видит, верно, перед собою заговорщика, замышляющего великое предательство против владычества Мелько и заслуживающего, чтобы балроги подвергли его пыткам. Берен же, понимая, что за опасность ему грозит, ответствовал так: «Не думай, о могущественнейший Айну Мелько, Владыка Мира, что это правда, ибо, будь это так, разве оказался бы я здесь один, без поддержки? Берен, сын Эгнора, не жалует дружбой род людской; нет же, ему опротивели земли, наводненные этим племенем, затем и покинул он Арьядор. Много дивного рассказывал мне встарь отец о величии твоем и славе, потому, хоть я и не беглый раб, более всего на свете желаю я служить тебе тем немногим, на что способен», — и добавил еще Берен, что он — великий охотник, ставит капканы на мелкого зверя и сети на птиц, и, увлекшись занятием этим, заплутал в холмах и после долгих странствий добрался до чужих земель; и, если бы даже орки не схватили его, он бы об иной защите и не помышлял, кроме как предстать перед великим Айну Мелько и просить Мелько как о милости принять его на скромную службу — скажем, поставлять дичь для его стола.

Должно быть, Валар внушили Берену эти речи, или, может статься, Гвенделинг из сострадания наделила его колдовским даром слова, ибо и в самом деле это спасло ему жизнь; Мелько, видя, сколь крепко сложен тот, поверил Берену и готов был принять его рабом на кухню. Сладкий аромат лести кружил голову этому Айну, и, невзирая на всю свою неизмеримую мудрость, очень часто ложь тех, кого Мелько удостаивал лишь презрением, вводила его в заблуждение, если только облечена была в слова сладкоречивых похвал; потому он приказал, чтобы Берен стал рабом Тевильдо, Князя Котов. Тевильдо же был огромным котом, самым могучим из всех, — одержим, как говорили иные, злым духом, он неотлучно состоял в свите Мелько. Этот зверь держал в подчинении всех прочих котов; он и его подданные ловили и добывали дичь для стола Мелько и его частых пиров. Вот почему ненависть между эльфами и кошачьим племенем жива и по сей день, когда Мелько уже не царит в мире и звери его утратили былую силу и власть.

Потому, когда Берена увели в чертоги Тевильдо, а находились они неподалеку от тронного зала Мелько, тот весьма испугался, ибо не ожидал такого поворота событий; чертоги эти были тускло освещены, и отовсюду из темноты доносилось урчание и утробное мурлыкание.

Повсюду вокруг горели кошачьи глаза — словно зеленые, красные и желтые огни. Там расселись таны Тевильдо, помахивая и нахлестывая себя по бокам своими роскошными хвостами; сам же Тевильдо восседал во главе прочих — огромный, угольно-черный котище устрашающего вида. Глаза его, удлиненные, весьма узкие и раскосые, переливались алым и зеленым светом, а пышные серые усы были тверды и остры, словно иглы. Урчание его подобно было рокоту барабанов, а рык — словно гром, когда же он завывал от гнева, кровь стыла в жилах, — и действительно, мелкие зверушки и птицы каменели от страха, а зачастую и падали замертво при одном этом звуке. Тевильдо же, завидев Берена, сузил глаза, так, что могло показаться, будто они закрыты, и сказал: «Чую пса», — и с этой самой минуты невзлюбил Берена. Берен же в бытность свою в родных диких краях души не чаял в собаках.

«Для чего посмели вы, — молвил Тевильдо, — привести ко мне подобную тварь, — разве что, может статься, на еду?» Но отвечали те, кто доставил Берена: «Нет же, Мелько повелел, чтобы этот злосчастный эльф влачил свои дни, ловя зверей и птиц под началом у Тевильдо». На это Тевильдо, презрительно взвизгнув, отозвался: «Тогда воистину господин мой дремал, либо мысли его заняты были другим, — как полагаете вы, что пользы в сыне эльдар, что за помощь от него Князю Котов и его танам в поимке зверя и птицы; с тем же успехом могли бы вы привести неуклюжего смертного, ибо не родился еще тот человек или эльф, что мог бы соперничать с нами в охотничьем искусстве». Однако же Тевильдо назначил Берену испытание и повелел ему пойти и словить трех мышей, «ибо чертоги мои кишат ими», — сказал кот. Как легко можно догадаться, это не было правдой, однако мыши в чертогах и впрямь водились — дикие, злобные, колдовской породы, они отваживались селиться там в темных норах, — крупнее крыс и крайне свирепые; Тевильдо держал их забавы ради, для собственного своего развлечения, и следил за тем, чтобы число мышей не убывало.

Три дня гонялся за ними Берен, но, поскольку ничего у него не нашлось, из чего бы соорудить ловушку (а он не солгал Мелько, говоря, что искусен в приспособлениях такого рода), гонялся он попусту и в награду за все труды свои остался только с прокушенным пальцем. Тогда Тевильдо преисполнился презрения и великого гнева, но в ту пору ни он сам, ни таны его не причинили Берену вреда, покорные повелению Мелько, — гость отделался только несколькими царапинами. Однако теперь для Берена настали черные дни в чертогах Тевильдо. Его сделали слугою при кухне; целыми днями он, несчастный, мыл полы и посуду, тер столы, рубил дрова и носил воду. Часто заставляли его вращать вертел, на котором подрумянивались для котов жирные мыши и птицы; самому же Берену нечасто доводилось поесть и поспать; теперь выглядел он изможденным и неухоженным и часто думал о том, что лучше бы ему никогда не покидать пределов Хисиломэ и не видеть дивного образа Тинувиэли.

После ухода Берена нежная эта дева пролила немало слез, и не танцевала более в лесах, и Дайрон злился, не в силах понять сестру; ей же уже давно полюбилось лицо Берена среди ветвей, и шорох его шагов, когда следовал он за нею через лес, и голос его, печально взывающий: «Тинувиэль, Тинувиэль» через поток у дверей отцовского дома; и не до танцев ей было теперь, когда Берен отправился в мрачные чертоги Мелько и, может статься, погиб там. Столь горькие мысли одолели ее наконец, что эта нежнейшая из дев отправилась к матери, ибо к отцу не смела идти она и скрывала от него слезы.

«О матушка моя Гвенделинг, — молвила она, — открой мне своим волшебством, если то под силу тебе, что с Береном? Все ли до поры благополучно с ним?» «Нет, — отвечала Гвенделинг. — Он жив, это правда, но дни свои влачит в жестокой неволе, и надежда умерла в его сердце; узнай же, он — раб во власти Тевильдо, Князя Котов».

«Тогда, — молвила Тинувиэль, — я должна поспешить к нему на помощь, ибо никого не знаю я, кто захотел бы помочь ему».

Гвенделинг не рассмеялась на это; во многом она была мудра и умела прозревать грядущее, однако даже в безумном сне не могло пригрезиться ничего подобного: чтобы эльф, более того — дева, дочь короля, отправилась бы одна, без поддержки, в чертоги Мелько — даже в те давние дни, до Битвы Слез, когда мощь Мелько еще не возросла, и Враг таил до поры свои замыслы и плел хитросплетения лжи. Потому Гвенделинг ласково велела ей не вести речи столь безрассудные, но отвечала Тинувиэль на это: «Тогда ты должна просить отца моего о помощи, чтобы послал он воинов в Ангаманди и потребовал у Айну Мелько освобождения Берена».

Из любви к дочери Гвенделинг так и поступила, и непомерно разгневался Тинвелинт, потому горько пожалела Тинувиэль, что поведала о своем желании; Тинвелинт же повелел ей не упоминать и не думать более о Берене, и поклялся, что убьет нома, буде тот еще раз вступит в его чертоги. Долго размышляла Тинувиэль, что бы предпринять ей, и, отправившись к Дайрону, попросила брата помочь ей и, если будет на то его воля, отправиться вместе с нею в Ангаманди; но Дайрон вспоминал о Берене без особой любви и отвечал так: «Для чего мне подвергать себя самой страшной опасности, которая только есть в мире, из-за лесного скитальца-нома? Воистину не питаю я к нему любви, ибо он положил конец нашим играм, музыке нашей и танцам». Более того, Дайрон рассказал королю о просьбе Тинувиэли, и сделал это не из злого умысла, но опасаясь, что Тинувиэль в безумии своем и впрямь отправится на смерть.

Когда же услышал об этом Тинвелинт, он призвал Тинувиэль и сказал: «Почто, о дочь моя, не отказалась ты от этого безрассудства и не стремишься исполнить мою волю?» Не добившись от Тинувиэли ответа, он потребовал от нее обещания не думать более о Берене и не пытаться по неразумию последовать за ним в земли зла, одной ли, или склонив к тому его подданных. Но отвечала Тинувиэль, что первого она обещать не сможет, а второе — только отчасти, ибо не станет она склонять никого из лесного народа следовать за нею.

Тогда отец ее весьма разгневался, но и в гневе немало подивился и испугался, ибо любил он Тинувиэль; и вот что измыслил он, ибо не мог запереть дочь свою навеки в пещерах, куда проникал только тусклый мерцающий свет. Над вратами его скальных чертогов поднимался крутой, уводящий к реке склон; там росли раскидистые буки. Один из них звался Хирилорн, Королева Дерев — то было огромное и могучее дерево, и ствол его расходился у самого подножия, так что казалось, будто не один, а три ствола вместе поднимаются от земли, округлые и прямые: серебристая кора их гладкостью напоминала шелк, а ветви и сучья начинались лишь на головокружительной высоте.

И вот Тинвелинт приказал выстроить на этом диковинном дереве, так высоко, как только можно было взобраться при помощи приставных лестниц, небольшой деревянный домик выше первых ветвей, красиво укрытый завесой листвы. Три угла было в нем, и три окна в каждой стене, и на каждый угол приходилось по одному из стволов бука Хирилорн. Там Тинвелинт повелел дочери оставаться до тех пор, пока не согласится она внять голосу разума; когда же Тинувиэль поднялась вверх по длинным приставным лестницам из сосновой древесины, их убрали снизу, так, что вновь спуститься стало невозможно. Все, в чем нуждалась Тинувиэль, доставлялось ей: поднимаясь по приставным лестницам, эльфы подавали ей еду и все, чего бы ни пожелала она; а затем, спустившись, убирали лестницы, и король угрожал смертью любому, кто оставит лестницу прислоненной к стволу либо тайно попытается поставить ее там под покровом ночи. Потому у подножия дерева бдила стража, однако Дайрон часто приходил туда, сокрушаясь о содеянном, ибо одиноко ему было без сестрицы; Тинувиэль же поначалу весьма радовалась своему домику среди листвы и часто выглядывала из окошка, пока Дайрон наигрывал внизу свои самые дивные мелодии.

Но как-то раз ночью Тинувиэли привиделся сон, посланный Валар: ей приснился Берен, и сердце девы молвило: «Должна я идти искать того, о ком все позабыли», — и пробудилась она, и луна сияла среди дерев, и глубоко задумалась Тинувиэль, как бы ускользнуть ей. А Тинувиэль, дочь Гвенделинг, как можно себе предположить, не вовсе неискушена была в колдовстве и искусстве заклятий, и после долгих раздумий измыслила она план. На следующий день она попросила тех, кто пришел к ней — не принесут ли они ей прозрачной воды из реки, что текла внизу, — «но воду, — наставляла она, — следует зачерпнуть в полночь серебряной чашей и принести ко мне, не вымолвив при этом ни слова». После того пожелала она, чтобы доставили ей вина, — «но вино, — наставляла она, — следует принести сюда в золотом кувшине в полдень, и несущий должен всю дорогу распевать песни», — и было сделано так, как велела она, Тинвелинту же об этом не сказали.

Тогда молвила Тинувиэль: «Ступайте теперь к моей матери и скажите, что дочь ее просит прялку, чтобы коротать за нею долгие дни», а Дайрона втайне попросила сделать для нее маленький ткацкий станок, и Дайрон сладил его прямо в древесном домике Тинувиэли. «Но из чего станешь прясть ты и из чего ткать?» — спросил он, и Тинувиэль отвечала: «Из колдовских заклятий и волшебных чар», — но Дайрон не знал, что задумала она, и ничего более не сказал ни королю, ни Гвенделинг.

И вот, оставшись одна, Тинувиэль взяла воду и вино и смешала их под волшебную песнь великой силы, и, наполнив золотую чашу, она запела песнь роста, а, перелив зелье в серебряную чашу, она начала новую песнь, и вплела в нее названия всего сущего на Земле, что отличалось непомерной вышиной и длиной; упомянула она бороды индравангов, хвост Каркараса, тулово Глорунда, ствол бука Хирилорн, меч Нана; не забыла она ни цепь Ангайну, что отковали Аулэ и Тулкас, ни шею великана Гилима, в последнюю же очередь назвала она волосы Уинен, владычицы моря, что пронизывают все воды, — ничего нет в целом свете равного им по длине. После того Тинувиэль омыла голову водою и вином, и в это время пела третью песнь, песнь неодолимого сна, — и вот волосы Тинувиэли, темные и более тонкие, нежели нежнейшие нити сумерек, вдруг и впрямь стали стремительно расти и по прошествии двенадцати часов почти заполнили комнатку; тогда весьма порадовалась Тинувиэль и прилегла отдохнуть; когда же пробудилась она, словно бы черный туман затопил спальню, окутав Тинувиэль с головы до ног; и ло! — темные пряди ее свешивались из окон и трепетали меж древесных стволов поутру. Тогда Тинувиэль с трудом отыскала свои маленькие ножницы и обрезала локоны у самой головы; и после этого волосы выросли только до прежней длины.

И вот принялась Тинувиэль за труды, и, хотя работала она с эльфийским искусством и сноровкой, долго пришлось ей прясть, а ткать — еще дольше; если же кто-нибудь приходил и окликал ее снизу, она отсылала всех, говоря: «Я в постели и желаю только спать», — и весьма дивился Дайрон, и не раз звал сестрицу, но она не отвечала.

Из этого-то облака волос Тинувиэль соткала одеяние туманной тьмы, вобравшее дремотные чары куда более могущественные, нежели облачение, в котором танцевала ее мать давным-давно; это одеяние Тинувиэль набросила на свои мерцающие белые одежды, и колдовские сны заструились в воздухе вокруг нее; из оставшихся прядей она свила крепкую веревку и привязала ее к стволу дерева внутри своего домика; на том ее труды закончились, и Тинувиэль поглядела из окна на запад от реки. Солнечный свет уже угасал среди дерев, и, едва в лесу сгустились сумерки, девушка запела негромкую, нежную песнь и, продолжая петь, опустила свои длинные волосы из окна так, чтобы их дремотный туман овевал головы и лица поставленной внизу стражи; и часовые, внимая голосу, тотчас же погрузились в глубокий сон. Тогда Тинувиэль, облаченная в одежды тьмы, легко, как белочка, соскользнула вниз по волосяной веревке, танцуя, побежала к реке, и, прежде, чем всполошилась стража у моста, она уже закружилась перед ними в танце, и, едва край ее черного одеяния коснулся их, они уснули, и Тинувиэль устремилась прочь так быстро, как только несли ее в танце легкие ножки.

Когда же известия о побеге Тинувиэли достигли слуха Тинвелинта, великое горе и гнев обуяли короля, весь двор взволновался, и повсюду в лесах звенели голоса высланных на поиски, но Тинувиэль была уже далеко и приближалась к мрачным подножиям холмов, где начинаются Горы Ночи; и говорится, что Дайрон, последовав за нею, заплутал и не вернулся более в Эльфинесс, но отправился к Палисору, и там в южных лесах и чащах наигрывает нежные волшебные песни и по сей день, одинок и печален.

Недолго шла Тинувиэль, когда вдруг ужас охватил ее при мысли о том, что осмелилась она содеять и что ожидает ее впереди; тогда на время она повернула вспять и разрыдалась, жалея о том, что нет с нею Дайрона; и говорится, будто воистину был он неподалеку и скитался, сбившись с пути, между высоких сосен в Чаще Ночи, где впоследствии Турин по роковой случайности убил Белега.

В ту пору Тинувиэль находилась совсем близко от тех мест, но не вступила в темные земли, а, собравшись с духом, поспешила дальше; и благодаря ее волшебной силе и дивным чарам сна, окутавшим ее, опасности, что прежде выпали на долю Берена, беглянку не коснулись; однако же для девы то был долгий, и нелегкий, и утомительный путь.

Надо ли говорить тебе, Эриол, что в те времена только одно досаждало Тевильдо в подлунном мире — а именно род Псов. Многие из них, правда, не были Котам ни друзьями, ни врагами, ибо, подпав под власть Мелько, они отличались той же необузданной жестокостью, как и все его зверье; а из наиболее жестоких и диких Мелько вывел племя волков, коими весьма дорожил. Разве не огромный серый волк Каркарас Ножевой Клык, прародитель волков, охранял в те дни врата Ангаманди, будучи уже давно к ним приставлен? Однако нашлось немало и таких, что не пожелали ни покориться Мелько, ни жить в страхе перед ним; эти псы либо поселились в жилищах людей, охраняя хозяев от немалого зла, что иначе неминуемо постигло бы их, либо скитались в лесах Хисиломэ, либо, миновав нагорья, забредали порою в земли Артанора или в те края, что лежали дальше, к югу.

Стоило такому псу заприметить Тевильдо или кого-либо из его танов и подданных, тотчас же раздавался оглушительный лай и начиналась знатная охота. Травля редко стоила котам жизни, слишком ловко взбирались они на деревья и слишком искусно прятались, и потому еще, что котов хранила мощь Мелько, однако между собаками и котами жила непримиримая вражда, и некоторые псы внушали котам великий ужас. Однако никого не страшился Тевильдо, который силой мог помериться с любым псом и всех их превосходил ловкостью и проворством, кроме одного только Хуана, Предводителя Псов. Столь проворен был Хуан, что как-то раз в старину удалось ему запустить зубы в шерсть Тевильдо, и, хотя Тевильдо в отместку нанес ему глубокую рану своими острыми когтями, однако гордость Повелителя Котов еще не была удовлетворена, и он жаждал отомстить Хуану из рода Псов.

Потому весьма повезло Тинувиэли, что повстречала она в лесах Хуана, хотя поначалу она испугалась до смерти и обратилась в бегство. Но Хуан догнал ее в два прыжка и, заговорив низким, негромким голосом на языке Утраченных эльфов, велел ей забыть о страхе. «Как это довелось увидеть мне, — молвил пес, — что столь прекрасная эльфийская дева скитается одна так близко от обители Айну Зла? Или не знаешь ты, маленькая, что здешние края опасны, даже если прийти сюда со спутником, а для одинокого странника это — верная смерть?»

«Мне ведомо об этом, — отвечала она, — и сюда привела меня не любовь к странствиям; я ищу только Берена».

«Что знаешь ты о Берене? — спросил Хуан. — Воистину ли имеешь ты в виду Берена, сына эльфийского охотника, Эгнора бо-Римиона, моего друга с незапамятных времен?»

«Нет же, я и не знаю, в самом ли деле мой Берен — друг тебе; я ищу Берена из-за холмов Горечи; я повстречала его в лесах близ отцовского дома. Теперь он ушел, и матушке моей Гвенделинг мудрость подсказывает, что он — раб в жутких чертогах Тевильдо, Князя Котов; правда ли это, или что худшее случилось с ним с тех пор, я не ведаю; я иду искать его — хотя никакого плана у меня нет».

«Тогда я подскажу тебе план, — отвечал Хуан, — но доверься мне, ибо я — Хуан из рода Псов, заклятый враг Тевильдо. Теперь же отдохни со мною под сенью леса, а я меж тем поразмыслю хорошенько».

Тинувиэль поступила по его слову и долго проспала под охраной Хуана, ибо очень устала. Пробудившись же наконец, она молвила: «Ло, слишком долго я задержалась. Ну же, что надумал ты, о Хуан?»

И отвечал Хуан: «Дело это непростое и темное, и вот какой план могу предложить я; другого нет. Проберись, если отважишься, к обители этого Князя, пока солнце стоит высоко, а Тевильдо и большинство его приближенных дремлют на террасах перед воротами. Там узнай как-нибудь, если сумеешь, вправду ли Берен находится внутри, как сказала тебе мать. Я же буду в лесу неподалеку, и ты доставишь удовольствие мне и добьешься исполнения своего желания, если предстанешь перед Тевильдо, — уж там ли Берен или нет, — и расскажешь ему, как набрела ты на Пса Хуана, что лежит больной в чаще. Но не указывай ему путь сюда; ты сама должна привести его, если сумеешь. Тогда увидишь, что сделаю я для тебя и для Тевильдо. Сдается мне, если принесешь ты такие вести, Тевильдо не причинит тебе зла в своих чертогах и не попытается задержать тебя там».

Таким образом надеялся Хуан и повредить Тевильдо, и даже покончить с ним, если удастся, — и помочь Берену, которого справедливо счел он тем самым Береном сыном Эгнора, с которым водили дружбу псы Хисиломэ. Услышав же имя Гвенделинг и узнав, что встреченная им дева — принцесса лесных фэйри, Хуан с охотою готов был оказать ей помощь, а сердце Предводителя Псов тронула нежная красота девушки.

И вот Тинувиэль, набравшись храбрости, прокралась к самым чертогам Тевильдо, и Хуан, дивясь ее отваге, следовал за нею сколько мог — так, чтобы не поставить под угрозу успех своего замысла. В конце концов, однако, Тинувиэль исчезла из виду и из-под прикрытия дерев вышла на луг с высокой травою, поросший кустарником там и тут, что полого поднимался вверх, к склону холма. На этом скалистом отроге сияло солнце, но над горами и холмами позади клубилось черное облако, ибо там находилась крепость Ангаманди; и Тинувиэль шла вперед, не осмеливаясь поглядеть в ту сторону, ибо страх терзал ее; девушка поднималась все выше, трава редела, и местность становилась все более каменистой; и вот, наконец, Тинувиэль оказалась на утесе, отвесном с одной стороны; там на каменном уступе и стоял замок Тевильдо. Ни одной тропы не вело туда, и от того места, где возвышался замок, к лесу ярусами спускались террасы — так, чтобы никто не мог добраться до ворот иначе, как огромными прыжками; а чем ближе к замку, тем круче становились уступы. Немного окон насчитывалось в той обители, а у земли — и вовсе ни одного: даже сами ворота находились над землею, там, где в жилищах людей расположены окна верх-

(a)

(6)

него этажа; а на крыше раскинулось немало широких, ровных, открытых солнцу площадок.

И вот скитается безутешная Тинувиэль по нижней террасе, в ужасе посматривая в сторону темного замка на холме; как вдруг, глядь! — завернув за скалу, набрела она на кота, что в одиночку грелся на солнце и, казалось, дремал. Едва приблизилась Тинувиэль, кот открыл желтый глаз и сощурился на нее; и поднялся и, потягиваясь, шагнул к ней, и молвил: «Куда это направляешься ты, крошка, — или не знаешь ты, что преступаешь границу той земли, где греются на солнце его высочество Тевильдо и его таны?»

Весьма испугалась Тинувиэль, но отвечала смело, как смогла, говоря: «Мне о том неведомо, владыка, — и тем немало польстила старому коту, ибо на самом-то деле он был всего лишь привратником Тевильдо, — но прошу тебя о милости, проводи меня немедленно к Тевильдо, даже если спит он», — так сказала она, ибо изумленный привратник хлестнул хвостом в знак отказа.

«Срочные вести великой важности несу я, и сообщить их могу лишь одному Тевильдо. Отведи меня к нему, владыка», — взмолилась Тинувиэль, и кот при этом замурлыкал столь громко, что девушка осмелилась погладить его безобразную голову, которая была гораздо огромнее, нежели ее собственная; больше, чем у любой собаки, что водятся ныне на Земле. На эти просьбы Умуийан, ибо так его звали, ответствовал: «Тогда идем со мною», — и, подхватив вдруг Тинувиэль за одежды у плеча, он перебросил девушку на спину, к великому ее ужасу, и прыгнул на вторую террасу. Там кот остановился и, пока Тинувиэль кое-как слезала с его спины, сказал: «Повезло тебе, что нынче повелитель мой Тевильдо отдыхает на этой нижней террасе, далеко от замка, ибо великая усталость и сонливость овладели мною, потому опасаюсь я, не было бы у меня большой охоты нести тебя дальше», — Тинувиэль же облачена была в одежды темного тумана.

Выговорив это, Умуийан широко зевнул и потянулся прежде, чем повел гостью по террасе на открытое место, туда, где на широком ложе из нагретых камней покоилась отвратительная туша самого Тевильдо, злобные же глаза его были закрыты. Подойдя к нему, кот-привратник Умуийан тихо зашептал владыке на ухо, говоря: «Некая девица ожидает вашей воли, повелитель; важные вести принесла она тебе и не желает слушать моих отказов». Тогда Тевильдо гневно хлестнул хвостом, приоткрыв один глаз. «В чем дело, говори живее, — отозвался он, — ибо не тот ныне час, чтобы искать аудиенции Тевильдо, Князя Котов».

«Нет же, повелитель, — молвила Тинувиэль, вся дрожа, — не гневайся, да и не думаю я, что станешь ты гневаться, когда выслушаешь; однако дело таково, что лучше даже шепотом не говорить о нем здесь, где веют ветерки», — и она опасливо оглянулась в сторону леса, словно боясь чего-то.

«Нет, убирайся, — отвечал Тевильдо, — от тебя пахнет псом, а бывало ли когда-нибудь, чтобы кот выслушивал хорошие новости от фэйри, которая якшается с псами?»

«О сир, неудивительно, что пахнет от меня псами — только что едва спаслась я от одного такого; воистину, о некоем могучем псе, чье имя тебе хорошо известно, хочу я говорить». Тогда Тевильдо уселся и открыл глаза, огляделся, потянулся трижды и, наконец, повелел коту-привратнику доставить Тинувиэль в замок, и Умуийан перебросил ее на спину, как прежде. А Тинувиэль охватил сильнейший ужас, ибо, добившись желаемого, то есть возможности попасть в крепость Тевильдо и, вероятно, вызнать, там ли Берен, она не представляла, что делать дальше, и не ведала, что станется с нею; воистину, она бы бежала прочь, кабы могла; но коты уже начинают подниматься по террасам к замку. Один прыжок делает Умуийан, неся Тинувиэль вверх, и еще один, а на третьем споткнулся он — так, что Тинувиэль в страхе вскрикнула, и Тевильдо молвил: «Что стряслось с тобою, неуклюжий ты Умуийан? Пора тебе оставить мою службу, ежели старость подкрадывается к тебе столь стремительно».

Умуийан же ответствовал: «Нет, повелитель, не знаю я, что со мною; туман застилает мне взор, и голова тяжела», — и он зашатался, словно пьяный, так, что Тинувиэль соскользнула с его спины, и улеглась, словно бы погрузившись в глубокий сон. Тевильдо же разгневался и, довольно грубо подхватив Тинувиэль, сам донес ее до ворот. Одним гигантским прыжком оказался кот внутри и, повелев девушке спуститься, издал пронзительный вой, и жуткое эхо отозвалось в темных переходах и коридорах. Тотчас же поспешили к Тевильдо его слуги, и одним приказал он спуститься к Умуийану, связать его и сбросить с утесов «на северной стороне, где скалы наиболее отвесны, ибо более от него мне нет пользы, — молвил Князь Котов, — от старости он нетвердо держится на ногах», — и Тинувиэль содрогнулась от жестоких слов зверя. Но едва вымолвил это Тевильдо, как и сам зевнул и споткнулся, словно сонливость внезапно овладела им; и повелел прочим увести Тинувиэль в один из внутренних покоев, туда, где Тевильдо обычно сиживал за трапезой со своими знатнейшими танами. Там повсюду валялись кости и стоял мерзкий запах; окон там не было, одна лишь дверь; однако люк вел оттуда в просторные кухни, откуда пробивался алый отблеск, слабо освещавших покои.

Столь страшно стало Тинувиэли, когда коты оставили ее там, что минуту постояла она неподвижно, не в состоянии пошевелиться; но, очень скоро привыкнув к темноте, она огляделась и заприметила люк с широким наружным уступом, и вспрыгнула на него, ибо высота была небольшой, а эльфийская дева отличалась ловкостью и проворством. Заглянув внутрь, ибо люк был открыт настежь, она разглядела кухни с высокими сводами, и огромные очаги, где пылал огонь, и тех, что изо дня в день трудились там — по большей части то были коты, но, се! — у одного из огромных очагов склонился перепачканный сажей Берен; и Тинувиэль сидела и рыдала, но до поры не осмелилась ни на что. А тем временем в зале раздался вдруг резкий голос Тевильдо: «Нет, куда, во имя Мелько, запропастилась эта сумасбродная эльфийка?» — и Тинувиэль, заслышав это, прижалась к стене, но Тевильдо, заприметив ее там, где угнездилась она, воскликнул: «Вот пташка и перестала петь; слезай, или я сам достану тебя; ибо смотри мне, я не позволю эльфам просить у меня аудиенции смеха ради».

Тогда отчасти в страхе, а отчасти в надежде, что звонкий ее голос донесется даже до Берена, Тинувиэль заговорила вдруг очень громко, рассказывая свою историю так, что эхо зазвенело в залах; но: «Тише, милая девушка, — молвил Тевильдо, — если дело это являлось тайной снаружи, незачем кричать о нем внутри». Тогда воскликнула Тинувиэль: «Не говори так со мною, о кот, будь ты даже могущественнейшим Князем Котов, ибо разве я — не Тинувиэль, Принцесса Фэйри, что свернула с пути, дабы доставить тебе удовольствие?» При этих словах, а она прокричала их еще громче прежнего, в кухне послышался страшный грохот, словно внезапно уронили гору металлической и глиняной посуды, и Тевильдо зарычал: «Не иначе как опять споткнулся этот бестолковый эльф Берен, избави меня Мелько от такого народа», — но Тинувиэль, догадавшись, что Берен услышал ее и сражен изумлением, позабыла о страхах и более не жалела о своей дерзости. Тевильдо, однако же, весьма разгневался на ее заносчивые слова, и, не будь он расположен сперва узнать, что пользы сможет извлечь из ее рассказа, плохо пришлось бы Тинувиэли. Воистину с этой самой минуты подвергалась она великой опасности, ибо Мелько и все его вассалы почитали Тинвелинта и его народ вне закона и весьма радовались, если удавалось поймать кого-то из лесных эльфов и в полной мере явить свою жестокость; потому великую милость заслужил бы Тевильдо, если бы доставил Тинувиэль к своему повелителю. В самом деле, едва назвала она себя, именно так и вознамерился Тевильдо поступить, как только покончит со своим собственным делом; но воистину рассудок его был усыплен в тот день, и кот забыл подивиться, почему это Тинувиэль устроилась наверху, взобравшись на приступку люка: да и о Берене больше не вспоминал, ибо мысли его заняты были только рассказом Тинувиэли. Потому молвил Тевильдо, скрывая свой злобный замысел: «Нет же, госпожа, не гневайся; промедление разжигает мое нетерпение; ну начинай же рассказ, что приготовила ты для моих ушей — ибо я уже насторожил их».

И отвечала Тинувиэль: «Есть тут огромный зверь, злобный и дикий, имя же ему Хуан», — при этом имени Тевильдо выгнул спину, шерсть его поднялась дыбом, по ней пробежали искры, а в глазах вспыхнуло алое пламя, — «и, — продолжала девушка, — кажется мне неладным, что такому чудищу дозволено осквернять присутствием своим лес столь близко к обители могущественного Князя Котов, владыки Тевильдо»; но Тевильдо отвечал: «Не дозволено ему это, и является пес сюда не иначе как украдкой».

«Как бы то ни было, — молвила Тинувиэль, — сейчас он здесь, однако сдается мне, что, наконец, с ним можно покончить; ибо ло! — шла я тут через леса и увидела огромного зверя, что, стеная, лежал на земле, словно сраженный болезнью; и глядь! — то был Хуан, во власти злобных чар либо недуга; и сейчас пребывает он, беспомощный, в долине, менее чем в миле к западу через лес от твоих чертогов. Может быть, и не стала бы я тревожить этим известием твой слух, если бы чудовище, едва приблизилась я, дабы помочь ему, не зарычало на меня и не попыталось укусить; сдается мне, что подобное существо вполне заслуживает своей участи».

Все, что рассказала Тинувиэль, являлось великой ложью, подсказанной ей Хуаном, ибо девы эльдар во лжи не искушены; однако не слыхала я, чтобы впоследствии кто-либо из эльдар ставил сей обман в вину ей либо Берену; не виню и я их, ибо Тевильдо был злобным зверем, а Мелько превосходил гнусностью всех живущих на земле; и Тинувиэль, оказавшись в их власти, подвергалась страшной опасности. Тевильдо, однако, сам опытный и искусный лжец, столь глубоко постиг изворотливость и коварство всех зверей и прочих живых существ, что зачастую не знал, верить ли тому, что слышит, или нет: и склонен был не верить ничему, кроме того, во что поверить хотелось, — так случалось ему бывать обманутым и более правдивыми. Рассказ же о Хуане и его беспомощном состоянии столь порадовал Тевильдо, что кот не склонен был усомниться в его истинности и твердо вознамерился по крайней мере проверить слова гостьи; однако поначалу он изобразил безразличие, заявив, что незачем было окружать такой тайной дело столь пустячное; вполне можно было говорить о нем и снаружи, без особых церемоний. На это отвечала Тинувиэль, что не подозревала прежде, будто Тевильдо, Князь Котов, не ведает о том, насколько тонок слух Хуана: уши пса улавливают самый слабый шум на расстоянии лиги, а уж голос кота различают дальше любого другого звука.

И вот Тевильдо попытался выведать у Тинувиэли, притворившись, что не верит ее рассказу, где именно находится Хуан, но девушка отвечала уклончиво, видя в том свою единственную надежду ускользнуть из замка; и наконец любопытство одержало верх в Князе Котов, и он, угрожая Тинувиэли всевозможными карами в случае обмана, призвал к себе двух своих танов, одним из которых был Ойкерой, кот свирепый и воинственный. И вот все трое пустились в путь вместе с Тинувиэлью; она же сняла свое волшебное черное облачение и свернула его так, что, невзирая на величину и плотность, оно показалось меньше самого крошечного платка (это она умела); так Тинувиэль доставлена была вниз по террасам на спине Ойкероя без каких-либо неприятностей, и сонливость не овладела котом. И вот, крадучись, двинулись они через лес в том направлении, что выбрала Тинувиэль; и вот уже Тевильдо чует пса, шерсть у кота встает дыбом, он бьет своим пышным хвостом, и взбирается на высокое дерево, и сверху вглядывается в долину, на которую указала Тинувиэль. Там и в самом деле видит Тевильдо огромного пса Хуана, что распростерся на земле, стеная и скуля; и, ликуя, поспешно спускается Тевильдо, и в нетерпении своем вовсе забывает о Тинувиэли, что, весьма испугавшись за Хуана, укрылась в зарослях папоротника. Тевильдо и два его спутника задумали бесшумно спуститься в ту долину с разных сторон, и наброситься внезапно на Хуана, застав его врасплох, и умертвить его; или, если тот совсем обессилен недугом, поразвлечься и помучить его. Так и поступили коты, но, едва прыгнули они на Хуана, пес вскочил и громко залаял, и челюсти его сомкнулись на хребте кота Ойкероя у самой шеи, и Ойкерой испустил дух; второй же тан, завывая, проворно взобрался на вершину раскидистого дерева; так Тевильдо оказался лицом к лицу с Хуаном. Такая встреча пришлась не слишком-то по душе Князю Котов; но Хуан набросился на него слишком стремительно, чтобы тот успел удрать; и в долине закипела яростная битва; ужасный шум производил Тевильдо, но, наконец, Хуан вцепился ему в горло; тут-то кот и распростился бы с жизнью, если бы его когтистая лапа, которой он размахивал вслепую, не угодила Хуану в глаз. Тогда Хуан залаял, и Тевильдо, гнусно завизжав, с усилием вывернулся, освободился и, последовав примеру своего спутника, вспрыгнул на высокое дерево с гладким стволом, росшее поблизости. И вот, невзирая на тяжкую рану, Хуан скачет под деревом, оглушительно лая, а Тевильдо проклинает его, осыпая сверху злобной бранью.

Тогда молвил Хуан: «Эй, Тевильдо, вот что скажет тебе Хуан, которого задумал ты поймать и убить беззащитного, словно одну из тех жалких мышей, на которых привык охотиться, — можешь остаться навсегда на своем одиноком дереве и истечь кровью, — или же спускайся вниз и отведай еще раз моих зубов. Но если ни то ни другое не по душе тебе, тогда ответь мне, где Тинувиэль, Принцесса Фэйри, и Берен, сын Эгнора, ибо они — мои друзья. Пусть же они послужат твоим выкупом, — хотя это и означает оценить тебя много дороже, нежели ты заслуживаешь».

«Что до треклятой эльфийки, она, дрожа от страха, прячется вон там, в папоротниках, если слух мой меня не обманывает, — отвечал Тевильдо, — а Берена, сдается мне, знатно отделывает когтями повар мой Миаулэ в кухнях замка за неуклюжесть его час тому назад».

«Пусть же отдадут их мне целыми и невредимыми, — потребовал Хуан, — а ты можешь вернуться в свои чертоги и зализывать раны, — никто не причинит тебе вреда».

«Уж будь уверен, тан мой, тот, что здесь, со мною, приведет их к тебе», — откликнулся Тевильдо, но Хуан зарычал: «Ага, и приведет заодно все твое племя, и полчища орков, и все напасти Мелько. Нет, я не так глуп, дай-ка ты лучше Тинувиэли какой-либо знак, и она отправится за Береном; — или ты останешься здесь, если это тебе не по душе». Тогда пришлось Тевильдо сбросить вниз свой золотой ошейник — знак, с которым ни один кот не посмеет обойтись без должного почтения, но отвечал Хуан: «Нет же, большего потребую я от тебя, ибо этот знак заставит весь народ твой всполошиться и отправиться на розыски своего повелителя»; Тевильдо же именно на это и рассчитывал. Но в конце концов усталость, голод и страх взяли верх над гордыней кота, князя в услужении Мелько, и он открыл тайну кошачьего рода и заклятия чар, доверенных ему Мелько; то были волшебные слова, скрепляющие воедино камни его гнусного замка; при помощи этих чар Тевильдо подчинял своей воле всех котов и кошек, наделяя их злобным могуществом превыше того, что отпущено им природой; ибо давно уже говорилось, будто Тевильдо — злобный дух в обличии зверя. Потому, едва Тевильдо произнес слова заклятий, Хуан расхохотался так, что в лесах зазвенело эхо, ибо он знал, что владычеству котов настал конец.

И вот Тинувиэль с золотым ошейником Тевильдо поспешила назад, к самой нижней террасе у врат, и, стоя там, звонким голосом произнесла слова заклятия. И тут же, глядь! — в воздухе раздался кошачий визг, замок Тевильдо содрогнулся, и оттуда хлынули сонмища его обитателей, что умалились до крошечных размеров; и испугались они Тинувиэли; она же, размахивая ошейником Тевильдо, обратилась к ним и произнесла некоторые из тех слов, что Князь Котов назвал Хуану в ее присутствии; и коты в страхе преклонились перед нею. И молвила она: «Ло, пусть приведут всех эльфов и детей человеческих, что заключены в этих чертогах», — и глядь! — вывели Берена; других же рабов там не было, кроме одного только престарелого нома Гимли; в рабстве ослеп он и согнулся его стан, но мир не знал слуха острее, чем у него, как поется во всех песнях. Гимли вышел, опираясь на палку, поддерживаемый Береном; Берен же, изможденный, одетый в лохмотья, в руке сжимал огромный нож, каковой схватил в кухне, опасаясь нового бедствия, едва содрогнулся замок и заголосили коты. Когда же завидел он Тинувиэль, стоящую среди кошачьих полчищ, что отпрянули от нее в страхе, и приметил роскошный ошейник Тевильдо, весьма изумился Берен, не зная, что и думать. Тинувиэль же весьма обрадовалась и молвила: «О Берен из-за холмов Горечи, не потанцуешь ли теперь со мною — только не здесь?» И она увела Берена, и все коты подняли вой и визг; так что даже Хуан и Тевильдо в лесу услышали их; но ни один зверь не посмел преследовать Тинувиэль и Берена и не причинил им вреда, ибо котами овладел страх, а чары Мелько оставили их.

Впрочем, котам пришлось об этом весьма пожалеть, когда Тевильдо возвратился домой в сопровождении своего дрожащего спутника, ибо гнев Тевильдо был ужасен: Князь Котов бил хвостом и наносил удары всем, кто подвернется под лапу. Хоть это и покажется безрассудством, Хуан из народа псов, когда Берен и Тинувиэль вернулись в долину, позволил злобному Князю Котов уйти восвояси и не стал воевать с ним более; однако пес надел себе на шею великолепный золотой ошейник, и это разозлило Тевильдо сильнее, нежели все прочее, ибо великая волшебная сила и могущество заключены были в том украшении. Не слишком-то радовался Хуан, сохранив Тевильдо жизнь, но отныне и впредь не опасался он котов, и все кошачье племя с тех самых пор при виде собак обращается в бегство, и все псы презирают котов с того самого дня, как Тевильдо подвергся унижению в лесах близ Ангаманди; Хуан же не свершал подвига более великого. В самом деле, впоследствии, выслушав рассказ о происшедшем, Мелько проклял Тевильдо и его племя и изгнал их; с тех пор нет у них ни повелителя, ни хозяина, ни друга; и голоса их звучат как стон и визг, ибо в сердцах их — горечь одиночества и тоска утраты, и лишь тьма царит там, и нет ни проблеска добра.

Однако в то время, о котором идет речь в нашем рассказе, более всего Тевильдо жаждал захватить Берена и Тинувиэль и убить Хуана, чтобы вновь обрести утраченные чары и волшебную силу, ибо великий страх испытывал кот перед Мелько и не смел воззвать к господину своему за помощью и признаться в своем поражении и в том, что выдал секрет заклятий. Не подозревая об этом, Хуан опасался тамошних мест и весьма страшился, что весть о происшедших событиях достигнет слуха Мелько — а Мелько узнавал почти обо всем, что случалось в мире; потому Тинувиэль и Берен вместе с Хуаном ушли далеко прочь и весьма сдружились с ним, и, живя в лесу, Берен вновь обрел силы и забыл о рабстве, и Тинувиэль полюбила его.

Однако жизнь одинокая, суровая и дикая стала их уделом, ибо не видели они лица ни эльфа, ни человека, и Тинувиэль с течением времени сильно затосковала по матери своей Гвенделинг и по нежным волшебным песням, что певала та своим детям, когда в лесной чаще у древних чертогов сгущались сумерки. Нередко Тинувиэли мнилось, будто на отрадных полянах, где жили скитальцы, она слышит флейту своего брата Дайрона, и тяжко становилось у нее на сердце. Наконец сказала она Берену и Хуану: «Я должна вернуться домой», — и душа Берена омрачилась тоскою, ибо ему полюбилась жизнь в лесу среди псов (а к тому времени многие другие присоединились к Хуану), — но только чтобы Тинувиэль была рядом.

Однако же отвечал он: «Никогда не смогу я возвратиться с тобою в земли Артанора, — не смогу я и после прийти повидаться с тобою, милая Тинувиэль, — только разве с Сильмарилем; но этого теперь не дано мне свершить, ибо разве не бежал я из чертогов Мелько, разве не подвергаюсь самой жестокой опасности, если кто-либо из его прислужников выследит меня?» Так сказал Берен, скорбя сердцем при мысли о разлуке с Тинувиэлью: ее же душа разрывалась надвое: невыносимой казалась ей мысль о том, чтобы покинуть Берена, но и вечно жить вот так, в изгнании, казалось невозможным. Потому долго молчала она, погруженная в печальные мысли, Берен же, сидевший рядом, наконец сказал: «Тинувиэль, одно только остается нам — пойдем же добудем Сильмариль», — и тогда Тинувиэль обратилась к Хуану и просила его помощи и совета; пес выслушал ее весьма угрюмо и счел эту затею полным безрассудством. Однако, в конце концов, Тинувиэль выпросила у него шкуру Ойкероя, убитого псом в поединке на поляне; Ойкерой же был весьма могучим котом, и Хуан унес эту шкуру с собой в качестве трофея.

И вот Тинувиэль призывает на помощь все свое искусство и волшебство фэйри, и зашивает на Берене эту шкуру, и придает Берену обличие огромного кота; и учит его, как следует сидеть и вытягиваться на земле, как ступать, и прыгать, и бегать по-кошачьи, пока, наконец, при виде этого у Хуана не начала вставать дыбом шерсть, чему немало смеялись Берен и Тинувиэль. Однако так и не научился Берен визжать, завывать и мурлыкать подобно любому из живущих на земле котов, и не удалось Тинувиэли пробудить свет в мертвых глазницах кошачьей шкуры, — «но придется нам с этим примириться, — сказала она, — да и выглядишь ты, как кот весьма благородный, если только попридержишь язык».

Тогда Берен и Тинувиэль распрощались с Хуаном и отправились в чертоги Мелько, не слишком утомляя себя путешествием, ибо Берену было крайне неудобно и жарко в пушистой шкуре Ойкероя; а на душе у Тинувиэли давно уже не бывало так весело, и она гладила Берена, либо дергала его за хвост, а Берен злился, потому что не получалось у него хлестнуть в ответ хвостом так яростно, как бы хотелось ему. Наконец, однако, приблизились они к Ангаманди, как подсказали им грохот и подземный гул, и звон могучих молотов десяти тысяч кузнецов, ни на минуту не прекращающих своей работы. Уже недалеко были чертоги скорби, где рабы-нолдоли трудились, изнемогая, под присмотром орков и горных гоблинов; столь непроглядная тьма и мрак царили там, что сердца путников дрогнули, Тинувиэль же вновь облачилась в темные одежды непробудного сна. Отвратительные врата Ангаманди сработаны были из железа, утыканы ножами и шипами, а перед ними разлегся огромнейший из всех волков, что когда-либо рождались на свет, сам Каркарас Ножевой Клык, не знающий сна; и Каркарас зарычал при приближении Тинувиэли, на кота же не обратил особого внимания, ибо котов почти не принимал в расчет: они постоянно шныряли туда-сюда.

«Не рычи, о Каркарас, — молвила Тинувиэль, — ибо иду я повидать владыку Мелько, а свитой мне этот тан Тевильдо». Темное одеяние скрывало ее сверкающую красоту, и Каркарас не особенно встревожился, однако же приблизился по обыкновению своему, дабы принюхаться к ней: и не могли скрыть одежды дивного благоухания эльдар. Потому тотчас же закружилась Тинувиэль в волшебном танце и встряхнула перед взором зверя темными складками своего покрывала, так, что лапы волка подкосились, сонливость овладела им, он повалился набок и уснул. Но Тинувиэль не останавливалась до тех пор, пока зверь не погрузился в глубокий сон и не пригрезились ему славные охоты в лесах Хисиломэ, когда он был еще волчонком; только тогда Берен и Тинувиэль вступили под сень черных врат и, пройдя вниз по извивам бесконечных сумрачных коридоров, оказались наконец перед лицом самого Мелько.

Во мгле Берен вполне сносно сошел за самого что ни на есть настоящего тана Тевильдо, Ойкерой же прежде часто бывал в чертогах Мелько, потому никто не обратил на него внимания; и он незамеченным прокрался под самый трон Айну, однако гадюки и злобные твари, устроившиеся там, повергли Берена в великий страх, так, что он не смел пошевельнуться.

Все сложилось на редкость удачно, ибо будь с Мелько Тевильдо, обман неминуемо бы раскрылся — воистину, об этой опасности Берен и Тинувиэль задумывались, не ведая, что Тевильдо укрылся ныне в своих чертогах, не зная, как быть, если о конфузе его прознают в Ангаманди; но глядь! — Мелько замечает Тинувиэль, и молвит: «Кто ты, порхающая в моих чертогах, словно летучая мышь? Как вошла ты сюда, ибо воистину чужая ты здесь?»

«Пока что чужая, — отвечает Тинувиэль, — хотя после, может статься, все изменится по милости твоей, владыка Мелько. Или не знаешь ты, что я — Тинувиэль, дочь Тинвелинта, объявленного вне закона; он прогнал меня из своих чертогов, ибо он — властный эльф, а я не дарю любовь свою по его приказу».

Воистину подивился Мелько, что дочь Тинвелинта сама, по доброй воле, явилась в его обитель, жуткую крепость Ангаманди; и, заподозрив неладное, вопросил, чего желает она: «Ибо разве не знаешь ты, — молвил он, — что не жалуют здесь ни отца твоего, ни его родню; и напрасно дожидалась бы ты от меня слов милости и доброго привета».

«Так и отец мой говорил, — отвечала Тинувиэль, — но с какой стати мне верить ему? Взгляни: великое искусство танца дано мне, и я бы станцевала теперь перед тобою, повелитель, ибо тогда, сдается мне, охотно отвел бы ты мне какой-нибудь жалкий угол в своих чертогах, где бы я и ютилась до тех пор, пока не придет тебе в голову призвать к себе маленькую плясунью Тинувиэль, дабы облегчить бремя своих забот».

«Нет, — ответствовал Мелько, — такие забавы не по душе мне, но ежели проделала ты путь столь далекий, чтобы потанцевать, — так танцуй, а после поглядим», — и при этих словах он воззрился на нее с отвратительным вожделением, ибо в темной его душе зародился злобный замысел.

Тогда Тинувиэль закружилась в танце, подобного которому ни она, ни другой лесной дух, фея или эльф не танцевали ни встарь, ни впредь; и через некоторое время даже пристальный взгляд Мелько преисполнился изумления. Она скользила по залу стремительно, как ласточка, бесшумно, как летучая мышь, волшебно-прекрасная, как одна только Тинувиэль; то оказывалась она подле Мелько, то перед ним, то позади, и туманные ее одежды овевали его лик и трепетали перед его взором; и всеми, кто стоял в том зале либо примостился у стен, одним за другим овладевала дрема, крепко засыпали они и видели во сне все то, к чему стремились злобные их сердца.

Под троном каменными изваяниями застыли гадюки, волки у ног Мелько зевнули и задремали; завороженный, Мелько не сводил глаз с плясуньи — но засыпать и не думал. Тогда Тинувиэль еще стремительнее закружилась в танце перед его взором и, танцуя, запела негромким голосом чарующую песнь, которой научила ее Гвенделинг давным-давно; песнь, что певали юноши и девы под кипарисами в садах Лориэна, когда Златое Древо угасало и мерцал Сильпион. Голоса соловьев звучали в ней, и тонкие неуловимые ароматы словно бы повеяли в воздухе мерзкого зала, в то время как Тинувиэль ступала по полу легко, как перышко на ветру; с тех пор не видывали там столь дивной красоты и не слыхивали столь дивного голоса; и Айну Мелько, невзирая на всю свою мощь и величие, оказался побежден волшебством эльфийской девы; воистину, сон смежил бы даже веки Лориэна, окажись он там. И вот Мелько пал, усыпленный, и погрузился, наконец, в непробудную дрему, и сполз с трона на пол, и железная его корона откатилась в сторону.

И вдруг смолкла Тинувиэль. В зале не слышно было ни звука, помимо сонного дыхания; даже Берен задремал под самым троном Мелько; но Тинувиэль встряхнула своего спутника, и тот, наконец, пробудился. Тогда, трепеща от страха, он разорвал свое обманное облачение и, освободившись от шкуры, вскочил на ноги. И вот извлекает Берен нож, каковой позаимствовал в кухнях Тевильдо, и хватает тяжелую железную корону; но Тинувиэль не смогла сдвинуть ее с места, и силы мускулов Берена едва достало, чтобы развернуть ее. Рассудок их мутится от страха, пока в темном этом чертоге погруженного в сон зла Берен старается, производя как можно менее шума, добыть Сильмариль при помощи своего ножа. И вот Берен высвобождает чудесный камень из середины; пот льется у нома со лба; но едва извлекает он самоцвет из короны, ло! — нож его ломается с громким треском.

Тинувиэль едва не вскрикнула; Берен же отпрянул в сторону с Сильмарилем в руке; задремавшие беспокойно ворочаются, и Мелько издает стон, словно зловещие мысли потревожили его грезы; и мрачная гримаса искажает лик спящего. Удовольствовавшись одним сверкающим драгоценным камнем, Берен и Тинувиэль обратились в паническое бегство; спотыкаясь, наугад спешили они в темноте по бесчисленным коридорам, пока по тусклому отблеску света не поняли, что ворота уж близко, — и глядь! — на пороге разлегся Каркарас, снова бодрствующий и настороженный.

Тотчас же Берен заслонил собою Тинувиэль, хотя она и запретила ему; и это обернулось в итоге бедою, ибо Тинувиэль не успела вновь усыпить зверя чарами сна: завидев Берена, волк оскалил зубы и злобно заворчал. «Откуда такая грубость, Каркарас?» — молвила Тинувиэль. «Откуда этот ном, который не входил сюда, теперь же, однако, спешит наружу?» — отозвался Ножевой Клык и с этими словами прыгнул на Берена, а тот ударил волка кулаком прямо между глаз, другой рукою добираясь до его горла.

Тогда Каркарас сжал руку Берена в своих жутких челюстях, — ту самую руку, в которой Берен держал сияющий Сильмариль; и откусил Каркарас руку вместе с камнем, и алая утроба поглотила их. Велика была мука Берена, и страх и тоска Тинувиэли; хотя, как только они уже готовы были ощутить на себе волчьи зубы, случается нечто новое, странное и ужасное. Узнайте же, что Сильмариль сияет белым потаенным пламенем, рожденным в глубине его, и заключает в себе неодолимые, священные чары — ибо разве не из Валинора этот камень, не из благословенных земель, разве не был он создан волшебством Богов и номов прежде, чем зло пришло в те края? — и не терпит он прикосновения злобной плоти или нечистой руки. И вот оказывается камень в гнусной утробе Каркараса, и тотчас же зверя начинает сжигать страшная боль; и душераздирающий вой его, исполненный муки, эхом отзывается в скалах; так что просыпается весь уснувший в стенах крепости двор. Тогда Тинувиэль и Берен быстрее ветра бросаются от ворот прочь, однако обезумевший Каркарас далеко обогнал их, ярясь и беснуясь, словно зверь, преследуемый балрогами; после же, когда беглецы смогли перевести дух, Тинувиэль разрыдалась над покалеченной рукою Берена и осыпала ее бессчетными поцелуями: потому, глядь! — кровь унялась и боль стихла, и нежная любовь Тинувиэли исцелила рану; однако впоследствии Берена все называли Эрмабвед Однорукий, что на языке Одинокого острова звучит как Эльмавойте.

Теперь, однако, им пришлось задуматься о спасении — если позволит судьба; и Тинувиэль набросила часть своего темного плаща на Берена, и так, скользя в сумерках и во мраке среди холмов, они какое-то время оставались незамеченными, хотя Мелько выслал против беглецов всех своих ужасных орков; эльфы доселе не видели ярости более неистовой, нежели та, что обуяла его из-за похищения Сильмариля.

И однако же вскоре показалось Берену и Тинувиэли, что сеть преследователей смыкается вокруг них все теснее, и, хотя беглецы уже достигли окраин знакомых лесов и миновали мрачную чащу Таурфуин, однако еще немало лиг, полных опасностей, отделяли их от пещер короля, и даже если бы добрались они туда, похоже было на то, что они только привели бы за собою погоню и навлекли ненависть Мелько на весь лесной народ. Преследователи же подняли столь громкий крик и шум, что Хуан издалека заслышал их и весьма подивился дерзости этих двоих, а более всего — тому, что им удалось ускользнуть из Ангаманди.

И вот отправляется он со сворой псов через леса, преследуя орков и танов Тевильдо; много ран получил он сам, многих убил, напугал или обратил в бегство, пока как-то вечером Валар не привели его на поляну в той северной части Артанора, что после названа была Нан Думгортин, земля темных идолов, но не об этом наша повесть. Однако даже тогда то был зловещий край, темный и мрачный, и ужас таился под сенью его угрюмых деревьев — не меньший, чем в Таурфуин; и наши эльфы, Тинувиэль и Берен, распростерлись там на земле — измученные, утратившие надежду, и Тинувиэль рыдала, Берен же вертел в руке нож.

Едва Хуан увидел их, он не дал им вымолвить и слова или рассказать что-либо о своих приключениях, но тотчас же подхватил Тинувиэль на свою могучую спину и повелел Берену бежать рядом изо всех сил, «ибо, — молвил он, — сюда стремительно приближается огромный отряд орков, и волки — разведчики и следопыты при них». Свора Хуана бежит тут же; быстро мчатся они вперед по кратчайшим тайным тропам к далекой обители народа Тинвелинта. Так беглецы ускользнули от вражеских полчищ, однако после не раз встречались им на пути рыскающие злобные твари, и Берен убил орка, каковой едва не утащил Тинувиэль; то было достойное деяние. Видя, что погоня по-прежнему следует за ними по пятам, Хуан вновь повел беглецов извилистыми окольными путями, ибо не смел до поры доставить их прямо к земле лесных фэйри. Столь ловко выбирал он дорогу, что, наконец, спустя много дней, погоня далеко отстала, и более никаких орочьих банд не видели и не слышали они; гоблины больше не подстерегали их, а в ночном воздухе не раздавался вой свирепых волков; быть может, потому что уже вступили они в пределы круга чар Гвенделинг, чар, что хранили тропы от злобных тварей и ограждали от зла земли лесных эльфов.

Тогда Тинувиэль опять вздохнула свободно, — в первый раз с тех пор, как бежала она из чертогов своего отца; и Берен отдыхал на солнце от мрака Ангбанда до тех пор, пока горечь рабства не оставила его вовсе. Вновь забыли беглецы о страхе, ибо свет струился сквозь зеленую листву, и шептались свежие ветра, и пели птицы.

Однако наступил, наконец, день, когда, пробудившись от глубокого сна, Берен вскочил, словно отрешившись от счастливых грез, внезапно пришедших на ум, и молвил: «Прощай, о Хуан, самый верный из друзей, и ты, маленькая Тинувиэль, любимая моя, прощай. Об одном только молю я тебя — отправляйся теперь под защиту своего дома, пусть славный

Хуан отведет тебя. А я — увы! — должен укрыться в уединении лесных чащ, ибо утратил я добытый Сильмариль и никогда не осмелюсь еще раз приблизиться к Ангаманди, потому вход в чертоги Тинвелинта закрыт для меня». И Берен заплакал про себя, но Тинувиэль, что была рядом и слышала его сетования, подошла к Берену и молвила: «Нет, теперь изменилось мое сердце, и если ты поселишься в лесах, о Берен Эрмабвед, тогда и я сделаю то же; а если ты станешь скитаться в глуши, и я приму жизнь скитаний — с тобою ли, или вослед за тобою: однако отцу моему не видеть меня вновь, если ты сам не отведешь меня к нему». Тогда воистину обрадовался Берен ее нежным словам, и счастлив был бы он жить с нею охотником в глуши, но сердце его сжалось при мысли о том, сколько выстрадала она из-за него, и ради Тинувиэли Берен забыл о своей гордости. Тинувиэль же увещевала его, говоря, что подобное упрямство — чистое безумие и что отец ее встретит беглецов не иначе как с ликованием, радуясь, что вновь видит дочь живою и невредимою, — и «может статься, — молвила Тинувиэль, — он устыдится, что шутка его обрекла твою прекрасную руку челюстям Каркараса». Долго уговаривала она Хуана вернуться с ними, ибо «отец мой должен тебе великую награду, о Хуан, — молвит она, — если хоть сколько-нибудь любит свою дочь».

Вот так случилось, что все трое вновь отправились в путь и возвратились, наконец, в леса, что знала и любила Тинувиэль, к поселениям ее народа и к глубинным чертогам ее дома. Однако, еще приближаясь к ним, они застали лесной народ в таком страхе и смятении, в каком эльфы не бывали издавна; и, расспрашивая рыдающих у дверей, скитальцы узнали, что с того самого дня, как Тинувиэль бежала втайне, несчастья не оставляли их. Ло! — король был вне себя от горя; позабыв об осторожности и осмотрительности, воинов своих разослал он туда и сюда, далеко в опасные леса на поиски девы, и многие погибли либо сгинули. Вдоль всех северных и восточных границ шла война с прислужниками Мелько, так что народ весьма опасался, что этот Айну двинет в ход всю свою силу и сокрушит их; и магия Гвенделинг не сможет сдержать орочьих полчищ. «Узнайте же, — говорили эльфы, — теперь случилось самое худшее, ибо королева Гвенделинг давно пребывает в равнодушии ко всему; молча и отрешенно, без улыбки, глядит она куда-то в даль измученным взором, и истончилась завеса чар ее, ограждающая лес, и чащи ныне унылы, ибо Дайрон не возвращается и музыка его не слышна более среди полян. А вот что венчает все злоключения наши: узнайте же, что ринулся на нас в неистовстве своем из чертогов Зла огромный серый волк, одержимый злобным духом, и мчится он, не разбирая путей, словно подгоняет его скрытое безумие; и нет от зверя спасения. Уже многих убил он, мчась напропалую через леса, лязгая зубами и завывая, так, что даже берега реки, протекающей у королевских чертогов, ныне стали средоточием опасности. Часто приходит туда жуткий волк испить воды, — волк, схожий с самим злобным Князем, с налитыми кровью глазами и высунутым языком, и не может утолить он своей жажды, словно пламя сжигает его изнутри».

Тогда Тинувиэль преисполнилась скорби при мысли о несчастьях, постигших ее народ, более же всего опечалил ее сердце рассказ о Дайроне, ибо прежде до нее не доходило никаких слухов о судьбе брата. Однако не могла она и сожалеть о том, что Берен пришел некогда в земли Артанора; вместе поспешили они к Тинвелинту; и вот уже показалось лесным эльфам, что злоключениям настал конец, — теперь, когда Тинувиэль возвратилась к ним невредимая. Воистину, на это они едва смели надеяться.

В весьма мрачном состоянии духа находят они короля Тинвелинта, однако горе его вдруг тает счастливыми слезами, и Гвенделинг вновь поет от радости, едва Тинувиэль вступает в зал и, отбросив свое одеяние темного тумана, предстает перед ними в жемчужном сиянии, словно встарь. Некоторое время в зале царят веселье и изумление, однако же наконец король обращает взор к Берену и молвит: «Итак, и ты тоже возвратился — с Сильмарилем, вне всякого сомнения, во искупление всего того зла, что причинил ты моей земле; ибо, если это не так, тогда не знаю, зачем ты здесь».

Тогда Тинувиэль топнула ножкой и закричала так, что король и все его приближенные подивились новому для нее бесстрашию: «Стыдись, отец мой, — взгляни, вот отважный Берен, которого шутка твоя завела в края тьмы и гнусное рабство, и одни только Валар спасли его от жестокой смерти. Сдается мне, королю эльдар более пристало вознаградить его, нежели порочить».

«Нет, — отвечал Берен, — король и отец твой в своем праве. Владыка, — молвил он. — Даже сейчас рука моя сжимает Сильмариль».

«Так покажи», — в изумлении произнес король.

«Не могу, — отвечал Берен, — ибо кисти моей нет здесь», — и протянул свою изувеченную руку.

Столь мужественно и учтиво держался Берен, что сердце короля склонилось к нему; и повелел Тинвелинт Берену и Тинувиэли поведать ему обо всем, что случилось с каждым; и с нетерпением предвкушал рассказ, ибо не вполне понял, что подразумевают слова Берена. Когда же, однако, король услышал обо всем, сердце его еще более склонилось к Берену, и подивился он любви, что пробудилась в сердце Тинувиэли, так, что свершила она деяния большей доблести и дерзости, нежели подвластные ему воины.

«Никогда более, — молвил король, — о Берен, молю тебя, не покидай двора моего и Тинувиэли, ибо ты — великий эльф, и имя твое прославлено будет в роду». Однако Берен гордо отвечал ему, говоря так: «Нет, о король, я держусь слова своего и твоего, и добуду тебе этот Сильмариль прежде, чем мирно поселюсь в твоих чертогах». Король принялся убеждать его отказаться от скитаний в неведомых землях, укрытых мраком, но Берен отвечал: «Нет в том нужды, ибо узнай: камень этот даже теперь находится близ пещер твоих», — и объяснил Тинвелинту, что зверь, разоривший его землю, есть не кто иной как Каркарас, волк-страж врат Мелько; не всем ведомо было это, однако Берен знал о том благодаря Хуану, который лучше всех гончих умел читать и брать след, а все псы в том весьма искусны. Хуан же в ту пору оставался в чертогах вместе с Береном; когда же завели разговор о преследовании и великой охоте, пес взмолился, чтобы и ему позволили участвовать в славном деянии, и охотно исполнена была его просьба. И вот эти трое готовятся к травле зверя, чтобы избавить весь народ от чудовищного волка, и чтобы Берен смог сдержать свое слово и принести Сильмариль, и вновь засиял бы камень в Эльфинессе. Сам король Тинвелинт возглавил охоту; с ним рядом встал Берен; и Маблунг Тяжелорукий, главный тан короля, вскочил и схватил копье — могучее оружие, добытое в битве с чужеземными орками; и с ними тремя гордо вышагивал Хуан, самый могучий из псов. Никого более не взяли они с собою, ибо таково было желание короля, объявившего: «Четырех довольно, чтобы убить волка, будь он хоть порождением Преисподней». Однако лишь те, кто видел зверя своими глазами, знали, сколь чудовищен он видом, ростом почти что с коня; столь жарким было дыхание его, что испепеляло все вокруг. Перед самым рассветом выступили они в путь, и очень скоро Хуан заприметил новый след у потока, неподалеку от королевских врат, «и, — молвил пес, — это — отпечаток лапы Каркараса». После того охотники шли по течению весь день, и во многих местах берега реки были истоптаны и изрыты, а воды заводей осквернены, словно охваченные безумием звери дрались там и катались по земле незадолго до того.

И вот опускается солнце, и угасает за деревьями на западе, и тьма крадется с Хисиломэ, так, что свет леса меркнет. Тогда-то подходит отряд к месту, где след сворачивает от ручья или, может статься, теряется в воде, и Хуан не в состоянии более идти по нему; поэтому там охотники разбивают лагерь и засыпают по очереди у ручья, и близится к концу короткая ночь.

Вдруг, в то время как Берен стоял на страже, издалека донесся ужасающий звук — вой словно бы семидесяти обезумевших волков, и ло! — трещит кустарник, ломаются молодые деревья, в то время как ужас надвигается ближе и ближе, и понимает Берен, что Каркарас уже рядом. Едва успел Берен разбудить остальных, едва вскочили они, полусонные, как в колеблющемся лунном свете, проникающем сквозь листву, воздвиглась огромная фигура; зверь мчался, словно обезумев, и путь его лежал к воде. Тогда залаял Хуан, и волк тотчас же свернул в сторону, к ним, и пена капала с его клыков, а глаза горели алым светом, и морду его исказили свирепость и ужас. Едва волк появился из-за деревьев, как бесстрашный сердцем Хуан кинулся на него, но тот гигантским прыжком перескочил прямо через могучего пса, ибо вся ярость волка обратилась в тот миг на Берена, стоящего позади: Каркарас узнал его, и затемненному разуму зверя показалось, что тот — причина всех его мук. Тогда Берен, не мешкая, направил удар копья вверх, целя врагу в горло, и Хуан прыгнул еще раз, вцепившись в заднюю ногу волка, и Каркарас упал как подкошенный, ибо в этот самый миг копье короля вонзилось ему в сердце, и злобный дух его покинул свою оболочку и, тихо завывая, умчался прочь, за темные горы, к Мандосу; Берен же остался лежать, придавленный тяжестью зверя. И вот охотники сдвигают труп волка и взрезают ему брюхо, Хуан же лижет лицо Берена, залитое кровью. Очень скоро подтверждается истина слов Берена, ибо внутренности волка наполовину сожжены, словно скрытое пламя долго тлело там, и вдруг, едва Маблунг извлекает Сильмариль, ночь озаряется дивным сиянием, переливающимся бледными, потаенными оттенками. Тогда, держа камень в вытянутой руке, молвил Маблунг: «Взгляни, о Король», — но отозвался Тинвелинт: «Нет же, я возьму камень, только если сам Берен вручит его мне». Но отвечал Хуан: «Похоже, что никогда тому не бывать, если не позаботитесь вы о нем поскорее, ибо сдается мне, что Берен опасно ранен», — и Маблунг и король устыдились.

И вот они бережно подняли Берена и принялись ухаживать за ним, и омыли его раны, и вздохнул он, но не произнес ни слова и не открыл глаз; и когда взошло солнце и охотники отдохнули немного, они понесли его назад через чащу — с величайшей осторожностью, на носилках из ветвей; и к полудню добрались до поселений лесного народа. Смертельно устали они к тому времени, Берен же так и не пошевелился и не заговорил, но простонал трижды.

Едва разнесся слух об их приближении, весь народ сбежался навстречу охотникам: многие принесли им еды и прохладного питья, и бальзамов, и целебных снадобий от ран, и, если бы не несчастье с Береном, велика была бы радость эльфов. И вот эльфы укрыли мягкими одеждами ветки с листьями, на которых покоился Берен, и унесли его к чертогам короля, где в великом горе дожидалась их Тинувиэль; она бросилась Берену на грудь и зарыдала, целуя его, и он очнулся и узнал ее; тогда Маблунг отдал ему Сильмариль, и Берен высоко поднял его, любуясь красотою камня, и наконец выговорил медленно и с болью: «Взгляни, о Король, я вручаю тебе дивный камень, коего пожелал ты, но это всего лишь незначащий пустяк, найденный у обочины, ибо некогда, сдается мне, тебе принадлежала та, что прекраснее всех помыслов, теперь же она моя». И едва вымолвил это Берен, тень Мандоса пала на его лицо, и дух его отлетел в тот час к краю мира, и нежные поцелуи Тинувиэли не призвали его назад».

[Тогда Веаннэ вдруг смолкла и разрыдалась, и спустя какое-то время выговорила: «Нет же, предание на том не кончается, но это все, что я знаю в точности». Тогда заговорили и другие дети, и некто Аусир сказал: «Слыхал я, что волшебством нежных поцелуев Тинувиэль исцелила Берена и призвала его дух назад от врат Мандоса, и долгое время жил Берен среди Утраченных эльфов…»]

Но другое дитя молвило: «Нет же, все было не так, о Аусир; если ты только послушаешь, я расскажу повесть столь же чудесную, сколь и правдивую; ибо Берен и в самом деле умер на руках у Тинувиэли, как сказала Веаннэ, и Тинувиэль, сломленная горем, и не видя более в мире ни утешения, ни света, не мешкая, последовала за ним по тем темным тропам, что каждому суждено пройти в одиночестве. И вот красота ее и нежная прелесть тронули даже холодное сердце Мандоса, так, что он позволил ей вновь увести Берена в мир живых; подобного не случалось с тех пор ни с человеком, ни с эльфом, и немало преданий и песен сложили о молении Тинувиэли перед троном Мандоса, но я не слишком хорошо помню их. Однако вот что сказал Мандос этим двоим: «Ло, о эльфы, не к жизни, исполненной безмятежной радости, отсылаю я вас, ибо в мире, где обитает злобный сердцем Мелько, более не существует она; узнайте же, что станете вы смертными, подобно людям; когда же вы вновь вернетесь сюда, это будет навечно, разве что Боги и в самом деле призовут вас в Валинор». Однако же эти двое ушли, взявшись за руки, и прошли вместе через северные леса, и часто видели их, когда кружились они в волшебном танце на склонах холмов, и имена их повсюду передавались из уст в уста».

[Тогда Веаннэ молвила:] «Так; но не только танцевали они, ибо славные деяния довелось им свершить впоследствии, и немало преданий сложено о том — их должно тебе выслушать, о Эриол Мелинон, в другой раз, когда вновь наступит время рассказов. Ибо эти двое в легендах названы и-Куильвартон, то есть умершие, что снова живы; и стали они могучими фэйри в краях к северу от Сириона. Вот теперь и впрямь конец; по душе ли пришелся тебе рассказ?»

[И сказал Эриол, что не ждал услышать историю столь удивительную от такой, как Веаннэ; на что та ответила:]

«Нет, не сама облекла я в слова это предание; но оно дорого мне; право же, всем детям ведомы деяния, о которых повествуется в нем; а я заучила рассказ наизусть, прочтя его в великих книгах, хотя не все понимаю я из того, что записано в них».

* * *

В 1920-х годах мой отец перелагал «Утраченные сказания» о Турамбаре и о Тинувиэли в стихи. Первая из этих поэм, «Лэ о детях Хурина», написанная древнеанглийским аллитерационным стихом, была начата в 1918 году, но так и не приблизилась к завершению: по всей вероятности, отец оставил работу над ней, когда покинул Лидский университет. Летом 1925 года, вступив в должность профессора англосаксонского языка в Оксфорде, он начал «поэму о Тинувиэли» под названием «Лэ о Лейтиан». Это название мой отец перевел как «Освобождение от оков», но так и не пояснил его смысл.

Примечательно, что мой отец, вопреки обыкновению, вставлял в текст даты. Первая из них, вписанная напротив строки 557 (сквозная нумерация по всей поэме), — это 23 августа 1925 года; последняя — 17 сентября 1931 года, значится напротив строки 4085. После того поэма продвинулась недалеко, только до 4223-й строки, и была оставлена на том эпизоде, когда челюсти Кархарота сомкнулись «как стальной капкан» на запястье руки Берена, сжимавшей Сильмариль (строка 4223), в момент его бегства из Ангбанда. Оставшиеся, ненаписанные части поэмы, представлены прозаическими конспектами.

В 1926 году мой отец послал обширную подборку своих стихов Р. У. Рейнолдсу, своему бывшему учителю из бирмингемской школы короля Эдуарда. В том же году он создал фундаментальный текст под названием «Очерк мифологии, имеющий непосредственное отношение к "Детям Хурина"», и на конверте с рукописью позже приписал, что это — «изначальный "Сильмариллион"», составленный для мистера Рейнолдса «как объяснение предыстории "аллитерационной версии" "Турина и Дракона"».

Этот «Очерк мифологии» в самом деле является «изначальным "Сильмариллионом"»: ведь именно к нему «Сильмариллион» восходит непосредственно, при том, что стилистическая преемственность с «Утраченными сказаниями» отсутствует. «Очерк» вполне соответствует своему названию: это краткий конспект, составленный в настоящем времени, сжато и емко. Ниже я привожу фрагмент, в котором максимально вкратце пересказывается история Берена и Лутиэн.

Отрывок из «Очерка мифологии»

Власть Моргота вновь распространяется все шире. Одного за другим побеждает он людей и эльфов Севера. Из них прославленным вождем людей был Барахир, некогда приходившийся другом Келегорму из Нарготронда.

Барахир вынужден скрываться; предатель выдает его убежище врагу, и Барахир убит; его сын Берен, некоторое время пожив изгоем, бежит на юг, пересекает Тенистые горы и, изведав тяжкие лишения, приходит в Дориат. Об этом и об иных его приключениях рассказывается в «Лэ о Лейтиан». Он добивается любви Тинувиэли, «соловушки» — так Берен прозвал ее, — дочери Тингола. За дочь Тингол в насмешку требует Сильмариль из короны Моргота. Берен отправляется исполнять назначенное; он захвачен в плен и брошен в подземелье Ангбанда, однако он скрывает свое истинное имя и отдан в рабство Ту-охотнику. Тингол держит Лутиэн в заточении, но ей удается бежать, и она отправляется на поиски Берена. С помощью Хуана — повелителя псов она спасает Берена и проникает в Ангбанд, где танцем зачаровывает Моргота и наконец погружает его в дрему. Они забирают один из Сильмарилей и спасаются бегством, но у врат путь им преграждает Волк-страж Каркарас. Он откусывает руку Берена, что сжимает Сильмариль, и впадает в безумие от боли, ибо камень жжет его изнутри.

Они спасаются бегством и после долгих скитаний вновь приходят в Дориат. Каркарас, опустошая на пути леса, врывается в Дориат. Следует Дориатская Волчья охота, в ходе которой Каркарас убит, но гибнет и Хуан, защищая Берена. Однако Берен получает смертельную рану и умирает в объятиях Лутиэн. В некоторых песнях говорится, будто Лутиэн перешла через Скрежещущий Лед, ибо ей помогало могущество ее божественной матери Мелиан, и пришла в черто-ги Мандоса, и вернула Берена; другие же говорят, будто Мандос, выслушав повесть Берена, освободил его. Доподлинно ведомо одно: Берен единственным из смертных возвратился от Мандоса, и жил он с Лутиэн в лесах Дориата и на Охотничьем нагорье к западу от Наргротронда, и никогда более не говорил со смертными.

Как видно из этого текста, в легенде уже произошли значительные изменения, и наиболее самоочевидное из них — это появление «Ту-охотника», захватившего в плен Берена. В конце «Очерка» говорится, что Ту был «могущественным полководцем» Моргота; он «спасся из Последней Битвы и по-прежнему таится в темных укрывищах, и склоняет людей к страшному поклонению себе». В «Лэ о Лейтиан» Ту фигурирует как страшный Некромант, Повелитель Волков: он обитает на Тол Сирионе, на острове посреди реки Сирион, где стоит эльфийская дозорная башня; этот остров впослед-

(в)

ствии получил название Тол-ин-Гаурхот, Остров Волколаков. Это — Саурон (или впоследствии им станет). Тевильдо и его кошачье королевство исчезли полностью.

Но со времен написания «Сказания о Тинувиэли» на заднем плане возник еще один значимый элемент сюжета, связанный с отцом Берена. Эгнор, лесной охотник, ном «из сумрачных чащ на севере Хисиломэ» (стр. 46) исчезает. Теперь, в вышеприведенном отрывке из «Очерка», отцом Берена является Барахир, «прославленный вождь *людей*»: враждебная мощь Моргота растет, Барахир вынужден скрываться, предатель выдает его убежище врагу, и Барахир гибнет. «Его сын Берен, некоторое время пожив изгоем, бежит на юг, пересекает Тенистые горы и, изведав тяжкие лишения, приходит в Дориат. Об этом и об иных его приключениях рассказывается в "Лэ о Лейтиан"».

Отрывок из «Лэ о Лейтиан»

Ниже я привожу отрывок из «Лэ» (написанного в 1925 г.; см. стр. 93): в нем рассказывается о предательстве Горлима по прозвищу Злосчастный, который выдал Морготу тайное убежище Барахира и его соратников, и о том, что случилось после. Здесь следует оговорить, что текстологические подробности поэмы крайне сложны и запутанны, но поскольку моя (амбициозная) задача состояла в том, чтобы представить в данной книге легко читаемый текст, иллюстрирующий эволюцию сюжета легенды на разных стадиях, я пренебрег почти всеми деталями такого плана, чтобы не создавать лишней путаницы. Текстологическая история поэмы изложена в моей книге «Лэ Белерианда» («История Средиземья», т. III, 1985). Я включил в настоящую книгу фрагменты из «Лэ», дословно взятые из текста, подготовленного мною для «Лэ Белерианда». В каждом из отрывков строки пронумерованы отдельно*; эти номера строк не соответствуют сквозной нумерации поэмы в целом.

---

* В данном переводе, принципиально не являющимся эквилинеарным, нумерация строк опущена. — *Примеч. пер.*

Нижеприведенный отрывок взят из Песни II «Лэ». Ему предшествует описание жестокого произвола Моргота в северных землях во времена, когда Берен пришел в Артанор (Дориат); рассказывается о том, как Барахир, Берен и еще десятеро их соратников жили изгоями, и Моргот напрасно охотился за ними на протяжении многих лет, и о том, как, наконец, «бдительности вопреки, их Моргот уловил в силки».

То Горлим был, что как-то раз
Ночной порой, в недобрый час
Один отправился сквозь тьму
В долину: тайный друг ему
Назначил встречу; чей-то дом
Минует: в сумраке ночном
Белеет смутный силуэт
На фоне звезд; лишь тусклый свет
Мерцает в маленьком окне.
Он заглянул: и, как во сне,
У призрачной мечты в плену,
Пред очагом свою жену
Увидел: прядь седых волос,
И бледность, и пролитых слез
Следы, и нищенский наряд
О днях страданий говорят.
«А! Нежный друг мой, Эйлинель,
Кого я почитал досель
Низринутой в мглу ада! Прочь
Бежав в ту роковую ночь,
Когда я волей черных сил
Утратил все, чем дорожил,
Не я ль уверился сперва,
Что ты погибла, ты мертва?»
С тяжелым сердцем, изумлен,
Глядел извне, из мрака он.
Но прежде, чем посмел опять
Ее окликнуть, разузнать,

Как удалось ей ускользнуть
И отыскать в долину путь, —
Зловещий крик совы ночной
Донесся вдруг. Раздался вой
Волков, предвестников беды:
Волк проследил его следы
Сквозь сумрак ночи. Злобный враг
Ночных убийц неслышный шаг
Направил в ночь не наугад.
И Горлим отступил назад,
Надеясь увести врагов
От Эйлинели; в глушь лесов
Он устремился прочь, один,
Через ручьи и зыбь трясин,
Сквозь лог, ночною мглой одет,
Как зверь, запутывая след,
Пока тропа не привела
К соратникам. Сгустилась мгла
И расступилась вновь; но он
Глядел во мрак, забыв про сон,
Пока унылый свет небес
Не озарил промозглый лес.
Измучен, Горлим был готов
Изведать плен и гнет оков,
Когда б сумел вернуть жену.
В душе его вели войну
Вассальный долг, любовь и честь,
И ненависть к врагу, чья месть
Грозит любимой: скорбь и страх
Кто мог бы передать в словах?

Шли дни — и Горлим, обуян
Тоской, пришел во вражий стан,
Готов предстать пред королем
Раскаявшимся бунтарем,

Что полагается едва
На милость обрести права
Своим известием о том,
Где находил в краю лесном
Отважный Барахир приют
И тропах, что туда ведут.
Он, приведен в глубинный зал,
Пред троном на колени пал,
Своим доверием почтив
Того, кто был от роду лжив.
И Моргот отвечал: «Ну что ж!
Ты Эйлинель свою найдешь —
Там, где она давно, скорбя,
Скитается и ждет тебя.
И боле вас не разлучат.
Предатель милый! Буду рад
В награду за благую весть
Тебя с женою снова свесть!
В стране теней живет она,
Любви и дома лишена —
Тот бледный призрак, что в окне
Ты видел ночью, мнится мне.
Но ты к ней попадешь теперь —
Мой меч тебе откроет дверь.
В разверстой бездны глубину
Ступай, ищи свою жену!»

Так умер Горлим, и не раз
Он клял себя в предсмертный час.
Так пал отважный Барахир
Под сталью вражеских секир.
Так все деянья старины
Напрасно были свершены.
Но Моргота коварный ков
Не удался — не всех врагов
Он одолел: война все шла,

Круша хитросплетенья зла.
Сам Моргот, верят, колдовством
Явил тот дьявольский фантом,
Что Горлима склонил ко злу, —
Так, чтобы канул вновь во мглу
Надежды свет, что рос и креп.
Но Берен, волею судеб
В тот день охотился средь скал
И, утомясь, заночевал
Вдали от лагеря. Но сон
Был мрачен: ночь со всех сторон
Надвинулась — и мир исчез.
Он видит: облетевший лес
Под ветром гнется, как быльё;
Но вместо листьев — вороньё
Крича, расселось в полумгле
И на ветвях, и на стволе.
Клюв каждой птицы обагрен
В крови; но встать не в силах он, —
Не разорвать незримых пут.
Темнеет рядом стылый пруд.
Вдруг — гладь недвижных, сонных вод
Заколебалась, дрогнув; вот
Сгустилась тень, бледна, светла,
И очертанья обрела.
Неясный призрак в тишине
К нему приблизился во сне
И молвил: «Горлим пред тобой —
Предатель преданный! Не стой,
Беги, не мешкая! Воспрянь!
Сомкнулась Морготова длань
На горле твоего отца!
Про тайный стан у озерца
Проведал Враг — и знает путь
К убежищу». Злых козней суть
Раскрыл тут Горлим. Сон же вдруг

Прервался. Берен, меч и лук
Схватив, помчался в тайный стан,
Стремительней, чем ураган,
Что, словно бы ножом, крушит
Верхушки ломкие ракит
Порой осенней. Жар огня
Жег сердце. На рассвете дня
Достиг он места, наконец,
Где Барахир, его отец
Разбил свой лагерь. Видит взгляд
Знакомых хижин жалкий ряд
На островке среди болот;
Рой птиц вспугнул его приход.
Но то не цапля, не кулик —
То вороны подняли крик,
Рассевшись на ветвях осин.
«Не скор был Берен!» — так один
Закаркал. И зловещий хор
Откликнулся: «Не скор! Не скор!»
И Берен прах земле предал,
Возвел из валунов завал,
И имя Моргота над ним
Он трижды проклял, одержим
Отчаяньем: в день горький тот
В нем сердце обратилось в лед.

Через леса и зыбь болот
Направил Берен путь — и вот
Он, наконец, настиг врагов:
Вблизи кипящих родников
Они устроили привал.
Один со смехом показал
Друзьям кольцо, трофей войны:
«Колечку, братцы, нет цены,
Да это и немудрено:
Белериандское оно,

И равного не знает мир:
Сраженный мною Барахир,
Лесной разбойник и бунтарь,
Помог-де Фелагунду встарь.
Кольцо мне велено принесть;
Ну да у Моргота не счесть
Богатств! Негоже королю
Скупиться! Я не уступлю
Сокровища! Ищи глупца!
Сболтну, что не нашел кольца!»
Но в этот миг взвилась стрела
И в грудь изменнику вошла.
Был Моргот, верно, рад узнать,
Что злейший враг его, под стать
Слуге, с кого особый спрос,
Удар ослушнику нанес.
Но смех Врага, должно быть, смолк
От слов, что Берен, точно волк,
Метнулся из-за валунов,
Один ворвался в стан врагов,
И выхватил кольцо, и вмиг
Исчез во тьме, — истошный крик
Летел герою вслед; рой стрел
Взметнулся в воздух, но задел
Лишь гномью сталь: броня, светла,
От гибели уберегла.
Так Берен скрылся: след пропал
Средь вереска и темных скал;
Не в силах беглеца сыскать,
Погоня повернула вспять.

    Был Берену неведом страх:
Могуч и стоек, он в боях
Являл отваги образец,
Пока был жив его отец.

Теперь же свет небес померк
Для Берена. Скорбя, отверг
Он смех и радость, и мечтал,
Чтоб меч, стрела или кинжал
Прервали жалкой жизни нить.
В неистовом желанье мстить,
Страшась лишь участи раба,
Он смерти вызов слал — судьба
Хранила храбреца. Хвала
Дерзаньям доблести росла,
Молва гремела на миру,
Звучали песни ввечеру
О подвигах. Сражался он
Один, врагами окружен,
Таясь в тумане и во мгле.
Слуг Моргота в лесной земле
Смерть поджидала даже днем
За каждым деревом и пнем.
Его друзьями в трудный час
Надолго стали бук и вяз,
Пернатый и пушной народ
И духи каменных высот.
Но всяк мятежник обречен:
Могуч был Моргот и силен,
Не помнят короля грозней
Сказания минувших дней;
Все туже стягивал он сеть,
Стремясь строптивца одолеть.
Покинул Берен наконец
Край, милый сердцу, где отец
Обрел могилу средь болот:
В сырой земле, близ сонных вод,
Где, поникая на пески,
Свой плач слагают тростники,
Лежит прославленный герой.

В осенней мгле, ночной порой
Пробрался Берен сквозь заслон:
Прокрался мимо стражей он
Бесшумным шагом. Средь листвы
Не слышно звона тетивы;
Смолк свист стрелы; не вспыхнет щит,
Никто главы не преклонит
Средь вереска в тени полян.
Луна, что смотрит сквозь туман
На сосны; ветер, что волной
Колеблет вереск голубой,
Напрасно ждут его назад.
Ночные звезды, что горят
В морозном воздухе ночном
Искристым, трепетным огнем,
Теперь ему светили вслед,
Струя холодный, чистый свет
На горный кряж и сонный пруд:
«Пылающий Шиповник» люд
Встарь называл огни небес,
Что озаряют дол и лес.

Край Ужаса, где без числа
Переплелись дороги зла,
Оставил Берен за спиной,
Стремясь на юг. Крутой тропой
Сквозь хлад и тьму Тенистых гор,
Опасностям наперекор,
Пройдут лишь смельчаки. Высок,
Вознесся северный отрог:
Там — смерть и боль, там рыщет враг.
Обманчивый, неверный мрак
Окутал склоны южных скал:
Обрыв, и пропасть, и провал;
Там средоточье мрачных чар,

И темный морок, и кошмар,
И сладковато-горький яд
Потоки мертвые струят.
А вдалеке, за цепью гор,
Мог различить орлиный взор
С недосягаемых высот
Скалистых круч, одетых в лед,
В неясной голубой дали
Границы призрачной земли:
Белерианд, Белерианд,
Плетенье колдовских гирлянд.

Квента Нолдоринва

После «Очерка мифологии» единственным завершенным и законченным вариантом «Сильмариллиона» является данный текст (далее я стану называть его «Квента»); мой отец перепечатал его на машинке, по всей видимости, в 1930 году. Никаких предварительных набросков и планов к нему не сохранилось (если они вообще были); но не приходится сомневаться, что на протяжении работы над значительной частью «Квенты» отец держал перед глазами «Очерк». При том, что «Квента» длиннее «Очерка» и уже выдержана в «стиле "Сильмариллиона"», она, тем не менее, представляет собою не более чем сжатое, конспективное изложение событий. В подзаголовке говорится, что это — «краткая история нолдоли, или номов», почерпнутая из «Книги утраченных сказаний», которую написал Эриол [Эльфвине]. Безусловно, уже существовали длинные поэмы, масштабные, но по большей части незаконченные, и мой отец все еще продолжал работу над «Лэ о Лейтиан».

В «Квенте» легенда о Берене и Лутиэн меняется ключевым образом вместе с появлением владыки нолдор, Фелагунда, сына Финрода. В качестве объяснения того, как это произошло, я приведу фрагмент из «Квенты»; однако здесь требуется примечание об именах. Вождем нолдор во время великого похода эльфов от озера Куивиэнен, Вод Пробуждения на дальнем Востоке, был Финвэ; его трое сыновей звались Феанор, Финголфин и Финрод; Финрод приходился отцом Фелагунду. (Впоследствии имена были изменены; третий сын Финвэ получил имя *Финарфин*, а его собственного сына стали звать *Финрод*; но прозвище *Фелагунд* за Финродом осталось. Оно означало «Владыка Пещер» или «Прорубающий пещеры» на языке гномов, поскольку именно Финрод основал Нарготронд. Галадриэль приходилась Финроду Фелагунду сестрой.)

Отрывок из «Квенты»

Время сие в песнях зовется Осадой Ангбанда. В ту пору мечи номов защищали землю от Морготова разорения, и мощь его оказалась заперта за стенами Ангбанда. И похвалялись номы, что вовеки не прорвать ему осады и никто из его приспешников вовеки не выберется творить зло в пределах мира. <...>

В ту же пору люди, перевалив через Синие горы, пришли в Белерианд — храбрейшие и прекраснейшие из своего народа. Обнаружил их Фелагунд и с тех пор неизменно был им другом. Как-то раз гостил он у Келегорма на востоке и выехал вместе с ним на охоту. Однако случилось так, что отбился он от остальных и в ночи набрел на долину в западных предгорьях Синих гор. В долине же горели огни и звучала немелодичная песня. Весьма подивился Фелагунд, ибо язык тех песен не был языком эльдар или гномов. Но и наречием орков он не был, как поначалу опасался Фелагунд. То встали лагерем люди Беора, могучего воина из рода людей; Барахир отважный приходился ему сыном. Эти люди пришли в Белерианд первыми. <...>

Той ночью Фелагунд явился к спящим из отряда Беора, и уселся у догорающих костров, где стражу не выставили, и взял арфу, что Беор отложил в сторону, и заиграл на ней — подобной музыке не внимал доселе слух смертных, ибо мотивы они переняли лишь у Темных эльфов. Тут пробудились люди, и заслушались, и подивились, ибо великую мудрость заключала в себе та песнь, равно как и красоту, и мудрее становилось сердце того, кто внимал ей. Вот так случилось, что люди прозвали Фелагунда — первого из нолдоли, кого встретили, — Мудростью; а в честь него весь его народ прозвали Мудрыми, мы же именуем их номами.

Беор до самой своей смерти жил при Фелагунде, а Барахир, сын его, был ближайшим другом сынов Финрода.

Но вот пробил час гибели номов. Не скоро сие свершилось, ибо несказанно умножилась их мощь, и были они весьма доблестны, а союзники их, Темные эльфы и люди — многочисленны и отважны.

Однако ход событий внезапно переменился, и удача от них отвернулась. Долго Моргот втайне готовил силы. И вот однажды зимней ночью выплеснул он огромные реки пламени, что хлынули на равнину перед горами Железа и выжгли ее дотла, превратив в бесплодную пустошь. Многие номы из народа Финродовых сыновей погибли в этом пожаре, и дым его окутал землю тьмой и поверг в смятение недругов Моргота. А вослед огненному потоку явились черные полчища

орков в таком числе, что прежде номы не видывали и даже
вообразить не могли. Так Моргот прорвал осаду Ангбанда
и силами орков устроил великое побоище, в коем пали храбрейшие ратники из осаждающих воинств. Враги его рассея-
лись — и номы, и илькорины, и люди. Людей он по большей
части оттеснил назад за Синие горы, всех, кроме детей Беора и Хадора, а те укрылись в Хитлуме за Тенистыми горами,
куда до поры орки в большом числе не забирались. Темные
эльфы бежали на юг в Белерианд и дальше, но многие отправились в Дориат, и королевство и могущество Тингола
в ту пору немало возросли, и стали его владения оплотом
и прибежищем для эльфов. Чары Мелиан, сотканные вокруг
границ Дориата, ограждали от зла Тинголовы чертоги и все
королевство.

Моргот же захватил сосновый лес и превратил его в обитель ужаса, и сторожевую башню на Сирионе захватил тоже,
и сделал ее цитаделью зла и угрозы. Там поселился Ту, главный из прислужников Моргота, чародей, наделенный грозной
силой, повелитель волков. Тяжелее всех бремя этой страшной
битвы, второй битвы и первого поражения номов, легло на
плечи сыновей Финрода. В ней пали Ангрод и Эгнор. И Фелагунд тоже был бы захвачен в плен или погиб, но тут подоспел Барахир вместе со всеми своими людьми и вызволил
короля номов, и оградил его стеною копий; и пробились они
сквозь полчища орков, хотя и с тяжкими потерями, и бежали к топям Сириона на юг. Там Фелагунд принес Барахиру
клятву вечной дружбы и пообещал помощь в час нужды
и ему, и всему его роду и потомству, и в подтверждение этой
клятвы вручил Барахиру свое кольцо.

И отправился Фелагунд на юг, и на берегах Нарога основал по примеру Тингола сокрытый в пещерах город и королевство. Эти глубинные чертоги названы были Нарготронд. Туда пришел Ородрет [сын Финрода, брат Фелагунда], после того, как бежал, не чуя ног, и какое-то время скитался, подвергая жизнь свою опасности, а с ним — его друзья Келегорм и Куруфин, сыны Феанора. Благодаря народу Келегорма сила Фелагунда умножилась, однако лучше было бы, кабы отправились они к своим собственным родичам, что укрепили холм Химлинг к востоку от Дориата и сокрыли в теснине Аглон немало оружия. <...>

В те дни сомнений и страха, после [Битвы Внезапного Пламени], немало приключилось ужасного, здесь же рассказано лишь о немногом. Говорится, что погиб Беор, а Барахир не покорился Морготу, однако все его земли отвоевали у него, а народ его разогнали, либо обратили в рабство, либо перебили; сам же он стал изгоем вместе со своим сыном Береном и десятью верными воинами. Долго скрывались они и втайне совершали деяния великой доблести, воюя против орков. Но в конце концов, как говорится в самом начале лэ о Лутиэн и Берене, предатель выдал прибежище Барахира врагу, и вождь был убит, а также и его соратники, все, кроме Берена, каковой волею судеб в тот день охотился в дальних краях. После того Берен жил изгоем в одиночестве, и помогали ему лишь птицы да звери, коих любил он; и искал он смерти, совершая отчаянные подвиги, но не смерть обрел, а славу, и воспевали его промеж себя в песнях беглецы и сокрытые враги Моргота, так что повесть о деяниях его дошла даже до Белерианда и в Дориате слух передавался из уст в уста. Наконец Берен бежал на юг, ибо все теснее смыкалось кольцо врагов, его преследующих, и пересек он страшные горы Тени, и пришел наконец, изможденный и измученный, в Дориат. Там втайне завоевал он любовь Лутиэн, дочери Тингола, и нарек ее Тинувиэль, соловушка, — так красиво пела она в сумерках под сенью дерев; ибо была она дочерью Мелиан.

Но разгневался Тингол и с презрением отказал Берену, хотя и не казнил его, поскольку загодя дал дочери клятву. Однако ж все равно желал король послать чужака на верную смерть. И измыслил он в сердце своем подвиг, свершить каковой невозможно, и молвил: «Если принесешь ты мне Сильмариль из короны Моргота, я дозволю Лутиэн стать твоей женой, буде сама она того пожелает». И Берен дал обет исполнить назначенное, и отправился из Дориата в Нарготронд с кольцом Барахира. Там поход за Сильмарилем пробудил ото сна клятву, принесенную сынами Феанора, и произошло от того великое зло. Фелагунд, хотя и знал он, что этот подвиг ему не по силам, был готов помочь Берену всем, чем сможет, поскольку сам некогда дал клятву Барахиру. Но Келегорм и Куруфин отговорили его подданных и подняли против него мятеж. Недобрые мысли пробудились в их душах, и задумали они захватить трон Нарготронда как сыны старшей ветви. И предпочли бы они погубить могущество Дориата и Нарготронда, нежели допустить, чтобы отвоеван был Сильмариль и отдан Тинголу.

Засим Фелагунд передал корону Ородрету и ушел от своего народа вместе с Береном и десятью преданными соратниками из числа своих домочадцев. Они подстерегли в засаде банду орков, перебили их и при помощи магии Фелагунда приняли орочье обличие. Однако Ту заметил их со своей

сторожевой башни, что некогда принадлежала самому Фелагунду, и допросил их, и в поединке между Ту и Фелагундом
магия их развеялась. Так были разоблачены эльфы, однако
силой заклятий Фелагунда имена их и цель похода остались
сокрыты. Долго пытали их в подземельях Ту, но ни один не
выдал друѓого.

Клятву, о которой идет речь в конце данного отрывка,
принесли Феанор и его семеро сыновей: «преследовать своей
ненавистью и местью вплоть до границ мира любого, будь то
Вала, демон, эльф, человек или орк, — кто завладеет Сильмарилем, или захватит его, или сохранит против их воли» (цитата из «Квенты»). См. стр. 122.

Второй отрывок из «Лэ о Лейтиан»

Н**иже** я привожу еще один отрывок из «Лэ о Лейтиан» (см. стр. 96, 98), где пересказывается эпизод, только что приведенный в крайне сжатом изложении «Квенты». Фрагмент начинается с того момента, когда была прорвана Осада Ангбанда — позже эти события назвали Битвой Внезапного Пламени. Судя по датам, вписанным моим отцом в рукопись, весь этот отрывок был создан в марте-апреле 1928 года. На строке 246 заканчивается Песнь VI «Лэ» и начинается Песнь VII.

> Пришел конец, свершился рок:
> Огня бурлящего поток
> Равнину Жажды затопил.
> Вся мощь, что втайне Враг копил,
> Исторглась пламени вдогон.

Несметных полчищ легион
Осаду Ангбанда прорвал.
Палящий жар и дыма шквал
Врагов рассеял; кровь, ала,
С кривых клинков росой текла,
Ярилась орочья орда.
Был ранен Фелагунд; тогда
Вождь Барахир, могуч и смел,
Ему на помощь подоспел
С людьми, с копьем и со щитом.
Среди болот, в лесу густом
Скреплен был дружества обет:
Поклялся Фелагунд в ответ
И дом соратника, и род
Дарить поддержкой в час невзгод.
Так были Финрода сыны
Все четверо побеждены —
Плачевный номов ждал финал:
Пал Ангрод, гордый Эгнор пал;
Но славный Фелагунд вдвоем
С Ородретом тем страшным днем
Собрали под руку свою
Всех тех, кто уцелел в бою,
И всех детей, и нежных дев,
Ушли на юг, войну презрев,
И тайный возвели оплот
Над Нарогом в пещерах; вход
Таился под завесой крон.
Несокрушимых врат заслон,
Гигантский каменный портал,
В дни Турина, не раньше, пал.
Келегорм с Куруфином тут
На годы обрели приют,
И креп и множился народ
В чертогах близ текучих вод.

В пределах нарогских земель
Средь нарготрондских зал досель
Царил сокрытый властелин.
И ныне Барахира сын
В лесах скитался, одинок:
Где сумрачный Эсгалдуин* тек,
Он брел сквозь лес по-над водой,
Покуда в Сирион седой
Поток не влился и, вольна,
Вдаль, к морю понеслась волна.
Вот Берен заводей достиг —
Там, где мерцает звездный блик,
Разлившись, стынет Сирион,
И, стиснут и разъединен
Наносами и тростником,
Питает топи — а потом
Ныряет в глубь земли, в провал,
На много миль — под своды скал.
Затоны сумеречных вод
Нарек от века эльфов род
Умбот-Муилин. Сквозь дожди
Завидел Берен впереди
Холмы Охотников — предел
Земли Хранимой; разглядел
Кряж, гол, иззубрен и суров,
Во власти западных ветров, —
Под ним густа туманов вязь
И морось сыплется, искрясь,
В затоны; под хребтом пролег
Путь Нарога — там скрыт чертог
Владыки Фелагунда, близ
Нагорья, где с обрыва вниз
Низвергся Ингвиля каскад.

---

* Касательно произнесения эльфийских имен и названий, содержащих дифтонги *ui, au*, см. предисловие «От переводчика». — *Примеч. пер.*

Там стражи днем и ночью бдят.
Быстр Нарог, светел Сирион —
Края меж ними испокон
Хранит нарготрондский дозор.
Взгляд метких лучников остер,
Не знает промаха рука,
Смерть поджидает чужака,
Проникшего туда тайком.
По башне — на холме любом.

Но Берен, вторгшись в тот предел,
Кольцо блестящее надел —
Дар Фелагунда — и твердил:
«Не орк идет и не подсыл,
Но Берен, Барахира сын,
С вождем людей ваш властелин
Был дружен». На восточный брег
Он вышел: бурный Нарог бег
Стремил по черным валунам,
Бурля и вспениваясь, — там
Стрелки в зеленом гостя вдруг,
Нацелив луки, взяли в круг.
Они — им перстень был знаком —
Склонились перед чужаком,
Пусть он оборван и в пыли;
Его на север повели,
Ведь нет ни брода, ни моста,
Где Нарготрондские врата
Минует Нарог по пути —
Врагу и другу не пройти.

Но севернее, где река
Не так бурна и широка,
Туман из пенных брызг повис, —
Где Гинглит огибает мыс
И золотой ее поток
Впадает в Нарог — там лишь смог

Вброд переправиться отряд,
И поспешил к порогу врат,
Туда, где различает глаз
Уступы каменных террас.

      Пришел отряд в лучах луны
К вратам, что грозны и темны;
Прочны, массивны и крепки
Их каменные косяки.
Так храбрый Берен был введен
Туда, где Фелагунда трон.

      Учтивый гостя ждал прием:
Он, с глазу на глаз с королем,
Поведал о своей беде,
Скитаньях, мести и вражде;
Сбиваясь, вспоминал, смятен,
Как танцевала Лутиэн
В венке из диких белых роз
И пела; и в сетях волос
Искрился звездный ореол.
Про Дориат он речь повел,
Про дивный Тинголов чертог —
Подсвечен чарами, глубок, —
Где бьют фонтанные струи,
И распевают соловьи
Для Мелиан и короля,
Напевом душу веселя.
Пересказал, не пряча глаз,
Надменный Тингола наказ:
Во имя девы, что светлей
Прекрасных смертных дочерей,
Для Лутиэн Тинувиэль
В пределы выжженных земель
Ему назначено идти, —
Чтоб смерть и боль познать в пути.

Дослушал Фелагунд, и вот
Печально молвил в свой черед:
«Увы, король, всего верней,
Взыскует гибели твоей.
Трех самоцветов огнь живой
Затронут клятвой роковой;
Лишь Феаноровы сыны
Владеть и обладать вольны
Их светом. Тингол тот кристалл
Присвоить вряд ли б возмечтал:
Не всей эльфийскою страной
Он правит. Но ценой иной
Ты не вернешься в Дориат?
Немало страшных бед сулят
Тебе дороги в никуда.
А после Моргота — вражда
Помчится по твоим следам
С небес — и к адовым вратам.
Ведь Феанора сыновья
Тебя убьют, уверен я,
Допрежде, чем успеешь ты
Достигнуть сладостной мечты
И Тинголу вложить в ладонь
Неугасимый тот огонь.
Ло! Келегорм и Куруфин,
С остатками своих дружин
Придя в предел моей земли,
Немало власти обрели,
При том, что королем здесь — я,
Сын Финрода. Пусть как друзья
Они до нынешнего дня
Поддержкой были для меня.
Но я боюсь не без причин,
Что Берен, Барахира сын,

В них сострадания не найдет,
Отправившись в такой поход».

Был прав король. Воссев на трон,
К народу обратился он,
О клятве Барахиру рёк,
О том, как смертного клинок
Спас короля в дни старины
На северных полях войны.
Взыграв, сердца рвались на бой;
Но вот разнесся над толпой
Глас, королю наперекор:
Встал Келегорм: надменный взор
Пылал огнем, лучился меч,
Сияли кудри. Вел он речь,
И гневом лик его пылал,
И тишина объяла зал.

«Будь враг он, друг, иль демон злой,
Эльф, смертный или кто иной,
Живущий в мире испокон,
Ни сострадание, ни закон,
Ни мощь Богов, ни даже ад,
Ни сила чар не защитят
От Феаноровых сынов
Того, кто посягнуть готов
На камень — выкрасть, вырвать иль,
Найдя, присвоить Сильмариль.
Заклятым трижды трем камням
Дано принадлежать лишь нам».

Как прежде в Туне речь отца
Воспламенила все сердца,
Так сын, слова сплести сумев,
Будил испуг и темный гнев;

Грозил он смутой и войной,
Живописал, как кровь волной
Затопит Нарготронд, ала,
Пятная мертвые тела,
Коль войско Нарога пойдет
За Береном; как тьма невзгод
Падет на Дориат лесной —
И Тингол страшною ценой
Оплатит роковой кристалл.
И самый преданный вассал
Был клятве короля не рад:
Любой, отчаяньем объят,
И думать не желал о том
Чтоб переведаться с Врагом
В его норе. Чуть смолк один
Из братьев, начал Куруфин:
Имел он убежденья дар —
Такие сплел он сети чар,
Что лишь при Турине опять
Вернулась Нарогская рать
К боям открытым. Впредь же ном
Сражался скрытно и тайком,
Избрав оружием в те дни
Силки, засады, западни,
И чарами заполнил мглу,
И ядом смазывал стрелу
Со смертоносным острием.
В союзе с птицей и зверьем,
Фантомы-лучники как тень
Неслышно крались целый день
За жертвой, приминая мох,
Чтоб в темноте застать врасплох.
Лукавых слов был горек плод:
Забыли номы долг и род —

Такой неодолимый страх
Посеял Куруфин в сердцах.

  Так номы, души распаля,
Взроптали против короля:
Мол, Финрод нам не божество,
И уж тем паче сын его.
И Фелагунд, под общий гул,
Корону сняв, ее швырнул
Под ноги — Нарготронда шлем.
«Пусть клятвы не указ вам всем,
Свою сдержу я до конца.
Коль есть здесь стойкие сердца,
Что сыну Финрода верны,
Со мною из моей страны
Уйдет хоть небольшой отряд, —
Не побреду я прочь от врат,
Покинув, словно нищеброд,
Корону, город и народ!»

  Еще не стихло эхо слов,
Как десять доблестных бойцов
Из Фелагундовых дружин
Шагнули к королю. Один
Поднял серебряный венец
И молвил: «О король, дворец
Покинем мы — но сюзерен
По праву ты. Назначь взамен
Наместника». И Фелагунд
Корону, упреждая бунт,
Вручил Ородрету. «Мой брат,
Покуда не вернусь назад,
Она твоя», — король сказал.
Тут Келегорм покинул зал,
Надменный Феанора сын;
И улыбнулся Куруфин.

* * *

Двенадцать воинов ушли
Из нарогской родной земли
На Север потайным путем
И скрылись в сумраке ночном.
Не провожал их труб мотив;
Плащами темными сокрыв
Плетенья кольчатой брони,
Исчезли без следа они.

Вдоль русла Нарога пролег
Их путь, извилист и далек.
К истоку путь держал отряд, —
Туда, где бурный водопад
Прозрачный, как стекло, фиал
Водой искристой наполнял
И пенных струй живой узор
Сбегал от Ивринских озер, —
Озер, что как хрусталь, чисты:
В них отражаются хребты
Тенистых гор — в лучах луны
Их лики бледны и мрачны.

Осталась позади страна,
От темных сил ограждена.
За ночью ночь под сенью скал
Отряд в засаде бдил и ждал.
Однажды облачная мгла
Луну и звезды облегла,
И раздавался ветра вздох
В осенних кронах, и на мох
Кружась, валился палый лист, —
Вдали раздался гвалт и свист,
И хохот, резок и жесток,
И тяжкий топот многих ног;
Шум нарастал, в ночной тени

Зажглись светильников огни:
Неверный отблеск, тускло-ал,
Кривые лезвия пятнал.
Блестели копья и мечи:
То банда орков шла в ночи —
Гнусны, и злобны, и смуглы.
При них — нетопыри; из мглы
Заухал сыч, ночной фантом.
Но стихли смех, и гвалт и гром;
Подобный лязгу стали, гам
Угас в ночи. Вослед врагам
Шли нарготрондцы — тише лис,
Что за поживой пробрались
На скотный двор. Во вражий стан,
Багровым светом осиян,
Прокрались эльфы. Вкруг огня
Расселись орки, гомоня, —
Десятка три. В тени дерев
Беззвучной тенью замерев,
Всяк лук согнул и взял прицел.

Се! Взмыла в воздух туча стрел,
Чуть Фелагунда грянул крик —
Двенадцать орков пали вмиг.
Отбросив луки, за клинки
Схватились дружно смельчаки,
Блеснула сталь — и грянул бой!
Подняли орки визг и вой —
Как духи адовых глубин.
Живым не спасся ни один.
Так сгинул орочий отряд:
Бездольный край не разорят
Враги огнем и сталью впредь.
Но рано ликовать и петь,
Победу одержав над злом —

В набег столь небольшим числом
Не ходят орки никогда:
А значит, эльфов ждет беда.
Раздели орков догола
И в яму бросили тела.
Чтоб недругов ввести в обман,
Король измыслил дерзкий план —
Всем номам, изменив их стать,
Обличье орочье придать.

Вооружился всяк из них
Одним из луков костяных,
Взял ятаган и взял копье,
Надел ангбандское тряпье,
Лицо и руки зачернил,
Под стать оскалу зверских рыл.
Состригли с орочьих голов
Копны нечесаных клоков —
Грязны, растрепаны, в пыли,
И волос к волосу сплели,
Чтоб понадежней привязать
Вокруг ушей за прядью прядь.
Глядели эльфы, оробев.
А Фелагунд запел напев,
Преображающий черты:
Оскалились клыками рты,
Обвисли уши; песнь лилась,
Волшебных чар сплеталась вязь.
Одежду спрятав в тайнике,
Пустились номы налегке
За гнусным орком-вожаком,
Допрежь — эльфийским королем.

Немало им пришлось пройти.
Приветствовали по пути

Их орки, не чиня преград,
И с каждым днем смелел отряд.
   Но вот остался за спиной
Белерианд. Плеща волной,
Серебряным каскадом тек
Бурлящий Сирион сквозь лог,
Где Таур-на-Фуин, Ночная Мгла,
Земля, где сосны да скала,
К востоку обрывалась вниз,
А с запада стеной навис,
Прогнувшись к северу, хребет,
Собой закрыв закатный свет.

   Там остров-холм стоял один,
Как камень, с гористых вершин
Гигантской сброшенный рукой.
Омыт извилистой рекой,
Делил он надвое поток,
Что гротами скалу иссек,
И, нехотя прихлынув к ним,
Стремился к берегам иным.
   Здесь высился эльфийский форт,
Доныне величав и горд,
Днесь мрачен и насторожен,
Грозил Белерианду он
На юге; к северу легла
Пустыня, выжжена дотла —
Многострадальная земля:
Пески и мертвые поля,
А вдалеке — клубился дым,
Нависнув облаком густым
Над Тангородримской грядой.

   Обосновался в башне той
Злой дух, чей взор пылал огнем:

Следил он с башни за путем
По Сириону через дол,
Что из Белерианда вел.

Дух прозывался Ту; его
Поздней сочли за божество,
И люди, покорясь ярму,
Кумирни строили ему.
Пусть для людей пока не бог, —
Безжалостен, могуч, жесток, —
Грозней всех Морготовых слуг
Был Князь Волков. В холмах вокруг
Зловещий вой не умолкал.
Там некромант заклятья ткал.
Владея силой колдовской,
Сумел он под своей рукой
Блуждавших призраков собрать.
Отверженных чудовищ рать
Он воле подчинил своей —
Фантомов, демонов, зверей, —
И волколаков без числа,
И остров стал оплотом зла, —
Впредь Чародейным звался он.

Издалека под сенью крон
Ту заприметил чужаков
И кликнул тотчас же волков:
«Ко мне ведите сей же час
Вон тех сомнительных пролаз!
Мне подозрительны они:
Зачем бы, хоронясь в тени,
Они крадутся воровски
И, приказанью вопреки,
Ко мне с докладом не спешат,
К владыке Ту!»
Горящий взгляд

Вперил он в даль, нахмурясь зло:
В нем недоверие росло.
Вот волки номов взяли в круг,
Объял нарготрондцев испуг:
Край Нарога, увы, далек,
Надежда тает, грозен рок!
Вот их проводят по мосту
На Чародейный остров, к Ту,
Туда, где кровью обагрен
Изваянный из камня трон.

«Где вы бывали? Что вы видали?»

«В эльфийских краях, там горе и страх,
Край выжжен дотла, кровь льется, ала;
Там мы бывали, вот что видали.
Тридцатерых нет боле в живых —
Гниют в яме убитые нами.
Сжали мы ниву воронью на поживу».

«И каковы ж, скажите мне,
Дела в эльфийской стороне?
Кто в Нарготронде королем?
В краю вы побывали том?»

«Прошли мы лишь границы вдоль.
Там правит Фелагунд-король».

«А говорят, что сгинул он
И Келегорм воссел на трон?»

«Неправда! Коли сгинул он,
Ородрет занял братний трон».

«Сколь слух остер ваш до молвы
Из мест, где не бывали вы!

Как звать столь доблестных солдат?
Кто возглавляет ваш отряд?»

«Нереб и Дунгалеф, при них
Нас десятеро. С гор глухих,
Из темных скальных нор в поход
Нас дело спешное ведет.
Ждет Болдог нас в земле теней,
Где пламя бьет из-под камней».

«Слыхал я, Болдог пал в бою
На порубежье в том краю,
Где Тинголов разбойный сброд
Запрятался под хмурый свод
Зеленой вязовой листвы?
Выходит, не слыхали вы
О фее Лутиэн? Она
Мила, бела и так нежна,
Ей Моргот завладеть не прочь.
Беглянку в Ангбанд приволочь
Был послан Болдог; он убит.
Не с ним ли быть вам надлежит?
Недобро Нереб хмурит лоб…
Малютка Лутиэн! И что б
Не посмеяться всласть ему,
Раз канет ясный свет во тьму,
И непорочность втопчут в грязь,
И деву всемогущий князь
Замучает в своей тюрьме?
Вы слуги Свету или Тьме?
Кто мира дольнего творец,
Даритель злата и колец?
Кто царь — царей превыше всех?
Кто древле радости и смех
У скаредных Богов отторг?

Не хмурьте бровь! За орком орк
Обеты повторите вновь!
Да сгинет свет, закон, любовь!
Проклятье звездам и луне!
Пусть вековая тьма извне
Затопит ледяной волной
Всё — Манвэ, Варду, мир земной;
Во зле — начало всех начал,
И ненависть — всему финал,
И Мир да будет погребен
Под векового моря стон!»

 Ни эльф, ни смертный человек,
Не будучи рабом, вовек
Не повторит столь страшных слов.
Рёк в гневе Берен: «Князь Волков
Не смеет нам чинить препон!
Приказ нам отдает не он!
Нам в путь пора!»
     «Быть по сему!
Недолго вам в моем дому
Гостить, — со смехом молвил Ту.
— Терпение! Сперва почту
Я песней вас — внемлите мне!»
Пал мрак — и в зыбкой пелене
Мерцал огонь бездонных глаз, —
И стыла кровь, и разум гас.
 Он в песнь свою вплетал слова
Прозрения и волшебства,
Предательства, разоблаченья,
Уничтоженья, принужденья,
Являя скрытое — на свет.
И дрогнул Фелагунд. В ответ
Он пел о доблести, борьбе,
О стойкой верности судьбе,

О развенчаньи обольщений,
О смене перевоплощений,
О вызволеньи из силков,
Об избавленьи от оков.
    Так песня с песней спор вели,
И нарастал, и гас вдали
Напев, тревожа эхо скал.
И Фелагунд в мотив вплетал
Узор видений: трели птиц
Над Нарготрондом; свет зарниц
Вздох моря, тихий плеск волны
О берег дальней стороны,
Где тонет в блеске золотом
Бессмертный край, эльфийский дом.

    Но мрак сгущался. Пала мгла
На Валинор, и кровь текла,
Пятная берег и пески.
То нолдор, чести вопреки,
На родичей войной пошли
И захватили корабли.
Донесся ропот черных крыл.
Закаркал ворон. Волк завыл.
В морях раздался скрежет льдов.
Им вторил стон и звон оков
В темницах Ангбанда. Вдали
Взметнулось пламя. Потрясли
Раскаты грома своды скал —
И Фелагунд, сраженный, пал.

    Се! К эльфам властью чар опять
Вернулись прежний вид и стать:
Нет больше орочьих гримас,
Всяк светлолиц и ясноглаз,
Но участь пленников страшна —

Они во власти колдуна.
В темницу, где не брезжит свет,
И отблеска надежды нет,
Их ввергли: цепи их гнетут,
Их душат сети тесных пут,
Вгрызаются оковы в плоть.

Но Фелагунд перебороть
Смог волю Ту отчасти: он
Ни цели эльфов, ни имен
Не выведал; сойдя во мрак,
Грозил им лютой казнью Враг:
Коль не отыщется средь них
Предатель — всем не быть в живых.
К ним волки явятся в тюрьму,
И всех пожрут по одному,
У прочих пленных на глазах.
Последнего ж измучит страх,
Он, ввергнутый в подземный ад,
Истерзан будет и распят,
И будет пытка жестока, —
Так изнывать ему, пока
Не скажет все начистоту.

Все так и сталось. Темноту
Пронзал огонь горящих глаз,
И боли крик звенел и гас,
И чавканьем сменялся хруст,
Струился запах крови, густ,
Но, страх и боль на всех деля,
Никто не предал короля.

Здесь заканчивается Песнь VII. И я снова возвращаюсь к «Квенте», и продолжаю ее со слов «Долго пытали их в подземельях Ту, но ни один не выдал другого», — ими заканчивался предыдущий отрывок (стр. 115). Как и в предыдущем случае, за версией «Квенты» следует разительно отличный от нее фрагмент из «Лэ».

Следующий отрывок из «Квенты»

Между тем Лутиэн, узнав благодаря прозорливости Мелиан о том, что Берен оказался во власти Ту, в отчаянии своем замыслила бежать из Дориата. О том прознал Тингол и заточил ее в доме на самом исполинском из своих могучих буков высоко над землей. О том, как удалось ей бежать, как оказалась она в лесах и как отыскал ее там Келегорм, когда разъезжали охотники у границ Дориата, рассказывается в «Лэ о Лейтиан». Обманом привезли деву в Нарготронд, и Куруфин искусный пленился ее красотой. Из ее рассказа узнали братья, что Фелагунд в руках Ту, и задумали бросить его там погибать, а Лутиэн оставить у себя и принудить Тингола выдать Лутиэн за Куруфина, и умножить свою мощь, и воцариться в Нарготронде, и стать самыми могущественными из принцев номов. Отправиться самим добывать Сильмарили либо позволить это сделать другим они и не помышляли до тех пор, пока не окажутся у них в руках и во власти все силы эльфов. Однако замыслы их не привели ни к чему, кроме как к отчуждению и розни между эльфийскими королевствами.

Хуаном звался главный из псов Келегорма. Он принадлежал к бессмертному роду из охотничьих угодьев Оромэ. Оромэ подарил его Келегорму давным-давно в Валиноре, когда Келегорм часто выезжал в свите этого Бога и следовал на звук его рога. Хуан явился в Великие земли вместе с хозяином, и ни дротик, ни любое иное оружие, ни чары, ни яд не могли причинить ему вреда, так что ходил он в бой вместе со своим повелителем и много раз спасал его от смерти. И было ему предначертано, что смерть примет он не иначе как от самого могучего из волков, что являлся когда-либо в мир.

Хуан был благороден и прям сердцем, и полюбил он Лутиэн с того самого часа, когда впервые нашел ее в лесах и доставил к Келегорму. И удручился он душой из-за вероломства хозяина, и освободил Лутиэн, и вместе с нею отправился на Север.

Ту между тем убивал своих пленников одного за другим, пока в живых не остались только Фелагунд и Берен. Когда же пробил час смерти Берена, Фелагунд призвал на помощь всю свою силу, и разорвал оковы, и сразился с волколаком, явившимся загрызть Берена, и убил волка, но и сам погиб во мраке. И скорбел Берен в отчаянии, и ждал смерти. Но явилась Лутиэн и запела за пределами темницы. Так выманила она Ту наружу, ибо слава о прелести Лутиэн и о чудном ее пении разнеслась по всем землям. Даже Моргот возжелал ее и пообещал величайшее вознаграждение тому, кто сможет захватить деву. Ту высылал волка за волком, а Хуан бесшумно убивал их, пока не явился Драуглуин, величайший из волков Ту. И закипела яростная битва, и понял Ту, что Лутиэн не одна. Но вспомнил он о роке Хуана, и принял обличие величайшего из волков, что когда-либо являлся в мир, и вышел сам. Но Хуан одолел его, и отвоевал у него ключи и заклинания, скрепляющие зачарованные стены и башни. Так была разрушена крепость, и низверглись башни, и вскрылись подземелья. Многие узники обрели свободу, а Ту в обличии летучей мыши улетел в Таур-на-Фуин. Лутиэн же отыскала Берена, что скорбел над телом Фелагунда. И исцелила она горе Берена, и вновь окреп пленник, изнуренный в темнице, а Фелагунда похоронили они на его же острове, на вершине холма, и Ту не являлся туда более.

Хуан же возвратился к хозяину, но отныне любовь промеж них умалилась. А Берен и Лутиэн, счастливые, бродили по лесам, не зная забот, пока не оказались вновь у границ Дориата. Тут Берен вспомнил о своем обете и распрощался с Лутиэн, однако та не пожелала с ним разлучаться. В Нарготронде же началась смута. Ибо Хуан и многие из пленников Ту принесли вести о деяниях Лутиэн и о смерти Фелагунда, и так обнаружилось предательство Келегорма и Куруфина. Рассказывают, будто еще до того, как бежала Лутиэн, отправили они тайное посольство к Тинголу, но Тингол в гневе отослал их письма через своих собственных слуг назад к Ородрету. Так что теперь сердца народа Нарога вновь обратились к дому Финрода, и оплакивали номы короля Фелагунда, от которого отреклись, и исполняли волю Ородрета.

Но тот не дозволил своим подданным убить сыновей Феанора, как они того желали. Вместо того Ородрет изгнал братьев из Нарготронда и поклялся, что мало любви будет отныне и впредь между Нарогом и любым из сынов Феанора. Так и стало.

А Келегорм и Куруфин в гневе и спешке мчались сквозь леса, направляясь в Химлинг, когда наткнулись на Берена и Лутиэн, — Берен же в ту пору тщился распроститься со своей любимой. Всадники поскакали на них и, узнав их, попытались затоптать Берена копытами.

Куруфин же подхватил Лутиэн в седло. Тут-то и был совершен прыжок Берена — величайший из прыжков смертных. Ибо метнулся он, точно лев, и вскочил на несущегося во весь опор коня Куруфина, и схватил Куруфина за горло, и конь и всадник рухнули на землю, Лутиэн же отбросило далеко в сторону, и, оглушенная, осталась она лежать на земле. И принялся Берен душить Куруфина, однако и сам едва не погиб, ибо Келегорм, развернувшись, поскакал на него с копьем. В тот час Хуан отрекся от служения Келегорму и бросился на хозяина, так что конь его прянул вбок, и из страха перед могучим псом никто не посмел к нему приблизиться. Лутиэн запретила убивать Куруфина, однако Берен отобрал у него коня и оружие, в том числе и его прославленный кинжал гномьей работы, что был ценнее всего прочего. Кинжал тот резал железо, точно дерево. Тогда братья ускакали прочь, однако ж, уезжая, предательски выстрелили в Хуана и в Лутиэн. Хуану стрела вреда не причинила, а Берен заслонил собою Лутиэн и был ранен, и припомнили люди ту рану сынам Феанора, когда обо всем узнали.

Хуан же остался с Лутиэн, и, услышав об их беде и о том, что Берен по-прежнему твердо намерен идти в Ангбанд, пес принес им из разрушенных чертогов Ту шкуры волколака и летучей мыши. Лишь трижды дано было Хуану заговорить на языке эльфов либо людей. И в первый раз так случилось, когда пришел он к Лутиэн в Нарготронде. Ныне же заговорил пес во второй раз, измыслив отчаянное средство в помощь их походу. И вот поскакали они на Север, до того предела, дальше которого ехать верхом на коне было небезопасно. Там облеклись они в шкуры волка и летучей мыши, и Лутиэн, в образе злого духа, оседлала волколака.

В «Лэ о Лейтиан» рассказывается все как есть, о том, как достигли они врат Ангбанда и обнаружили, что приставлен к ним новый страж, ибо дошел до Моргота слух о невесть каком замысле, родившемся среди эльфов. Засим произвел он самого могучего из всех волков, именем Кархарас Ножевой клык, и усадил его у врат. Но Лутиэн наложила на зверя чары; так пробились они к Морготу, и Берен прокрался под его трон. Лутиэн же решилась на страшнейшее и храбрейшее из деяний, на которое отваживались когда-либо эльфы; и считается, что не уступает сей подвиг поединку Финголфина, а возможно, что и превзошел бы его, не будь Лутиэн наполовину божественного происхождения. Сбросила она личину, и назвала свое истинное имя, и притворилась, будто ее захватили в плен волки Ту. И обманула она Моргота, в то время как сам он в сердце своем замышлял гнусное зло; и танцевала она перед ним, и погрузила весь двор его в сон, и пела она перед ним, и бросила ему в лицо магическое одеяние, сотканное ею в Дориате, и наложила на него оковы неодолимого сна — и что за песня способна воспеть то чудесное свершение, или гнев и унижение Моргота? — ибо даже орки потешаются втайне, вспоминая о том и рассказывая, как рухнул Моргот со своего трона и как железная корона его покатилась по полу.

Тогда метнулся вперед Берен, и сбросил с себя волчью шкуру, и извлек на свет кинжал Куруфина. С его помощью вырезал он один из Сильмарилей. Однако, отважившись на большее, попытался он добыть их все. Тут кинжал вероломных гномов сломался, и звенящий звук растревожил спящие воинства, и застонал во сне Моргот. Ужас сковал сердца Берена и Лутиэн, и бежали они прочь по темным коридорам Ангбанда. Выход им преградил Кархарас, пробудившийся от чар Лутиэн. Берен выступил вперед, заслонив собою деву, что обернулось бедой: ибо не успела она коснуться волка краем своего одеяния либо произнести магические слова, как зверь прыгнул на Берена, оставшегося ныне без оружия. Правой рукой Берен ударил Кархараса по глазам, волк же стиснул руку челюстями и откусил ее. А рука та сжимала Сильмариль. Тогда, едва Сильмариль коснулся злой плоти, утробу Кархараса обожгло пламенем боли и муки, и, завывая, бросился волк прочь от них, и содрогнулись горы: безумие ангбандского волка явилось самым жестоким и жутким из всех ужасов, что знал когда-либо Север. Едва успели скрыться Берен и Лутиэн, как переполошился весь Ангбанд.

О скитаниях их и об отчаянии, и о том, как исцелен был Берен, коего с тех пор прозвали Берен Эрмабвед Однорукий, о том, как спас их Хуан, что прежде внезапно покинул их, не успели они дойти до Ангбанда, и о возвращении их в Дориат здесь немногое можно поведать. А в Дориате произошло немало событий. С тех самых пор, как Лутиэн бежала прочь, все пошло неладно. Горе обуяло весь народ, и, когда беглянку так и не смогли найти, песни эльфов смолкли. Долго длились поиски, и в поисках этих сгинул Дайрон, свирельщик Дориата, любивший Лутиэн до того, как в Дориат явился Берен. Дайрон был величайшим из эльфийских музыкантов, если не считать Маглора, сына Феанора, и Тинфанга Трели. Однако в Дориат он так и не вернулся и забрел на Восток мира.

Случались также и набеги на границы Дориата, ибо до Ангбанда дошли слухи о том, что Лутиэн плутает в лесах. Предводителя орков Болдога зарубил в битве Тингол; и в битве той сражались также его великие воины, Белег Лучник и Маблунг Тяжелая Длань. Так узнал Тингол, что Лутиэн пока еще не во власти Моргота, однако тому ведомо о ее скитаниях, и король преисполнился страха. А в самый разгар его страхов явилось тайное посольство от Келегорма и сообщило, что Берен мертв, равно как и Фелагунд, а Лутиэн — в Нарготронде. Тогда Тингол в глубине души пожалел о смерти Берена; и весьма разгневался король, ибо похоже было на то, что Келегорм предал дом Финрода, и еще потому, что тот удерживал Лутиэн у себя и не отослал ее домой. И вот Тингол отправил соглядатаев в земли Нарготронда и стал готовиться к войне. Но узнал он, что Лутиэн бежала, а Келегорм и его брат отбыли в Аглон. Засим теперь Тингол выслал посольство в Аглон, поскольку мощи его против всех семерых братьев недоставало, да и с прочими, помимо Келегорма и Куруфина, он не ссорился. Однако это посольство, проезжая через чащи, столкнулось с разъяренным Кархаросом. Великий волк промчался в безумии своем сквозь все леса Севера, и смерть и разрушения следовали за ним по пятам. Один лишь Маблунг спасся и доставил Тинголу вести о появлении волка. По воле судьбы, либо силой магии Сильмариля, что нес он себе на муку, чары Мелиан не остановили волка, но ворвался он в неприкосновенные леса Дориата, сея повсюду ужас и гибель.

В самый бедственный для Дориата час возвратились в Дориат Лутиэн, Берен и Хуан. Тогда легче сделалось на душе у Тингола, но отнюдь не с любовью взглянул он на Берена, в коем видел причину всех своих горестей. Узнав же, как Берен спасся от Ту, поразился король, однако вопросил: «Смертный, что поход твой и что твой обет?» Тогда ответствовал Берен: «Даже сейчас рука моя сжимает Сильмариль». «Так покажи мне его», — молвил Тингол. «Сего не могу, — отвечал Берен, — ибо рука моя не здесь». И поведал он всю повесть от начала и до конца, и раскрыл причину безумия Кархараса, и сердце Тингола смягчили отважные слова Берена, и его долготерпение, и великая любовь, что, как он видел, связывает его дочь и сего отважнейшего из людей.

Потому теперь затеяли волчью охоту на Кархараса. На ту охоту отправились Хуан и Тингол, Маблунг и Белег, и Берен, но более — никто. И здесь скорбную сию повесть должно поведать вкратце, ибо в ином месте пересказывается она куда более подробно. Лутиэн осталась, терзаемая недобрыми предчувствиями, когда все ушли; и не без причины, ибо Кархарас был убит, но в тот же час погиб и Хуан, а погиб он, спасая Берена. И хотя смертельно ранен был Берен, но успел он вложить Сильмариль в руки Тингола, когда Маблунг вырезал камень из волчьего брюха. После того не произнес Берен ни слова до тех пор, пока не отнесли его вместе с Хуаном обратно к дверям Тинголовых чертогов. Там, под буком, на котором некогда томилась она в заточении, встретила их Лутиэн, и поцеловала Берена прежде, чем дух его отлетел в чертоги ожидания. Так завершилась долгая повесть о Лутиэн и Берене. Но не рассказано еще до конца «Лэ о Лейтиан», избавлении от оков. Ибо издавна гласит молва, будто Лутиэн вскорости истаяла и угасла, и исчезла с лица земли, хотя в некоторых песнях говорится, что Мелиан призвала Торондора, и орел отнес Лутиэн в Валинор живой. И явилась она в чертоги Мандоса, и в песне поведала ему о горестной любви, да так чудесно, что даже Мандос испытал жалость, чего до тех пор вовеки не случалось. И призвал он Берена: и так, как поклялась Лутиэн, целуя его в час смерти, встретились они за пределами западного моря. Мандос же дозволил им уйти, однако сказал, что Лутиэн станет смертной, так же, как и ее возлюбленный, и должно ей будет покинуть землю еще раз, подобно смертным женщинам, и лишь воспоминание о ее красоте сохранится в песнях. Так и стало; но говорится, что в возмещение Мандос даровал Берену и Лутиэн долгий срок жизни и радости, и странствовали они, не ведая ни жажды, ни холода, в прекрасной земле Белерианда, и ни один из смертных с тех пор не говорил ни с Береном, ни с женой его.

Повествование в «Лэ о Лейтиан» вплоть до конца

Эта значительная часть поэмы начинается с последних строк Песни VII «Лэ о Лейтиан» («...Никто не предал короля», стр. 134); начало Песни VIII соответствует очень сжатому рассказу «Квенты» (стр. 136) о том, как Лутиэн держали в плену в Нарготронде Келегорм и Куруфин и как из плена ее спас Хуан, о происхождении которого повествуется здесь же. Звездочками в тексте «Лэ» отмечено начало каждой новой Песни; Песнь IX начинается на строке 329; Песнь X — на строке 619; Песнь XI — на строке 1009; Песнь XII — на строке 1301; Песнь XIII — на строке 1603; и Песнь XIV, последняя, — на строке 1939*.

> Встарь были в Валиноре псы:
> По следу вепря и лисы,
> Оленям с ланями вдогон
> Неслись они под сенью крон,
> Быстрей, чем быстрые ветра,

---

* Имеется в виду нумерация строк английского оригинала. — Примеч. пер.

В ошейниках из серебра.
Хозяином в краю лесном
Был Оромэ. Хмельным вином
Гостей он потчевал, смеясь,
И песнь охотничья лилась
В его чертогах искони.
Он звался Таврос — в оны дни
Так номы Бога нарекли;
Пел звонкий рог его вдали
За кряжем гор во тьме времен.
Из всех Богов один лишь он
Мир возлюбил допрежь, чем ввысь
Над дольним миром вознеслись
Знамена Солнца и Луны.
Его лихие скакуны
Сверкали золотом подков.
Жил в чащах род бессмертных псов —
Проворны, гибки и быстры,
Черны, и серы, и пестры,
И буры, и белее льна;
Шерсть — шелковиста и длинна,
Глаза — как халцедон, ярки,
И что китовый ус — клыки,
А лай — что колокольный хор
Над Валмаром. Рвались со свор
Как меч из ножен, псы, чтоб дичь
На радость Тавросу настичь.

Среди лугов, среди лесов
Щенком рос Хуан — прочих псов
Он обгонял, и быстр, и яр.
Владыка Таврос отдал в дар
Пса Келегорму: рад был ном
За Оромэ скакать верхом

Среди нагорий и долин
На голос рога.
Лишь один
Из псов Немеркнущей земли
Ушел, когда, восстав, ушли
Прочь Феаноровы сыны.
На Севере, в разгар войны,
С хозяином был рядом пес,
Все тяготы скитаний нес,
Сражался в вылазке любой
И принимал смертельный бой.
Он Келегорму жизнь не раз
От орка и от волка спас, —
Неутомимый волкодав
Свиреп, и сер, и величав —
Пронзал его горящий взор
Туман и тень, а нюх, остер,
Остывший след распознавал
В болоте и на камне скал,
В пыли дорог, в листве чащоб;
Всю сеть белериандских троп
Он знал — и страсть любил волков:
Любил, сомкнувши сталь клыков
На горле зверя, вытрясть дух,
Чтоб рык умолк и взор потух.
Его боялись как огня
Вервольфы Ту.
Ни западня,
Ни клык, ни яд, ни дрот стальной
Псу не вредили. Рок иной
Был псу назначен: от клыков
Громаднейшего из волков
Пасть, с ним вступив в смертельный бой.
Но пес смеялся над судьбой.

Се! В Нарготронде, вдалеке,
И за рекой, и по реке,
Тревожа Сирионский край
Трубят рога и слышен лай,
Веселый гам и голоса:
     Кто нынче выехал в леса?
То Келегорм и Куруфин
Мчат средь нагорьев и долин,
До света выехав верхом,
И каждый — с луком и копьем.
Ведь волки Ту с недавних пор
Кишат кругом, чиня разор:
Горят глаза в полях ночных
За Нарогом. Хозяин их
Плетет, быть может, козней сеть,
Чтоб нарготрондцев одолеть,
Шпионит, не спуская глаз,
С лесной земли, где дуб и вяз?

     «Мне это не по нраву, брат, —
Рек Куруфин. — Не зло ль сулят
Набеги волчьи? В свой черед,
Пора дать тварям окорот!»
Тем боле, что по сердцу мне
За волком мчаться на коне!»
И шепотом добавил он:
Мол, глуп Ородрет и смешон,
Ушел король — простыл и след;
Вестей о нем доселе нет.
     «Жив, мертв ли — о его судьбе
Нелишне бы узнать тебе.
Вооружись, бери отряд —
Как на ловитву. Все решат,
О Нароге радеешь ты;
Но в чаще, где листы густы,

Возможно что-нибудь узнать.
А коли шаг направит вспять,
Король, слепой судьбой ведом,
И коли Сильмариль при нем...
Молчу. Ты клятвы не предашь:
По праву камень — твой (и наш);
Добыть в придачу можно трон —
Кровь наша старше испокон».

Дослушал Келегорм — и вот
С отрядом выступил в поход;
И Хуан, предводитель псов,
Возликовал, заслышав зов.
        Скакали всадники три дня,
Волков стреляя и гоня,
Добыли без числа голов
И серых шкур: удачен лов! —
И отдохнуть сошли с коней
У Дориатских рубежей.

        Среди дерев из края в край
Трубят рога и слышен лай,
Веселый гам и голоса,
И кто-то в страхе сквозь леса
Прочь птицей вспугнутой летит,
Заслыша шум и стук копыт.
Дом — далеко; хрупка, бледна,
Скользила призраком она,
Стремя, как в танце, легкий шаг
Через долину и овраг.
Зов сердца деву торопил,
Туманя взор, лишая сил.
        Был зорок Хуан, чуток — нос:
Тень зыбкую приметил пес
В пролеске у куста и пня, —

Как прядь тумана в путах дня,
Мерцал размытый силуэт.
Пес поднял лай — и прянул вслед.
На крыльях ужаса сквозь лог
Мча, как от птицы — мотылек,
Она петляла меж дерев,
То трепеща, то замерев,
То дальше, как стрела, спеша.
Все было тщетно. Чуть дыша,
Беглянка замерла, припав
К стволу, — и прыгнул волкодав.
Она произнести едва
Смогла волшебные слова, —
Но вся волшба и чары сна,
Что в темный плащ вплела она,
Все таинства и чудеса
Не помогли ей против пса.
Бессмертен древний род его,
Пред ним бессильно волшебство.
Пусть Хуан был неуязвим
К ее заклятьям колдовским,
Но укротили в тот же миг
Пса нежный голос, бледный лик,
Глаза, как звезды, в дымке слез;
    Легко схватил, легко понес
Трепещущую ношу он.
Такой добыче изумлен,
Рек Келегорм: «Что за трофей
Добыл ты? — говори скорей!
Дочь Темных эльфов, дух, фантом? —
Какую ж дичь в краю лесном
Промыслил ты волкам взамен?»

    Она в ответ: «То Лутиэн
Из Дориата: сквозь туман
От солнечных лесных полян

В края, где торжествует страх
И где надежды свет зачах,
Бреду печально без дорог;
Печален путь мой и далек».
И встала, сбросив плащ, она, —
Вся — серебро и белизна.
По синей ткани лилий вязь
Узором золотым вилась.
Убор из дорогих камней
Искрился бликами огней,
Как россыпь рос в траве долин.
Застыл недвижно Куруфин,
Немым восторгом обуян:
Прелестный лик и тонкий стан,
Дивили и пленяли взгляд,
Благоуханный аромат
Вплетенных в волосы цветов
Сковал надежнее оков,
Любовью сердце опаля.
«О дочь лесного короля,
Куда ведет тебя нужда?
Что за война, что за беда
Постигла Дориат? Скажи!
Мы все — к услугам госпожи!» —
Рек Келегорм, от девы глаз
Не отводя.

                    Ее рассказ
Предугадал он наперед,
Но, скрыв коварный свой расчет,
Радушно улыбнулся он.
    «А кто же вы? кто мчит вдогон
За дичью в сумрачных лесах?»
Ответ рассеял девы страх:
«Владыки Нарготронда мы —
Привет тебе! В свои холмы

Молим тебя направить путь —
Воспрять душой и отдохнуть,
Забыв про скорбь на краткий час.
О дева дивная! Ты в нас
Благодаря самой судьбе,
Нашла друзей. Так о себе
Поведай нам!»

                    Не чуя зла,
Рассказ свой дева повела
О храбром Берене, о том,
Как он пришел, судьбой ведом,
В лес Дориата, как навлек
Гнев Тингола, и сколь жесток
Был королевский приговор.
Не выдали ни жест, ни взор,
Сколь Феаноровы сыны
В события вовлечены,
И сколь знаком им человек.
Про дивный плащ, про свой побег
Шутливо речь вела она,
Но вспоминала, смятена,
В короне звездной Дориат,
Сиянием луны объят,
Рассветом позлащенный дол, —
Покуда Берен не ушел
На гибель.

                    «Мешкать мне не след,
И времени на отдых нет:
Ведь королеве Мелиан
Чудесный дар прозренья дан, —
И мне поведала она,
Сколь участь Берена страшна:
У Повелителя Волков
Цепей немало и оков,
Его темницы глубоки,

Закляты чарами замки,
Там Берен, ввергнутый во тьму,
Томится, — ежели ему
Не выпало страшней невзгод:
А вдруг он мертв? Иль смерть зовет?»
И дева не сдержала слез.

Тихонько брату произнес
Тут Куруфин: «А вот и весть
О Фелагунде! Все как есть
Мы вызнали; понятно, брат,
Зачем здесь твари Ту кишат,
Зачем не молкнет волчий вой», —
И нашептал совет-другой,
Внушая выбор нужных слов.
«Мы ехали травить волков, —
Рек Келегорм. — Немал отряд,
Но сможем совладать навряд
Мы с цитаделью островной.
Не малодушье в том виной!
Теперь охоту мы прервем,
Назад поскачем прямиком,
Чтоб дома изыскать пути
Из плена Берена спасти».

Так братья деву увезли
В пределы нарогской земли.
Предчувствий тягостных полна,
Вздыхала горестно она,
Страшась задержки: мнилось ей —
Не шпорят всадники коней.
Скачками Хуан мчал вперед
И дни, и ночи напролет,
И, то и дело глядя вспять,
Тревожился, не мог понять,
Зачем так мешкает отряд,

Зачем не сводит жадный взгляд
С прекрасной девы Куруфин?
Помнилось псу не без причин,
Что древнего проклятья зло
Как тень на Эльфинесс легло.
Крушился, сердцем удручен,
О храбром Фелагунде он,
О Берене, попавшем в плен,
О милой деве Лутиэн.

А в Нарготронде той порой
Под струнный звон шел пир горой,
Огней горело без числа,
И слезы Лутиэн лила.
Ей не давали прочь уйти,
Ее держали взаперти;
О колдовском своем плаще
Просила пленница вотще,
Напрасны были все мольбы;
Увы, на произвол судьбы
Покинуты, ей мнилось, те,
Кто изнывает в темноте,
На смерть и муку обречен,
И вторит эху — боли стон.
Не тайной было для страны,
Что Феаноровы сыны
Принцессу держат под замком,
Что нету к Берену ни в ком
Сочувствия, и нет нужды
Спасать двум братьям из беды
Немилого им короля,
Что в путь пустился, распаля
Вражду былую. Суть интриг
Ородрет понял и постиг:
Оставить короля в плену,

Прибрать к рукам своим страну
И с Тинголом связать родством
Дом Феанора — не добром,
Так силой. Но народ был глух
К его речам; лишь братьев двух
Чтил Нарготронд, лишь им внимал,
Презрев наместника, вассал.
Отринул ном и долг и стыд;
Был всеми Фелагунд забыт.

А Хуан, нарготрондский пес,
В покоях девы стражу нес,
Ночами вглядываясь в мрак;
А дева сетовала так:
«О Хуан, Хуан! Что за зло
Твоих хозяев увлекло
На путь обмана? Почему
Все глухи к горю моему?
Когда-то Барахир-смельчак
Любил и почитал собак,
Когда-то Берен как изгой
На Севере, в глуши лесной
Жил в окружении вражды;
С ним подружились в час нужды
Пернатый и пушной народ
И духи каменных высот.
Теперь ни человек, ни ном
Не вспомнят более о том,
Кто, с рабской не смирясь судьбой,
Вел с Морготом смертельный бой,
И думает о нем теперь
Лишь вещей королевы дщерь».

Был Хуан нем. Но к деве впредь
Приблизиться не мог и сметь

Лорд Куруфин — клыков оскал
Безмерный страх ему внушал.

    Раз осенью туман сырой,
Клубясь, облек ночной порой
Луны лампаду. Рог зимы
Будил унылые холмы,
И робких звезд неверный луч
Едва мерцал в прорехах туч.
Пес скрылся. Дева не спала
И нового страшилась зла.
Но в тихий предрассветный час,
Когда все немо, звук угас,
И души страхами полны,
Тень проскользнула вдоль стены,
И плащ волшебный на пол лег,
И голос, низок и глубок,
В ночи набатом прозвучал
Под сводами безмолвных зал.

    Впервые Хуан молвил речь —
И впредь лишь дважды смог облечь
Мысль в слово, Лутиэн служа:
«Тебе помочь, о госпожа,
Любой бы почитал за честь:
Весь Эльфинесс и все, кто есть —
И зверь лесной, и птица чащ,
И эльф, и смертный. Вот твой плащ,
Воспрянь же — и скорее прочь!
Еще не посветлеет ночь,
Как мы в опасные края
Бежим на Север — ты и я».
Свой план, и смысл его, и толк
Открыл ей Хуан — и умолк.
Внимала Лутиэн, дивясь,
И всей душой отозвалась

На речь такую, пса обняв.
Так стал ей другом волкодав.

* * *

Мглой Чародейный остров скрыт,
Там ночь бессрочная царит;
Мрачна пещера, холодна,
В скале ни двери, ни окна;
Там страждут двое — лишь они
Остались в темноте одни.
Десятерых уж нет в живых —
Свидетельствуют кости их
О том, что Нарога сыны
Остались королю верны.

Так Фелагунду Берен рёк:
«Что я живу — в том малый прок.
Я ныне все сказать готов,
Чтоб вырвать друга из оков,
Его напрасно не сгубя.
Освобождаю я тебя
От прежней клятвы. Долг былой
Ты ныне оплатил с лихвой.
Что сверх того — то свыше сил!»

«Неужто Берен позабыл:
Посулы Морготовых слуг —
Что ветер в поле! Чашу мук
Нам суждено испить до дна,
Пусть даже наши имена
Услышит Ту. Конец один:
Узнав, — здесь Барахира сын
И Фелагунд — он будет рад
Умножить нашу боль стократ,
И участь худшая нас ждет,
Коль Ту прознает про поход».

Зловещий смех прорезал мрак:
«Воистину, все так, все так, —
Из ниоткуда голос рёк:
«Что смертный жив — в том малый прок,
Изгой никчемен. Но король,
Бессмертный эльф, способен боль
Немыслимую претерпеть.
Глядишь, узнав о муках средь
Застенков здешних, твой народ
Тебе на выкуп соберет
Немало ценного добра —
Каменьев, злата, серебра, —
И усмирится наконец.
А может, Келегорм-гордец,
Тебя предав твоей судьбе,
Венец и золото себе
Оставит; я же в свой черед
Сам все пойму про твой поход.
Волк голоден, грядет финал:
Довольно Берен смерти ждал!»

Шло время. В сумраке ночном
Два глаза вспыхнули огнем.
Рванулся Берен из оков,
Жизнь дорого продать готов,
Но вырваться из адских пут
Для смертного — напрасный труд.
Ло! С грохотом цепей металл
Разъединился, наземь пал;
Король, отчаяньем объят,
Не думая про клык и яд,
Напал на тварь волкам сродни,
Что кралась, хоронясь в тени.
Боролись долго ном и волк,
И хриплый рык во тьме не молк,

И пальцы рвали шерсть в клоки,
И раздирали плоть клыки,
И Берен услыхал сквозь мрак,
Как издыхает волколак.
И голоса раздался звук:
«Прощай, соратник мой и друг,
Отважный Берен! Ныне дом
Я обрету в краю ином.
Разбилось сердце у меня,
Кровь стынет, тело леденя.
Я силу исчерпал до дна,
Разъяв оковы колдуна,
И волчий клык пронзил мне грудь.
Я ухожу в далекий путь
К Тимбрентингу, — там ждет покой,
Там ходит кубок круговой
Промеж Богов, и осиян
Лучистым светом океан».
Так умер ном. О том рассказ
Жив в песнях эльфов посейчас.

Печали не избыв в слезах,
В отчаянье забыв про страх,
Ждал Берен, чтоб раздался шаг
Иль голос — близкой смерти знак.
Безмолвие — черно, мертво,
Стеной смыкалось вкруг него,
Как в склепе древних королей,
Что под покровом лет и дней
На глубине погребены
Во власти вечной тишины.

Но раскололась тишина
На серебристые тона.
Власть тьмы сломив, напевный зов

Заклятый холм, замок, засов
Смог силой света превозмочь.
Вкруг Берена соткалась ночь,
Как звездами расшитый плат.
И шорохи, и аромат
Нахлынули из темноты.
Коснулись тонкие персты
Флейт, и свирелей, и виол;
Рулады соловей завел;
И та, кого, сколь помнит свет,
Прекрасней не было и нет,
В лучистый шелк облачена,
Кружилась на холме одна.

Во сне пригрезилось ему —
Он песней разгоняет тьму;
Песнь Севера, зовя в поход,
Бессчетным страхам вызов шлет,
Одолевая силы зла;
Дрожат и башня, и скала,
И огнь серебряный с высот
Пылающий Шиповник льет —
Семь Звезд, что Вардой зажжены
На небе северной страны,
Как свет во тьме, надежды знак:
Чтоб помнил и страшился Враг.

«О Хуан! Вслушайся, внемли:
Песнь льется из глубин земли, —
Песнь Берена, чей голос мне
Звучал в скитаньях и во сне», —
Шепнула дева в темноту.
В плащ запахнувшись, на мосту
Она запела, — эхом звук
Окрест разнесся и вокруг,

В глубины устремясь и ввысь,
И камни стен отозвались
От недр до каменных высот,
Скала и кладка, склеп и свод, —
И дрогнул остров колдовской.
Раздался волколаков вой
Во мраке; глухо заворчав,
Залег в засаде волкодав,
В преддверье боя.

                    Не сдержал
Улыбки Ту: средь темных зал,
В плащ цвета ночи облачен,
Стоял и вслушивался он
С донжона, взор во тьму вперев:
Узнал он колдовской напев.
«А! Крошка Лутиэн! Ты в сеть
Сама решила залететь!
О Моргот! Коль к твоей казне
Добавить доведется мне
Сей самоцвет — ты будешь рад!
А я награду из наград
Приму из Морготовых рук!»
Ту вниз сошел — и выслал слуг.

        Песнь все лилась. Оскалив клык
И алый вывалив язык,
Тварь появилась из-за стен.
Объята страхом, Лутиэн
Все пела. К деве прыгнул волк —
И рухнул, и навек умолк.
За волком волка властелин
Слал из твердыни. Ни один
К нему не возвратился вспять
На мягких лапах — рассказать,

Что поджидает у моста
Тень, беспощадна и люта,
А под мостом поток речной
Брезгливо брызжется волной
Над грудой мертвых серых туш.

Но новый зверь, могуч и дюж,
Восстав во весь гигантский рост,
Собой заполнил узкий мост:
Свирепый, жуткий волколак —
Сам Драуглуин, седой вожак
Волков и гнусного зверья.
Под троном Ту он взрос, жуя
Корм, что назначил чародей:
Плоть мертвых эльфов и людей.

Безмолвным не был этот бой:
В ночи звенели лай и вой,
Но вот обратно в тронный зал
Ужасный зверь, скуля, бежал.
«Здесь Хуан», — рек и умер он.
Ту был взбешен и разъярен.
«Погибнет Хуан от клыков
Громаднейшего из волков», —
Припомнил Ту. И счел, что смог
Придумать, как свершится рок.

Ло! Медленно на мост взошла
Косматым воплощеньем зла
Тварь, источая липкий яд:
Свиреп и алчен волчий взгляд,
Но отсвет в глубине зрачков
Горит страшней, чем у волков.
Массивны лапы и крепки,
Сверкают острые клыки,
Смерть и мучение сулят.
Разверста пасть; зловонный смрад

Волной разлился. Помертвев,
Прервала Лутиэн напев,
И в затуманенных очах
Холодный заплескался страх.

Так вышел Ту. Волков страшней
Не видели с начала дней
От Ангбанда до южных гор,
Средь тех, что сеяли разор
В великих землях искони.
Волк прянул. Хуан ждал в тени.
Простерлась Лутиэн без сил,
К добыче волколак спешил.
Дыханья смрадная волна
Коснулась девы, и она
Слова заклятия едва
Произнесла, полумертва,
Плащом взмахнув навстречь врагу,
И зверь споткнулся на бегу.
Пес прыгнул из теней на мост:
Звеня, летел до самых звезд
Охотничий победный клич —
Так лают псы, настигнув дичь.
Враги кружили взад-вперед, —
То ложный выпад, то отход, —
Сцеплялись, падали, опять
Вставали, — но сумел подмять
Хуан противника — и вот
Его он треплет, глотку рвет
Врагу — но это не финал.
Обличья на глазах сменял
Колдун, — то монстр, то волк, то змей, —
То к сути демонской своей
Вернувшись, на глазах он рос,
Но хватки не ослабил пес.

Волшба и морок колдовской,
И клык, и яд, и дрот стальной
Псу Валинора никогда
Не причинили бы вреда.

Но прежде, чем исторглось прочь
Из плоти, боль терпеть невмочь,
Исчадье Морготова зла,
Встав, Лутиэн ему рекла:

«О демон тьмы, о злой фантом,
Двуличной лживостью ведом,
Здесь ты умрешь, и отлетит
Душа к хозяину; сокрыт
Во чреве стонущей земли,
В глухой удушливой щели,
Томиться станет, претерпев
Его презрение и гнев,
Твой дух, бесплотен, сир и наг —
Скуля и воя, — будет так,
Коль ты мне не вручишь ключей
От черной крепости твоей;
Мне заклинания нужны,
Какими камни скреплены;
Высвобождения слова».

Ни жив ни мертв, дыша едва,
Колдун назвал чреду словес
И, Моргота предав, исчез.

Ло! Блик забрезжил на мосту:
Как будто ночи темноту
Луч звезд пронзил, благословен.
Раскинув руки, Лутиэн
Вслух воззвала: напев такой

Днесь слышат смертные порой,
Когда за кряжами, далек,
В тиши поет эльфийский рог.
Рассвет забрезжил. Нем и сед,
Навстречь вздымал главу хребет.
Холм дрогнул; крепость сотряслась,
Мост пал; камней расторглась связь,
Низверглись башни и донжон.
Взбурлил кипучий Сирион.
Заухали в лучах зари
Сычи; пища, нетопыри
Взлетели в ледяную высь
И с резким писком унеслись
Искать себе приют иной
Под сенью Смертной Мглы Ночной.
Скуля, бежали волки вслед,
Как тени смутные. На свет
Выходят узники — бледны,
Оборваны, изумлены, —
Из липкой, безотрадной тьмы
Зловещей крепости-тюрьмы,
Глаза от солнца затеня, —
К свободе и к сиянью дня.

Вампирья тень, раскрыв крыла,
Взлетела с визгом; кровь текла,
За каплей капля с высоты,
Кропя деревья и кусты.
Лишь волчий труп остался псу,
Ту в Таур-на-Фуин бежал — в лесу
Твердыню новую и трон
Отстраивать.
                    Со всех сторон
Звучали гомон, плач, хвала, —
Толпа спасенных все росла.

Но Лутиэн удручена:
Нет Берена. Речет она:
«О Хуан! Или наш удел
Сыскать средь бездыханных тел
Того, за кем мы шли во тьму
И бились из любви к нему?»

Вброд по камням она и он
Перебрались чрез Сирион —
Там Берен, нем и недвижим,
Скорбел над Фелагундом; к ним
Не обернулся он на звук
Шагов, глух ко всему вокруг.

«О Берен! — дева воззвала. —
Не поздно ль я тебя нашла?
Увы! Вотще рыдать о том,
Кто был славнейшим королем!
Увы! Желанной встречи час
Слезами окроплен для нас!»
Такой любовью и тоской
Звучал призыв — воспряв душой,
Взглянул на деву Берен: в нем
Вновь сердце вспыхнуло огнем.

«О Лутиэн! Ты, что милей
Земли прекрасных дочерей!
О свет эльфийской красоты,
Ведомая любовью, ты
Явилась в логовище зла!
О, цвет весенний вкруг чела!
О, рук точеных белизна!»

И рухнула без чувств она
В его объятья, чуть восход
Зажег огнем небесный свод.

* * *

Певцы эльфийские в веках
На позабытых языках
И пели, и поют о том,
Как Берен с Лутиэн вдвоем
Неспешно шли, рука в руке,
Вдоль Сириона, по реке.
Смеялись весело они,
Был легок шаг, отрадны — дни,
Коснулись чащ — зимы персты;
Но вкруг нее цвели цветы:
Тинувиэль! Тинувиэль!
Звенела вольно птичья трель
Среди заснеженной земли,
Где Лутиэн и Берен шли.

Остался остров за спиной;
Но на вершине островной
Среди густой травы стоит
Надгробие — под ним сокрыт
Прах Фелагунда-короля —
До времени, когда земля
Изменит контуры, падет
И погрузится в бездну вод,
И будет мир преображен.
Но Фелагунд под сенью крон
Смеется — и нейдет назад
В мир, где война и скорбь царят.

Он пал от города вдали,
Но вести в Нарготронд пришли,
Что мертв король, что Ту сражен,
Поверглись башни и донжон:
Вернулись пленники домой
Из тени, мрачной и немой,
И словно тень назад пришел

Пес Хуан — был хозяин зол,
Но, благодарность не снискав,
Остался верен волкодав.
А в Нарготронде ропот рос,
Вплетались в шум слова угроз,
И Келегорм бессилен был
Унять негодованья пыл.
Скорбел о короле народ,
Что с сыном Финрода в поход
Допрежь идти не пожелал.
Твердил изменчивый вассал:
Мол, дева совершить смогла
Деяний храбрых без числа,
Что Феаноровы сыны
Содеять были бы должны.
Тогда поднялся крик и гам:
«Смерть вероломным подлецам!»
Ородрет молвил: «Я один
Днесь в Нарготронде властелин.
Братоубийственной резни
Я не дозволю. Но они,
Два брата, смевшие презреть
Дом Финрода, не сыщут впредь
В границах Нарогской земли
Ни хлеб, ни кров». Их привели.
Не устыжён, кичлив и горд,
Встал Келегорм, надменный лорд.
Горел угрозой яркий взгляд,
Второй же улыбался брат.

«Прочь навсегда — сокройтесь с глаз,
Пока свет солнца не угас!
Впредь Феаноровы сыны
Дорогу позабыть должны
В край Нарога: они и я
Отныне больше не друзья».

«Запомним всё!» — они рекли,
И развернулись, и ушли,
Забрав им преданный народ;
В рог протрубивши, от ворот
Коней погнали во всю мочь
И в ярости умчались прочь.

А Берен с Лутиэн меж тем
Все шли. Лес черен был и нем,
Дул стылый ветер, и, мертва,
Шуршала жухлая трава.
Но песни путников неслись
В морозную седую высь,
И приближался Дориат.
Где Миндеб от холмистых гряд
Сбегал, мерцая и искрясь,
Завеса Мелиан сплелась
Вдоль западных границ земли
Владыки Тингола. Блюли
Заклятья чащу: чужаки
Плутали, угодив в силки.

С тяжелым сердцем Берен рёк:
«Увы! Пришел разлуки срок,
Здесь мы расстанемся — и впредь
Нам вместе более не петь».

«Нам — разлучиться? Для чего ж?
Заря ясна и день погож».

«Дошли мы до границ страны,
Что Мелиан защищены:
Здесь ждет тебя в краю родном
Любимый лес и милый дом».

«С восторгом прозревает взгляд
Неоскверненный Дориат

И строй раскидистых дерев.
Однако, Дориат презрев,
И дом, и род, я прочь ушла.
Земля мне эта не мила,
Не милы травы и листы,
Когда со мной не рядом ты.
Эсгалдуин темен и глубок —
Там, где, бурля, шумит поток,
Ужели буду я одна,
Навек надежды лишена,
Скорбеть душой, взывать с тоской
Над равнодушною рекой?»

«Но Берен, смертный человек,
Не вступит в Дориат вовек,
Когда б и не чинил преград
Король. Я клялся, что назад
Я возвращусь, коль буду жив,
Лишь светлый Сильмариль добыв,
Чтоб заслужить желанный дар.
"Ни сталь, ни Морготов пожар
Ни Эльфинесса мощь и рать
Мне не сумеют помешать
Добыть желанный самоцвет".
Я некогда принес обет
Во имя Лутиэн, светлей
Прекрасных смертных дочерей,
И пусть мой путь ведет во тьму —
Я верен слову своему».

«Так значит, Лутиэн домой
Возврата нет: в глуши лесной
Ей суждено блуждать в слезах,
Забыв про смех, презревши страх.
Идти с тобою не вольна,
Тебе вослед пойдет она,

Сколь деве ты не прекословь, —
Пока не встретимся мы вновь
Здесь — иль на берегу теней,
Любя все крепче, все сильней».

«Нет, Лутиэн, нет, ты смела,
Твоя любовь меня спасла
Из грозной крепости-тюрьмы.
Но в страшную обитель тьмы
Не уведу с собой, о нет,
Я твой благословенный свет».

Твердил он: «Никогда!» Она
Молила, нежности полна,
Вдруг, словно налетевший шторм,
Вскачь Куруфин и Келегорм
Промчались, злобясь и ярясь,
К лесной дороге, что вилась
Меж чащи Таур-на-Фуин, где мгла
Тенета темные сплела,
И Дориатским рубежом.
Гремела дробь копыт как гром.
Короткий этот путь пролег
В предел родни их, на восток,
Где Химлинг, холм сторожевой,
Над Аглоном навис главой.

Заметив путников, на них
Погнали скакунов шальных
Два брата, гневно хмуря бровь,
Как будто вздумали любовь
И двух влюбленных вместе с ней
Смять под копытами коней.
Храпят, и ржут, и шеи гнут,
Два гордых скакуна — и тут,
Свернув с пути в последний миг,

Скитальцев Куруфин настиг
И деву подхватил в седло.
Тотчас возмездие пришло:
Как буйствует владыка-лев,
От острых стрел рассвирепев,
Как, убегая от собак,
Олень перемахнет овраг, —
Так прыгнул Берен что есть сил
На Куруфина и схватил
Его за горло; от толчка
Конь рухнул, сбросив седока.
Беззвучно на ковре лесном
Боролись человек и ном,
А Лутиэн, оглушена,
Простерлась, мертвенно-бледна,
В траве под куполом ветвей.
Сжимал все крепче, все сильней,
Захват свой Берен: враг хрипит,
Глаза полезли из орбит,
Распух и посинел язык.

   Но Берен в этот самый миг
От смерти был на волоске:
На Берена с копьем в руке
Мчал грозный Келегорм, готов
Сразить того, кто от оков
Спасен был девой. Зарычав,
На нома прыгнул волкодав,
Встопорщив шерсть, оскалив клык,
Как если б волка пес настиг.

   Конь встал, не превозмогши страх.
Воскликнул Келегорм в сердцах:
«Будь проклят, подлый пустобрёх,
Напавший на меня врасплох!»
Но ни скакун и ни ездок,
Никто насмелиться не мог
Подъехать ближе. Оробев,

На грозного Хуана гнев
Глядели все издалека.
Ни стрел, ни копий, ни клинка,
Ни Келегормовых угроз
Гигантский не страшился пес.

Не быть обидчику б живым,
Но дева сжалилась над ним.
Поднявшись на ноги, она
Воскликнула, удручена:
«Свой правый гнев уйми, мой лорд:
Вокруг довольно вражьих орд;
Не умалится их число,
Коль здесь мы приумножим зло,
Проклятьем древним смущены,
Ведь страждет мир в тисках войны,
И крах, и гибель впереди!
Умилосердись, пощади!»

Жизнь Куруфину сохраня,
Забрал доспехи и коня
У нома Берен, и забрал
Блистающий стальной кинжал
Без ножен, что в былые дни
Был кован в Ногроде: огни
Пылали, горны разогрев,
Тянулся колдовской напев,
И гномий молот в унисон
Гудел как колокольный звон.
Тех ран, что наносил клинок,
Уврачевать никто б не смог;
Он с легкостью любой металл,
Как древесину, разрубал
И рассекал доспех стальной,
Как нити пряжи шерстяной.
Теперь же рукоять клинка

Сжимала смертного рука;
И Берен, нома подхватив,
Прочь отшвырнул. «Покуда жив,
Вон! — насмехаясь, молвил он. —
Предатель, убирайся вон!
Поохлади в изгнанье пыл,
Чтоб впредь разбоя не творил
Исчадьям Моргота под стать
Сын Феанора! Совершать
Дела достойные взамен
Пора!» И Берен с Лутиэн
Собрались уходить уже,
А Хуан ждал настороже.

Воскликнул Келегорм: «Прощай!
На край земли или за край
Беги! Наш гнев тебе страшней
Голодной смерти средь камней;
В долинах и среди холмов
Месть Феаноровых сынов
Тебя найдет за много миль!
Ни девушку, ни Сильмариль
Надолго не удержишь ты!
Будь проклят — с вышней высоты,
Будь проклят — с ночи досветла!
Прощай!» — И, соскочив с седла,
Он брата подсадил верхом;
Свой лук в оплёте золотом
Согнул он — свистнула стрела.
Влюбленные, не чуя зла,
Беспечно шли, рука в руке.
Залаяв, пес поймал в прыжке
Стрелу; вновь гномий болт, взлетев,
Пропел погибельный напев.
Но Берен, молнии быстрей
Метнулся к деве, встал пред ней

И грудью заслонил ее.
Зазубренное острие
Вонзилось с лёту в плоть плеча,
И рухнул Берен. Хохоча,
Два брата повернули прочь, —
Но поскакали во всю мочь,
Чуть Хуан, зол и разъярен,
За ними бросился вдогон.
Слух о предательской стреле
Прошел по северной земле,
И вспоминали выстрел тот,
Как пробил срок идти в Поход.
Вот так содеянное зло
На пользу Морготу пошло.

Впредь не рождался тот щенок,
Какой бы следовал на рог
Двух братьев. Гибель и разгром
Постигли Феаноров дом,
Но, узы дружбы разорвав,
Впредь не ложился волкодав
У Келегормовых колен,
А следовал за Лутиэн.
Она же, вся в слезах, склонясь
Над страшной раной, принялась
Кровь унимать: струя, ала,
Все гуще, все быстрей текла.
Ему рубаху сдернув с плеч,
Она стрелу смогла извлечь,
Омыла рану током слез,
    А Хуан лист в зубах принес —
Целебной силой наделен:
Под сенью крон таится он,
Широк, и сочен, и пушист,
Вечнозеленый этот лист.
Скитаясь в чаще, волкодав

Узнал о свойствах разных трав.
Пес боль унял, а Лутиэн,
Чтоб кровь, текущую из вен,
Остановить, плела напев:
Среди эльфийских жен и дев
Та песнь известна испокон
В земле, где войны, плач и стон.

Легли на землю тени скал,
Над темным Севером восстал
И вспыхнул Серп Богов: лучи
Сияли холодом в ночи;
А под ветвями, на земле,
Мерцает алый блик во мгле —
Пылают сучья и кора,
Трещит шиповник. У костра
Простерся Берен, погружен
В тревожный, неспокойный сон.
Бессонно бодрствует над ним
Та, кем он преданно любим,
Целует в лоб, дает питье,
А песнь целящая ее
Могущественней мудрых рун,
Что помнят лекарь и ведун.
Ночного бдения часы
Проходят. Каплями росы
Осел туман; редеет тень,
И сумерки сменяет день.

Тогда, исполнен новых сил,
Очнулся и глаза открыл
Вновь Берен, и воскликнул: «Я
Блуждал в плену небытия,
Под тусклым небом чуждых стран,
Все глубже уходя в туман

Владений смерти ледяной.
Но голос, близкий и родной,
И страх, и боль переборол:
Как струны арф или виол,
Как перезвон колоколов,
Как звуки музыки без слов, —
Он звал и звал сквозь ночь, меня
Вновь возвращая к свету дня!
Се! Снова воссиял восход,
Опять дорога нас зовет
К опасностям, что не сулят
Спасенья мне. Ты ж в Дориат
Вернешься ждать среди дерев,
Пока эльфийский твой напев
Летит за мною по пятам
К далеким тропам и хребтам».

«Нет, во врагах теперь у нас
Не только Моргот: в горький час
Был втянут ты и твой поход
В рознь Эльфинесса. Гибель ждет
Обоих нас: такой финал
Отважный Хуан предсказал,
И будет так наверняка.
Нет, никогда твоя рука
Не вложит Тинголу в ладонь
Неугасимый тот огонь,
Тот Феаноров самоцвет,
Тогда зачем идти? От бед,
От страха, горя и тревог
Укроет нас лесной чертог,
Пусть целый мир нам будет дом!
Уйдем с тобой бродить вдвоем
Вдоль взморья или по горам,
Навстречу солнцу и ветрам!»

Так спор их длился без конца,
И мукой полнились сердца,
Ни взгляд ее — как звездный луч
За влажной пеленою туч, —
Ни нежность губ, ни гибкость рук,
Ни голоса певучий звук,
Ни Эльфинесса колдовство
Не образумили его.
Не соглашался он назад
Идти с ней в древний Дориат —
Лишь проводить до рубежей;
И в Нарготронд вернуться с ней
Не соглашался, чтоб страну
Невольно не втянуть в войну;
И допустить никак не мог,
Чтоб вновь скиталась без дорог
Через пустыни и леса,
Бледна, оборвана, боса,
Вдали от мест родных она,
Любовью в путь уведена.
   «Пришла в движенье мощь Врага,
Дрожат и горы, и луга,
Охота мчится по пятам,
Крадутся орки тут и там,
Обшаривают лес, кусты
И заросли. Нужна им ты!
При этой мысли меркнет свет
В моих глазах: я свой обет
Кляну — и проклинаю рок,
Что, нас связав, тебя вовлек
В мою судьбу и повелел
Изгоя разделить удел!
Так в путь! Пока горит восход,
Пусть нас дорога доведет
До рубежей твоей земли,

Где буки и дубы взнесли
Густые своды чутких крон —
От зла надежно загражден
Прекрасный, древний Дориат,
Благими чарами заклят».

Смирилась дева, и вдвоем
Пошли они прямым путем
В край Дориат; стволов промеж
Пересекли его рубеж,
Где буки с шелковой корой
Ввысь вознесли безмолвный строй,
Близ лога мшистого, и тут
Желанный обрели приют.
И пели о любви они —
Любви, что вечности сродни, —
Пусть землю захлестнет волна,
Любовь, нетленна и сильна,
Восстанет вновь из глубины,
Чтоб те, кто здесь разлучены,
Друг друга снова обрели
У края Западной земли.

Раз поутру, пока она
Покоилась во власти сна
На мху, как трепетный цветок,
Что до зари расцвесть не мог,
Встал Берен и, не пряча слез,
Промолвил: «Хуан, верный пёс!
Оберегай ее, лелей!
Нет асфоделя средь полей,
Нет розы в чаще меж теней
Благоуханней и нежней!
Храни ее от зимних вьюг,
Оберегай от хищных рук,

Спаси от странствий и невзгод!
Меня ж зовут идти вперед
Судьба и гордость», — он вскричал,
Вскочил в седло и прочь умчал,
Не глядя вспять, и гнал коня
На Север до исхода дня.

* * *

Здесь некогда в степную гладь
Свою серебряную рать
Король Финголфин вел на бой:
Сияли кони белизной,
Слепил глаза клинков металл
И каждый щит луной блистал.
Пропели трубы: горд и смел,
Их вызов к облакам летел
Над башней северной средь скал,
Где Моргот бдил и выжидал.

Потоки ярого огня
Исторглись в ночь, воспламеня
Равнину, что, белым-бела,
До горизонта пролегла,
И заалел небесный свод.
Следили с Хитлумских высот,
Как плещет пламя, чад и дым
Клубятся облаком густым
И душат звезды в небесах.
Равнина обратилась в прах,
В пустыню мертвую. На ней
Белеют кости меж камней,
Пыль вьется, да песок шуршит.
Край Жаждущий, Дор-на-Фауглит,
Назвали тот проклятый край:
Там слышится вороний грай

Над кладбищем, где полегли
Храбрейшие сыны земли.
Туда с нагорья сходит склон, —
С высот, известных с тех времен
Как Смертная Ночная Мгла:
Там сосны вскинули крыла,
Оперены плюмажем тьмы,
Черны, угрюмы и прямы,
Подобны мачтам, что взнесли
Немые смерти корабли,
Одеты черной пеленой,
Влекомы призрачной волной.

Со склона Берен оглядел
Пустынный выжженный предел
И дальних башен грозный строй
Под Тангородримской горой.
Голодный конь, понурясь, встал.
Мрак леса страх ему внушал;
На пустошь, где прошел огонь,
Впредь ни один не ступит конь.
«Конь, что хозяина добрей,
Простимся здесь! Гляди бодрей! —
Промолвил Берен. — Убегай
В зеленый Сирионский край,
Где пала крепость колдуна, —
Где свежая трава вкусна,
Где воды сладки и чисты,
И если Куруфина ты
Вновь не отыщешь — не грусти!
Пусть уведут тебя пути
В угодья, где олень и лань
На воле странствуют! Воспрянь
Вдали от тягот и войны;
Смотри о Валиноре сны,

Откуда твой могучий род
Начало исстари ведет,
В угодьях Тавроса рожден».

    И Берен, опустясь на склон,
Запел в тиши — напев не молк,
Пусть рядом рыщут орк и волк,
Пусть твари в сумерках лесных
Крадутся — не страшился их
Тот, кто, надежду схороня,
Сказал «прости» сиянью дня.

    «Прощай, листва, что поутру
Слагает песни на ветру;
Цветок, сменяющий бутон
В извечной череде времен;
Журчащий по камням поток,
И пруд, недвижен и глубок!
Прощайте, горы и луга,
Ветра, и тучи, и снега,
Дождь и тумана пелена;
Звезда и ясная луна,
Что будут свет струить с высот,
Пусть даже Берен и умрет,
Пусть даже суждено ему
Во тьме подземной и в дыму,
Где гаснет даже эха звук,
Томиться в ожиданье мук.
    Прощай, земля; прощай, страна,
Навеки благословлена,
Ведь здесь, под Солнцем и Луной,
Ступала легкою стопой
По тропам северных земель
Ты, Лутиэн Тинувиэль!
Пусть сущий мир постигнет крах,
Пусть рухнет он, падет во прах

И в хаос будет погружен
Вне бытия и вне времен —
Но были созданы не зря
Рассвет, закат, леса, моря;
Ведь мир обрел свои черты,
Чтоб в этот мир явилась ты!»

Он, к небесам воздев клинок,
Слал вызов, горд и одинок,
Оплоту Морготова зла
И клял Врага: его дела,
Его твердыни высоту,
Его железную пяту,
Исток, начало и финал, —
И вниз по склону зашагал,
Бесстрашен и ожесточен.

«О Берен, Берен! — слышит он.
Не поздно ль я тебя нашла?
О воин, чья душа смела,
Дух стоек и рука крепка, —
Не расстаемся мы пока!
Нет, Берен, знай: эльфийский род
Свою любовь не предает!
Моя любовь — твоей под стать —
С твердыней смерти воевать
Способна, сколько хватит сил;
Чего бы рок ей ни судил,
Все сможет выдержать она,
Пусть даже будет сметена
В провал предвечной темноты.
Глупец любимый! Тщишься ты
Бежать меня; в мощь чар почти
Не веря, от любви спасти
Свою любимую, — но ей

Смерть и страдания милей,
Чем чахнуть в клетке золотой
Бескрылой пленницей, — судьбой
Назначено, чтоб я, любя,
Подмогой стала для тебя!»

Так Лутиэн к нему пришла:
Меж степью, выжженной дотла,
И чащей, вне путей людских
Судьба соединила их.
И Берен девушку привлек
К груди, и с поцелуем рёк,
Не размыкая рук кольцо
И глядя в нежное лицо:
«Я трижды свой кляну обет,
Тебя увлекший мне вослед!
Но где же Хуан-волкодав?
Я с ним простился, наказав,
Чтоб он, кто так тебя любил,
Тебе во всем защитой был
И удержать тебя помог
От здешних гибельных дорог!»

«Не знаю! Только пес добрей
Сурового вождя людей,
И просьбам больше склонен внять!
Однако ж снова и опять
Я умоляла, чтобы пес
Меня к тебе скорей отнес.
Не сыщешь лучше скакуна, —
Шаг легок, широка спина, —
Да ты бы рассмеялся сам —
Мы по болотам и лесам
Как орк — на волке, во всю мочь
Неслись вперед за ночью ночь.
Когда же в сумрачном краю

Я услыхала песнь твою,
(И каждым словом — Лутиэн
Ты громко славил, дерзновен,
Злых тварей словно бы дразня), —
Тогда на землю пес меня
Ссадил — и тут же без следа
Исчез не ведаю куда».

Но вскоре пес пришел назад,
Дыша с трудом, как пламя — взгляд,
Тревожась — как бы хищный зверь
На деву не напал. Теперь
Сложил он к их ногам в траве
Два подношенья — шкуры две
С развалин башни: волчий мех —
Косматый, с множеством прорех
Плащ Драуглуина — шерсть его
Встарь напитало колдовство;
И с ним — нетопыря наряд
С крылами мощными: торчат
На сочленениях шипы
Как заостренные серпы:
Как гряды облаков, темны,
Такие крылья свет луны
Порою застят на лету,
Когда спешат посланцы Ту
Из Смертной Мглы.
                        — «Что ты принес,
О Хуан? — задает вопрос
Псу Берен. — Памятный трофей
Победы доблестной твоей?
Что от него за прок в глуши?»
И пес заговорил в тиши,
И слышался в звучанье слов
Звон Валмарских колоколов:

«Ты должен, хочешь или нет,
Украсть бесценный самоцвет, —
Сокровище, каким богат
Иль Ангбанд — или Дориат.
Любовь иль клятва — выбирай!
Но если выбрал клятву — знай,
Что или Лутиэн умрет
Одна — или с тобой в поход
Пойдет, ведомая судьбой,
Чтоб вместе вызвать смерть на бой.
Надежды ваш поход лишен,
Но не вполне безумен он,
Коль Берен переменит вид,
А не бездумно поспешит
На гибель: смертного наряд
От смерти защитит навряд.
План Фелагунда был хорош,
Но станет лучше, коль дерзнешь,
Внять моему совету ты:
Вам должно изменить черты.
Сокройте вашу красоту
Личиной волколака Ту
И гнусного нетопыря,
Что призраком в ночи паря,
Роняет тень когтистых крыл.
Вы любы мне, я вам служил, —
Увы! Ваш путь завел в беду,
Я ж с вами дальше не пойду —
Кто видел, чтоб, друзьями став,
Шли с волколаком волкодав
К ужасным Ангбандским вратам?
Но я провижу: то, что там
Вы встретите, пройдя порог,
Судил и мне увидеть рок,
Пусть мне заказан путь до врат.

Темна надежда, мстится взгляд,
И в будущее заглянуть
Не в силах я. Быть может, путь
Вас, паче чаянья, ведет
Назад, под Дориатский свод,
И может статься, мы втроем
Там встретимся перед концом».

Внимали путники, дивясь,
Как речь чеканная лилась;
Вдруг пес исчез, умчался прочь,
И над землей сгустилась ночь.

И пса послушались они:
Чтоб стать чудовищам сродни,
Личина жуткая ждала —
Мех волчий, черные крыла.
Соткала чары Лутиэн,
Чтоб в ходе страшных перемен
Безумье в души не вошло;
Заклятьями смиряя зло,
Сплетала вязь волшебных пут,
И в полночь был закончен труд.

В обличье волчьем, видом — дик,
Ждал Берен, вывалив язык
И скалясь, но на дне зрачка
Плескались мука и тоска;
Глядит он в ужасе сквозь тьму,
Как нетопырь подполз к нему,
Влача тугие складки крыл.
Волк встрепенулся, прянул, взвыл:
От камня к камню мчится он
По склону вниз — летит вдогон
Оставив позади холмы,
Крылатый морок, сгусток тьмы.

Зыбучей серой пеленой
Равнина Жажды под луной
Легла, уныла и гола:
Сплошь шлак, и пепел, и зола,
Осколки пористых камней,
Песок да крошево костей.
По ней, пыля, бредет теперь
Исчадье ада, жуткий зверь.

Забрезжил утра бледный блик,
Но впереди — немало лиг;
Сгустилась ночь, осела пыль,
Но впереди — немало миль.
Трепещут тени; тишина
Зловещих шорохов полна.

И вновь рассвет встает в чаду.
Волк, изнурен, в полубреду,
Добрел, шатаясь, слеп и хром,
К предгорьям Севера. На нём
Свернулась, подобрав крыла,
Тварь, чьи угодья — ночи мгла.

Воздвиглись скалы, как клыки,
Как когти, остры и крепки,
И хищно сжали с двух сторон
Злосчастный путь: вел дальше он
К чертогам в глубине Горы,
В туннели, залы и дворы.

Прокрались в сумрачную тень
И там, пережидая день,
Вервольф с нетопырем в пыли
Вблизи дороги залегли.
Им снились сны про Дориат,
Про песни, смех и аромат,
Разлитый в воздухе вокруг,
И трели птиц, и дуб, и бук.

Они проснулись. Всколыхнул
Глухое эхо тяжкий гул
Подземных кузней, и, взбурля,
Под ними дрогнула земля.
Раздался топот о песок
Подкованных железом ног:
Шла банда орков на разбой —
Вели их балроги с собой.

Под вечер волк с нетопырем
По склону начали подъем
Сквозь чад, и тучи, и дымы, —
Как и пристало тварям тьмы.
Кричали коршуны со скал,
И тут и там зиял провал,
Над трещинами меж камней
Вились дымы, как клубы змей;
Мрак, неподвижен и глубок,
Навис как беспощадный рок
Под Тангородримской стеной
И душной затопил волной
Рокочущие недра гор.
Вступили двое, как во двор
В кольце утесов и твердынь,
В предел последней из пустынь,
Что, неприветна и тускла,
Мертвящей лентой пролегла
К последней крепостной стене
Чертогов Бауглира. Извне,
Под сенью каменных громад,
Густела тень гигантских врат.

* * *

Здесь встарь, глубокой мглой укрыт,
Стоял Финголфин; синий щит
Хрустальным отблеском, горда,

Венчала яркая звезда.
Тоской и гневом ослеплен,
В ворота зла ударил он —
Бесстрашный номов властелин.
Средь мрачных башен и вершин
Звенел, теряясь, одинок,
С зеленой перевязью рог.
Финголфин от подножья скал
Свой безнадежный вызов слал:
«Приди, врата открыть вели,
Проклятье неба и земли!
Приди, тиран, сразись со мной
Своим мечом, своей рукой!
Ты, трус из крепости-тюрьмы,
Ты, злобное исчадье тьмы,
Ты, недруг эльфов и Богов,
Кто в битву посылать рабов
Из-под защиты стен привык!
Я жду. Приди! Яви свой лик!»

И Враг пришел. Глубинный трон
За годы битв покинул он
В последний раз; тяжелый шаг
Будил, тревожа сонный мрак,
Рокочущий подземный гул.
Железом венчан, он шагнул
Вслед тени, за пределы врат —
Закованный в сталь черных лат,
И с черным, без герба, щитом.
Над лучезарным королем
Навис он тучей и подъял
Гронд, молот преисподней. Пал
Вниз молот смерчем огневым,
Сминая скалы. Взвился дым,
И, камень гор разъединя,
Взметнулись языки огня.

Финголфин, словно светлый луч,
Слепящий блик под сенью туч,
Отпрянул вспять, успев извлечь
Разящий смертным хладом меч —
Эльфийский Рингиль: край стальной
Искрился льда голубизной.
Семь раз врага он поражал,
Семь раз крик боли сотрясал
Земную твердь, звеня в горах,
Рать Ангбанда ввергая в страх.

    Со смехом орки говорят
О битве у проклятых врат, —
Однако эльфы в старину
Помимо этой — лишь одну
Сложили песнь, — когда земля
Прияла тело короля,
Как рек Торондор, Князь небес, —
И скорбь объяла Эльфинесс.
Три раза на колени был
Финголфин брошен что есть сил, —
И трижды вновь вставал с колен,
И поднимал, непокорен,
Свой иссеченный шлем и щит,
Где звездный свет с металлом слит.
Ни тьма, ни сила одолеть
Их не смогли — покуда твердь
 Не испещрили тут и там
Пробоины глубоких ям.
Финголфин, обессилев, пал,
Споткнувшись. Тяжелее скал
Ступня лежащему во мгле
Пригнула голову к земле.
Повержен — но не побежден,
Отчаянный, последний он
Нанес удар — ступню рассек

Лучистый Рингиль. Черный ток
Из алой раны вверх, дымясь,
Забил струей и хлынул в грязь.

С тех пор навек остался хром
Могучий Моргот. С королем
Покончив, Враг скормить волкам
Задумал тело по кускам.
Но вот с заоблачных хребтов
Вниз ринулся Король Орлов, —
Недаром на заре времен
Воздвигнуть поднебесный трон
Ему сам Манвэ приказал,
Чтоб за Врагом следить со скал!
Разбив злаченым клювом в кровь
Лик Бауглиру, Торондор вновь
Под вопли орков в небо взмыл.
Мощь тридцатисаженных крыл
Прах короля умчала ввысь.
Где цепи скал в кольцо сошлись,
Вдаль, к югу, выше тех равнин,
Где укрепленный Гондолин
Воздвигнется меж горных гряд,
Где пеленой снега лежат, —
Туда, на каменный утес
Орел погибшего отнес.
Не смели орк и демон впредь
Стопою осквернить ту твердь,
Где, горным солнцем осиян,
Стоял Финголфина курган,
Храня скалистый перевал, —
Покуда Гондолин не пал.

Так безобразный шрам возник,
Что темный изувечил лик;
Так охромел навеки Враг.

(a)

На троне, погружен во мрак,
В чертогах тайных, в толще скал
Он замысел неспешно ткал
Обречь на рабство целый свет.
Вождь воинств, повелитель бед,
Впредь недругу он и рабу
Готовил страшную судьбу:
Умножил трижды стражей рать,
Не уставал шпионов слать
Хитросплетеньями дорог
От Запада и на Восток.
Они из Северной земли
Ему известия несли:
Кто пал, кто выступил с войной,
Кто покорился, кто казной
Владел немалой, затаясь;
Красива ль дева, горд ли князь —
Все ведал Моргот, все умы
Опутал паутиной тьмы.

Лишь Дориат, храним от зла
Плащом, что Мелиан ткала,
Был недоступен для атак:
Лишь смутным слухам верил Враг.
Летела весть к его вратам
О происшедшем здесь и там:
Ему войной грозили вновь
Семь Феаноровых сынов,
И Нарготронд, и Фингон, рать
Спешивший в Хитлуме собрать
Под древом и холмом: о том
Враг в страхе слышал день за днем;
Деяньям Берена хвала
Вводила в гнев и сердце жгла;
А в нефах чащ звенел, не молк,
Лай Хуана.

Разнесся толк
О Лутиэн — на диво всем:
Одна, в лесу, что дик и нем,
Она скиталась… Изумлен
Поступком нежной девы, он
В том Тингола провидел план.
Был послан Болдог, злобный тан,
С огнем и сталью в Дориат,
Но был разбит его отряд,
Никто не выжил; Болдог пал,
И Тингол вновь торжествовал,
Бахвальство Моргота презрев.
И вновь сомнения и гнев
Изведал Моргот: весть пришла,
Что Ту повержен, остров зла
Разбит, разграблен, сокрушен.
Шпионов устрашился он,
И в каждом орке был готов
Признать лазутчика врагов.
А в нефах чащ из края в край
Звенел, не умолкая, лай
Пса Хуана из гончих свор,
Какими славен Валинор.

Тогда о Хуана судьбе
Воспомнил Моргот. При себе
Держал он испокон веков
Злых духов в облике волков:
Тревожил их зловещий вой
Пещеры в камне под горой,
И эхом рык гремел средь скал.
Из них щенка Враг отобрал
И выкормил его с руки,
Бросая лучшие куски,
От плоти эльфов и людей, —

И вскоре в конуре своей
Волк не вмещался; на полу
Лежал он, вглядываясь в мглу,
У трона Моргота; теперь
Ни балрога, ни орка зверь
На шаг к себе не подпускал.
На славу волк попировал
Под мрачным троном, теша злость,
Сжирая плоть, глодая кость.
Там чары пали на него,
Преображая естество:
Пасть — что огонь, как угли — взгляд,
Дыхание — могильный смрад, —
Он стал огромней и страшней,
Чем звери чащ или полей,
Чем твари ада и земли,
Что в мир когда-либо пришли;
Пред ним склонился, в свой черед,
Клан Драуглуина, волчий род.

В легендах Кархаротом он,
Утробой Алой наречен;
В ту пору зверь из адских врат
Еще не вырвался, объят
Безумьем; там, где грозный свод
Навис во тьме, он стережет
И ждет: не меркнет ни на час
Багровый свет горящих глаз,
Разверста пасть, оскален клык —
Чтоб не пробился, не проник,
Неслышной не прошел стопой
В чертоги Моргота — чужой.

Но, ло! — приметил страж — во мгле
Мелькнула тварь; припав к земле,

По хмурой пустоши ползет;
Вот замерла — и вновь вперед
Рванулась, с виду — волк, избит,
Устал, измучен, зев раскрыт;
Над волком, распахнув крыла,
Летучей мыши тень плыла.
Подобных тварей в замке том
Немало: тут им кров и дом;
Но неспокоен страж; смущен
Предчувствием неясным он.

«Что за кошмар, страшней, чем ад,
Поставлен Морготом у врат
От чужаков стеречь порог?
Немало мы прошли дорог,
Чтоб смерть сама в конце пути
Нам к цели не дала пройти!
Но от начала наш поход
Надежды не сулил. Вперед!»
Так Берен обреченно рёк,
Замешкавшись на краткий срок,
Вервольфьим взором разглядев
Издалека разверстый зев;
И вновь в отчаянье спешит
Меж ям, что рассекли гранит
У Ангбанда, у черных скал, —
Где встарь Король Финголфин пал.

Вот двое подошли к вратам.
Страж, недоверчив и упрям,
Рыча, метнул недобрый взгляд,
И эхо дрогнуло у врат:
«Лорд клана, мой тебе привет,
О Драуглуин! Не вел твой след
Давненько в здешние края!

Своим глазам не верю я!
Чудней не знал я перемен:
Днесь ты усталостью согбен,
Измучен, — встарь, исполнен сил,
Сквозь дол и чащи ты спешил,
Все сокрушая на пути!
Что, трудно дух перевести,
Коль в горло, остры и крепки,
Вонзились Хуана клыки?
Что за счастливый произвол
Тебя живым сюда привел,
Коль Драуглуин ты впрямь? А ну,
Дай на тебя вблизи взгляну!»

«Как смел ты, выскочка-щенок,
Посланцу преградить порог?
От Ту, сокрытого в лесу,
Я вести спешные несу.
Прочь! Я ль войду; ты ль, страж ворот,
Ступай, скажи про мой приход!»

Тогда поднялся стражник врат,
И злобно вспыхнул мрачный взгляд.
Волк заворчал: «О Драуглуин,
Коль это ты, входи — один.
Но что за странный силуэт,
Таясь в тени, крадется вслед?
Крылатых тварей здесь не счесть,
Но мне известны все, что есть.
А эта — нет. Вампир, постой!
Мне не по вкусу облик твой
И род твой. Отвечай, велю:
Что за забота к королю
Тебя, крылатый ты червяк,
Ведет? Ручаюсь, что пустяк!

Не будет дела никому,
Войдешь ли, нет ли, я ль возьму
Да раздавлю тебя, как моль,
 Иль крылья съем — вползи, изволь!»

    Свирепый страж шагнул в проем;
Взор Берена сверкнул огнем,
Шерсть дыбом поднялась: преград
Не ведал дивный аромат
Неувядаемых цветов
Из Валинора, из краев,
Где длится вечная весна,
Где с травами обручена
Дождей искристая капель.
Там, где прошла Тинувиэль,
Зверь гнусным, дьявольским чутьем
Не мог не ощутить кругом
Чудесный этот фимиам —
Каким бы ни предстал глазам
Обманный облик, чар покров.
То Берен понимал, готов
У адской бездны на краю,
Дать бой — и умереть в бою.
Во взглядах — ненависть и гнев,
Два недруга, освирепев,
Воздвиглись грозно у ворот —
Лже-Драуглуин и Кархарот.
Как вдруг — о чудо! — дивный дар
Проснулся в деве: силу чар
Богов из Западных земель
Вдруг обрела Тинувиэль.
Она наряд вампира прочь
Легко отбросила; сквозь ночь
Так ласточка взлетит в восход;
Каскадом серебристых нот

Высокий голос зазвучал —
Так труб невидимых хорал
Пронзает сердце, чист, звеняц,
В прохладных нефах утра. Плащ,
Руками сотканный, как дым,
Как вечер, маревом густым
Объявший землю, лег волной
На очи чудища, покой
Даря ему, и тень, и сон,
Мерцаньем звездным озарен.

«Измученный, злосчастный раб,
Усни, пади — бессилен, слаб,
Вниз — отрешившись от страстей,
От глада, боли и цепей,
В забвенье вне границ и дна,
В бессветный сумрак, в омут сна —
На краткий час — взываю я! —
Забудь о пытке бытия!»

И взор померк, и торс обвис;
Зверь рухнул — так валится вниз
Бык, зааркаренный петлей.
Нем, неподвижен, часовой
Простерся — молния подчас
Так сокрушает древний вяз.

* * *

Во тьму, где в скалах гаснет звук,
Где смертью дышит все вокруг,
В чудовищный подземный склеп,
Где правит ужас, нем и слеп,
Вниз, по извивам галерей,
Вниз, в обиталище теней,
Вниз, к горным недрам, что в веках

Грызет, терзает, крошит в прах
Подземных тварей гнусный рой —
Вниз шли они.

              За их спиной
Поблек, померк закатный свет.
Ударам молота в ответ
Палящий ветер выл во мгле.
Из скважин, выбитых в скале,
Ввысь поднимались дым и смрад.
Там идолов зловещих ряд,
Подобно чудищам немым
Насмешкою над всем живым
Изваянный из черных скал
Порой из мрака выступал —
В мгновенном отблеске огней
На переходах галерей.
Подземных наковален звон
Звучал все громче; плач и стон
Сливались с лязганьем оков
Терзаемых во тьме рабов.

      Во мгле раздался грубый смех,
Исполнен злобы против всех;
Как беспощадные клинки,
Что режут души на куски,
Звучал нестройный, хриплый хор
Из мрака; длинный коридор
Вел вдоль распахнутых дверей.
Багровый свет печных огней
Мерцал на бронзовом полу.
Под своды арок, ввысь, во мглу,
Тянулся душный темный дым.
Вверху, где облаком густым
Он купол облекал, клубясь,
Свет молний вспыхивал и гас.

Вступили гости в пышный зал,
Где Моргот часто пировал
За чашей страшного питья —
В ней жизнь людей и кровь зверья.
Огонь и дым слепили взор;
Колонны, словно ряд опор
Для многоярусных основ,
Виденьями нечистых снов
Вздымались — как деревьев ряд:
Ручьи отчаянья поят
Их корни, гибельны — плоды,
Тень лютой злобы и вражды
Дарят сплетения ветвей —
Клубки свивающихся змей.
В доспехах черных у стены —
Рать Моргота; обнажены
Мечи; в них алый отблеск скрыт,
Как кровь, пятнающая щит.
Под самой главной из колонн —
Трон Моргота; предсмертный стон
И обреченных плач слышны
Вкруг страшного столпа войны.
Пред троном — танов злобный ряд:
Строй балрогов. Огнем горят
Их гривы; блещет сталь клыков;
Поодаль — свора злых волков.
А над проклятой ратью бед
Струился ясный, чистый свет:
Свет Сильмарилей: их сковал
Короны Зла стальной оскал.

Се! Сквозь портал, одетый в ночь,
Тень, закружась, рванулась прочь,
И Берен вздрогнул: он — один,
Затерян, брошен средь глубин.

Крылатый призрак в тишине
Взмыл к сводам, рея наравне
С клубами дымных облаков.
И, как на грани темных снов
Вдруг возникает, неясна,
Тень — явь ли, порожденье ль сна,
Бесформенный, размытый мрак
Что душу подчиняет — так
Замолкли голоса и смех,
Безмолвие накрыло всех.
Неясный, зыбкий страх объял
Угрюмый пиршественный зал
И рос, и подчинял себе,
Подобно боевой трубе
Тревожа в проклятых сердцах
Мысль об отвергнутых богах.
Но голос Моргота, как гром,
Пронзил безмолвье: «Вниз, фантом!
Сюда! И души, и умы
Открыты Властелину Тьмы, —
Мой взор тебе не обмануть!
Не жди — закрыт к спасенью путь!
Вступившие под своды врат
Не возвращаются назад!
Сюда! Пока не опалил
Мой гнев твоих невзрачных крыл —
Нелепая ночная мышь,
Что под личиною таишь
Иную суть! Спускайся вниз!»

И крылья дрогнули, сдались,
Поникли. Видит Берен: вот,
Затрепетав, прервав полет,
Тень пала вниз, в кромешный мрак,
К подножью трона; злобный враг

Вперил в нее горящий взор.
Тут Берен, скрытый до сих пор,
Ощерил пасть, припал к земле,
Пополз вперед, таясь во мгле,
Заполз под трон, как страж немой,
И замер, слившись с темнотой.
    И молвила Тинувиэль —
Пронзительно и резко трель
Звучала в полной тишине:
«Из залов Ту велели мне
Сквозь ночь и Таур-на-Фуина тьму
Лететь к престолу твоему».

    «Кто ж, кто ты, жалкий мотылек?
Ту сообщил мне все, что мог,
Не так давно. Зачем опять
Ко мне таких посланцев слать?»

    «Я — та, чьи темные крыла
Свет лунный застят, чтобы мгла
Сошла в Белерианд ночной:
Турингветиль перед тобой».

    «Ты лжешь, обманывая взгляд —
Отнюдь не мысль. Так сбрось наряд,
Что чужд тебе. Предстань иной —
В своем обличье предо мной!»

    И призрак сник, затрепетал,
Наряд летучей мыши пал
К ногам; обличием иным
Предстала дева перед ним.
Волос туманный водопад
Струился по плечам; наряд,
Подобный сумеркам, таил

Мерцание ночных светил.
Сон, сладостное забытье
Струились зыбко вкруг нее,
Сплетаясь с ароматом трав
Эльфийских вековых дубрав
В искристом серебре лучей,
Где переливами дождей
Вечерний воздух напоен.
К ней двинулся со всех сторон
Подземных тварей алчный ряд.

Воздев персты, потупив взгляд,
Запела в тишине она
Мотив забвения и сна,
Волшбы исполненный — сродни
Тем чарам, что в былые дни
В безмолвном сумраке полян
Вплетала в песни Мелиан.

И Ангбанд стих. В последний раз
Огонь взметнулся и погас,
И в залы медленно вползла
Глубинных подземелий мгла,
Заполнив своды галерей
Игрою призрачных теней.
Все замерло: движенье, звук.
Во тьме, сгустившейся вокруг,
Застыла тишина: не глох
Лишь спящих чудищ смрадный вздох.
Один огонь во тьме не гас:
Взгляд Моргота горящих глаз.
И в тишине уснувших зал
Холодный голос прозвучал:

«Ну что ж, о Лутиэн, ну что ж —
И ты, как эльф и смертный, лжешь?

Входи ж, входи: в моих дворцах
Нужда и в слугах, и в рабах.
Что нового в земле отца?
Что Тингол? Верно, ждет конца
В своем краю, где гладь да тишь,
Забившись в нору, словно мышь?
Иль он безумен, раз не смог
Свое дитя от сих дорог
Держать подальше? Или он
Лазутчиками обделен?»

И смолкла песня, сжалась грудь:
«Был долог и тяжел мой путь,
Но не король послал меня —
Отец до нынешнего дня
Не знает, что за тропы прочь
Ослушную уводят дочь.
Но все дороги и пути
Ведут на север: я прийти
Сюда решилась в час нужды;
В смирении — не для вражды.
Дан Лутиэн дар колдовской
Великих услаждать покой».

«И здесь — ты рада, нет ли, — плен
Твой путь венчает, Лутиэн.
И боль — заслуженный удел
Тех, кто противиться мне смел:
Смутьяна, вора и раба.
Тебя ждет сходная судьба!
Иль пытка — не для нежных рук
И хрупких плеч? К чему же вдруг
Ты песнь не к месту завела?
Я менестрелей без числа
Сзываю в эти залы. Все ж

Ты здесь так скоро не умрешь.
Оставлю жизнь еще на день
Прекрасной, нежной Лутиэн —
Игрушке прихоти моей.
В садах разнеженных царей
Не счесть цветов, подобных той,
Что вижу: властною рукой
Срывают их, чтобы устам
Припасть к медвяным лепесткам, —
И, смятые, отбросить прочь.
Кто ж до услады не охоч?
Но здесь, в обители тревог,
Не часто встретится цветок
Столь дивный. Кто бы не припал
К нектару; кто б не растоптал
Тех бледных, нежных лепестков —
Так, по обычаю богов,
Свой коротая день? Богам —
Проклятье! Ненависти к вам
Мне не избыть! О, как меня
Жжет жажда! Языков огня
Испепеляющая власть!
Я знаю, что вам бросить в пасть!»

Во взгляде тлеющий костер
Вновь вспыхнул пламенем. Простер
К ней руку дерзкий. Лутиэн
Отпрянула под своды стен,
И молвила, ступив во мрак:
«О нет, не так, король! Не так!
Не так властители земли
Встречают тех, что к ним пришли
С мольбой о милости. Дана
Песнь каждому певцу. Одна
Звонка, другая же — нежней;

Но каждый песней горд своей,
И должно выслушать певца —
Пусть фальшь в напеве — до конца.
Дан Лутиэн дар колдовской
Великих услаждать покой.
Так слушай!» — И, схватив крыла,
Быстрее мысли вверх взмыла,
Прочь от протянутой руки.
И, трепеща, под потолки
Пред взором Моргота взвилась,
И, в вихре танца закружась,
Тенёта морока свила
Вкруг венценосного чела.
И песня заструилась вновь —
Как летний дождь в листве садов,
Звеня под сенью мрачных зал;
И голос колдовской звучал
Как говор водопадов, с гор
Спадающих на дно озер.

Вихрь всколыхнувшихся одежд
Был полон чар для сонных вежд.
Кружась во тьме, пленяя взор,
Она сплетала свой узор
Заклятий в пляске; равных ей
Не знал ни эльфов род, ни фей
Ни встарь, ни впредь; где мрак глубок,
Как ласточка, как мотылек,
Легка, скользила: дивный вид! —
Прекрасней девушек-сильфид
В чертогах Варды: их крыла
Как будто греза соткала.
Уснули орк и балрог; зал
Застыл в безмолвьи; сон сковал
Все взоры, пасти, стук сердец.

Она же, из конца в конец
Проклятых стен, объятых сном,
Кружилась в танце колдовском.

Все взоры сон сковал; один
Сверкал: то Темный Властелин,
Нахмурив брови, изумлен,
Следил, как мир объемлет сон.
Но и его горящий взгляд
Померк, утратил волю; ад
Пронзили звездные лучи:
То ярче засиял в ночи
Свет Сильмариллов, устремясь
Ввысь из глубин, где тьма и грязь.

Вдруг камни, вспыхнув, как маяк,
Вниз, вниз, в кромешный пали мрак.
Глава склонилась; как утес,
Что к облакам свой пик вознес,
Поникли плечи; мощный стан
Согнулся — буйный ураган
Так сокрушает крепость скал;
Так Моргот, побежденный, пал
И распростерся, недвижим.
Корона с грохотом пред ним
Обрушилась на камни; звон
Затих. Безмолвие и сон
Зал неподвижный погребли,
Как в сердце дремлющей Земли.

Узором каменных аркад
Сплелись гадюки; волки в ряд
Пред троном зла, что опустел,
Простерлись грудой мертвых тел.
И рядом — Берен, погружен
В беспамятство, в глубокий сон:

Застыв, не расступалась тьма
Безмолвствующего ума.
   «Вставай, вставай! Час возвещен!
Властитель Ангбанда сражен!
Проснись, проснись! Судьба свела
Нас вместе вновь пред троном зла!»
Так голос звал его в края
Живых из тьмы небытия.
Рука, прохладна и нежна,
Легко коснулась лба. И сна
Озера всколыхнулись. Он
Воспрял, от мрака пробужден,
Отбросил волчью шкуру прочь,
И на ноги вскочил; и в ночь
Отчаявшийся взор вперил,
Как заживо во тьме могил
Покинутый. Тинувиэль
К нему, дрожа, приникла. Цель
Она достигла для него,
И мужество, и волшебство
В неравной исчерпав борьбе.
И он ее привлек к себе.

   Пред ними, ослепляя взор,
Сиял огонь, что Феанор
Вложил в кристалл; лучистый свет,
Оправленный на много лет
В железо. Но поднять венец
Не стало сил, и, наконец,
Устав, в отчаянии своем,
Склонился Берен над венцом,
Стремясь, рассудку вопреки,
Разжать железные тиски
Руками. Вдруг припомнил он,
Как Куруфин был им сражен,

И из-за пояса извлек
Отточенный стальной клинок —
Оружье Ногрода: над ним
Во мраке кузниц вился дым,
Звучал напев былых веков
В лад перезвону молотков.
И, словно дерево, кинжал
Рассек сверкающий металл,
Разъяв железные клыки,
Несокрушимы и крепки,
И чистый, трепетный огонь
Наполнил сжатую ладонь,
Мерцая ало. И опять
Склонился Берен, тщась изъять
Второй сверкающий кристалл,
Что мудрый Феанор создал.
Но рассудил иначе рок:
Предательский стальной клинок —
Творенье лживых кузнецов
Из Ногрода в конце концов
Владельца предал. Острие
Сломалось надвое: копье
Разить точнее не могло б.
Обломок оцарапал лоб
Владыки Тьмы. Он застонал —
Так стонет ветер в толще скал,
В пещерах горных заключен.
И дрогнуло безмолвье. Стон
Разнесся эхом в тишине,
И заворочались во сне
И орк, и зверь, погружены
В виденья смерти и войны.
Зашевелился балрог; звук
Все нарастал, и, вторя, вдруг

В кромешной тьме над головой
Раздался долгий волчий вой.

* * *

Из тьмы, где в скалах гаснет звук,
Где смертью дышит все вокруг,
Из мрачных склепов в недрах гор,
Сквозь бесконечный коридор,
Как привидения, сквозь ночь
Они стремглав бежали прочь.
Во взорах — ужас, звон в ушах;
Их гнал вперед безумный страх,
И эхо собственных шагов
Вселяло трепет в беглецов.

Но, наконец, вдали, маня,
Забрезжил бледный отблеск дня —
Подземных врат немой портал.
Там новый ужас поджидал.
Назначен охранять порог,
Недвижен, зорок и жесток,
Встал Кархарот — сам приговор;
Во взгляде — тлеющий костер,
Зияет огненная пасть —
Отверстый склеп; готов напасть;
Оскалясь, преграждает путь,
Чтоб не пытался ускользнуть
Ни зыбкий дух, ни пленный раб.
Какая ложь иль мощь могла б
С подобным стражем на пути
От смерти к свету провести?

Издалека заслышал враг
Их легкий, торопливый шаг,
Вдохнул нездешний аромат,

Почуял, что бегут назад
Два чужака. Борясь со сном,
Встряхнулся зверь, одним прыжком
Метнулся к ним, и жуткий вой
Разнесся эхом под скалой.
Опережая мысль и взор,
Атаковал он — слишком скор,
Чтоб вновь прибегнуть к силе чар.
И Берен, отводя удар
От изнемогшей Лутиэн,
Ее толкнул под своды стен
И храбро выступил вперед,
Готов, покуда не падет,
Тинувиэль оборонять,
На шаг не отступивши вспять.
Рукою левой он схватил
За горло зверя; что есть сил
Сжав камень правою рукой,
Нанес удар наотмашь свой —
В глаза. Как в пламени клинки,
Сверкнули острые клыки,
И захрустев, сомкнулись вновь,
Перекусив запястье, кровь
Разбрызгивая, как фонтан;
И вгрызшись, как стальной капкан,
Чтоб кость и жилы размолоть,
Пожрали трепетную плоть.
Так канул свет в утробе зла,
И камень поглотила мгла.

На отдельном листе приводятся еще пять недоработанных строк:

И Берен из последних сил
Рукою левой заслонил

Тинувиэль. Потрясена
Картиной мук его, она
Со стоном опустилась вниз.

Оставив, ближе к концу 1931 года, работу над «Лэ о Лейтиан» на этом эпизоде, в повести о Берене и Лутиэн мой отец, в сущности, пришел к финальному варианту повествовательной структуры — как явствует из опубликованного «Сильмариллиона». И хотя, по завершении «Властелина Колец», он радикально переделал отдельные части «Лэ о Лейтиан», пролежавшего в нетронутом виде с 1931 года (см. Приложение, стр. 252), не приходится сомневаться, что продолжать стихотворный вариант дальше он так и не стал, если не считать нижеприведенных строк, записанных на отдельном листке и озаглавленных «отрывок из последней части поэмы»:

В чащобе, где шумел поток,
Где, неподвижен и высок,
Застыл деревьев темный строй
По-над мерцающей рекой,
Где тени вкруг стволов густы,
Внезапно дрогнули листы:
Вздох ветра словно смутный стон
Безмолвных кущ нарушил сон,
И эхо донеслось с холма,
Холодное, как смерть сама:
«Долга, длинна тропа теней,
И не ведет следов по ней, —
Через моря, через отрог!
Край Наслаждения далёк, —
Но много дальше Край Утрат,
Где дни Умершие влачат.
В безмолвной мгле не слышен звук —
Ни голоса, ни сердца стук;
Лишь раз в сто лет глубокий вздох
Звучит на рубеже эпох.

Край Ожиданья тьмой укрыт:
Там те, кто в мире позабыт,
Ждут, в сумрак дум погружены,
В земле вне солнца и луны».

Квента Сильмариллион

В последующие годы отец взялся за новую прозаическую версию истории Древних Дней: она содержится в рукописи, озаглавленной «Квента Сильмариллион», которую я далее буду называть «КС». Никаких промежуточных текстов между нею и предшествующей ей «Квентой Нолдоринва» (стр. 108) не обнаружено, хотя, возможно, таковые и существовали; но, начиная с того момента, когда повесть о Берене и Лутиэн входит в историю «Сильмариллиона», появляются несколько в изрядной степени незаконченных набросков, в силу того, что мой отец очень долго не мог сделать выбора между более пространными и более краткими вариантами легенды. Более полный вариант (назовем его для наших целей «КС I») был заброшен на эпизоде, когда король Фелагунд в Наргротронде вручил корону своему брату Ородрету (стр. 114, отрывок из «Квенты Нолдоринва»), — поскольку оказался слишком длинным.

За ним последовал черновой набросок всей легенды в целом; он послужил основой для второй, «краткой» версии, КС II, сохранившейся в той же рукописи, что и КС I. Из этих двух вариантов я главным образом и заимствовал предание о Берене и Лутиэн в том виде, в каком оно вошло в опубликованный «Сильмариллион».

В 1937 году мой отец все еще работал над КС II, — когда возникли новые обстоятельства, не имеющие никакого отношения к истории Древних Дней. 21 сентября в издательстве «Аллен энд Анвин» увидел свет «Хоббит» — и имел огромный успех; однако от отца тут же стали требовать новую книгу о хоббитах. В октябре в письме к Стэнли Анвину, директору издательства «Аллен энд Анвин», он признавался, что: «слегка обеспокоен. Понятия не имею, что еще можно сказать о хоббитах. По-моему, мистер Бэггинс полностью исчерпал как туковскую, так и бэггинсовскую стороны их натуры. Зато я готов поведать многое, очень многое, — а многое уже и записано, — о том мире, в который хоббиты вторглись». Отец писал, что хотел бы узнать стороннее мнение о ценности этих сочинений на тему «мира, в который хоббиты вторглись»; 15 ноября 1937 года он отослал Стэнли Анвину целую подборку рукописей, в том числе и КС II, — повествование в ней дошло до того момента, когда Берен взял в руку Сильмариль, вырезанный из короны Моргота.

Много позже я узнал, что в перечне рукописей из отцовской посылки, составленном в издательстве «Аллен энд Анвин», значится, в придачу к «Фермеру Джайлсу из Хэма», «Мистеру Блиссу» и «Утраченному пути», еще два пункта, помеченные как «Длинная поэма» и «Материал про номов»: эти два названия наводят на мысль об отчаянии составителя. Со всей очевидностью, непрошеные рукописи легли на издательский стол без надлежащих разъяснений. Я подробно пересказал странную историю этой посылки в приложении к «Лэ Белерианда» (1985); вкратце повторюсь: как ни печально, не приходится сомневаться, что «Квента Сильмариллион» (включенная в «Материал про номов» вместе с другими текстами, уж что бы там еще ни оказалось под этим общим заголовком) так и не дошла до внутреннего рецензента издательства — за исключением тех нескольких страниц, которые были отдельно приложены к «Лэ о Лейтиан» (что в данных обстоятельствах не могло не ввести в заблуждение). Рецензент был крайне озадачен и предложил свое объяснение того, как соотнотятся между собою Длинная Поэма и данный фрагмент (весьма одобренный) прозаического произведения (т.е. «Квенты Сильмариллион»), — по вполне понятным причинам, объяснение это совершенно не соответствовало истине. Мнение свое он изложил в исполненной недоумения рецензии, на которой сотрудник издательства (которого тоже можно понять) написал: «И что нам с этим делать?»

В результате последующих взаимных недопониманий мой отец, даже не подозревая, что на самом-то деле «Квенту Сильмариллион» никто не прочел, сообщил Стэнли Анвину, как рад тому, что этот текст, по крайней мере, «не был отвергнут с презрением»: теперь он со всей определенностью будет надеяться, «что в один прекрасный день "Сильмариллион" опубликуют — или я смогу позволить себе издать его за свой счет!»

Пока КС II находилась в издательстве, мой отец продолжил повествование в заново начатой рукописи, в которой рассказывалось о смерти Берена в ходе «Волчьей охоты на Кархарота», надеясь вписать новый фрагмент в КС II, когда тексты к нему вернутся; но когда это наконец случилось, 16 декабря 1937 г., от отложил «Сильмариллион» в сторону. В письме к Стэнли Анвину от той же даты он снова спрашивал: «А на что еще способны хоббиты? Они могут быть комичны, да только комизм этот — обывательский, разве что изобразить его на фоне чего-то более фундаментального». Но тремя днями позже, 19 декабря 1937 года, Толкин сообщил в «Аллен энд Анвин»: «Я написал первую главу новой истории про хоббитов — "Долгожданные гости"».

Именно тогда, как я писал в Приложениях к «Детям Хурина», непрерывная, развивающаяся традиция «Сильмариллиона» в виде конспективного варианта «Квенты» оборвалась — в самый разгар событий, на том эпизоде, когда Турин уходит из Дориата и становится изгоем. На протяжении последующих лет продолжение истории существовало в виде простой, сжатой, неразработанной форме «Квенты» 1930 года — так сказать, «замороженной», в то время как с написанием «Властелина Колец» возникала грандиозная архитектоника Второй и Третьей эпох. Но дальнейшее развитие событий имело кардинально-важное значение в контексте древних легенд. Ведь в заключительных преданиях (заимствованных из исходной «Книги утраченных сказаний») рассказывалась горестная история Хурина, отца Турина, после того, как Моргот освободил его, а также и повесть гибели эльфийских королевств Наргтронда, Дориата и Гондолина, о которых Гимли пел в копях Мории спустя много тысяч лет:

> Был светел мир в оправе скал
> В былые дни — еще не пал
> Ни Наргтронд, ни Гондолин;
> За волны Западных пучин
> Ушли владыки их с тех пор…

Именно такой итог и такое завершение автор провидел для общего целого: обреченность эльфов-нолдор в их долгой борьбе против мощи Моргота и роль Хурина с Турином в этой истории; и в финале — «Сказание об Эарендиле», которому удалось спастись при гибели Гондолина в огне.

Много лет спустя мой отец написал в письме (от 16 июля 1964 года): «Я предложил в издательство легенды Древних Дней, но рецензенты их отклонили. Издательство требовало продолжения. А мне хотелось героических легенд и возвышенного эпоса. Результатом стал "Властелин Колец"…»

*

Работа над «Лэ о Лейтиан» прервалась на моменте, когда клыки Кархарота сомкнулись «как стальной капкан» на руке Берена, сжимавшей Сильмариль; и о том, что произошло дальше, в подробностях не рассказывалось. Для этого нам придется снова обратиться к исходному «Сказанию о Тинувиэли» (стр. 82–84), где повествуется об отчаянном бегстве Берена и Лутиэн, о том, как их преследовала охота Ангбанда, о том, как их нашел Хуан и довел до Дориата. В «Квенте Нолдоринва» (стр. 141) мой отец говорит обо всем об этом простонапросто: «здесь немногое можно поведать».

В финальной версии возвращения Берена и Лутиэн в Дориат главное (и радикальное) изменение сводится к тому, как именно они спаслись из Ангбанда после того, как Берен был ранен Кархаротом у врат крепости. Этот эпизод, до которого «Лэ о Лейтиан» не доходит, здесь пересказывается в словах «Сильмариллиона»:

Так поход за Сильмарилем, казалось, должен был завершиться гибелью и отчаянием — но в этот миг над склоном долины показались три могучие птицы, что летели к северу, обгоняя ветер.

О скитаниях Берена и беде его стало известно всем птицам и зверям; и сам Хуан наказал всему живому быть на страже и прийти Берену на помощь, если доведется. Высоко над владениями Моргота парили Торондор и его подданные; и, заметив сверху обезумевшего Волка и потерявшего сознание Берена, они стремительно спикировали вниз, — в тот самый миг, как силы Ангбанда освободились от пут сна. Орлы подхватили с земли Берена и Лутиэн и унесли их в облака. <...>

(Пока летели они высоко над землей,) Лутиэн рыдала, ибо думала, что Берену суждено умереть: ни слова не произнес он и не открыл глаза; после же ничего не помнил о полете. Наконец орлы снизились у границ Дориата, в той самой долине, откуда охваченный отчаянием Берен тайком ушел прочь, покинув спящую Лутиэн.

Там орлы опустили девушку подле Берена и вернулись к скалам Криссаэгрима, в свои высокие гнездовья. Но явился Хуан, и вместе с Лутиэн принялись они ухаживать за Береном; так некогда дочь Тингола исцелила его от раны, что нанес Куруфин. Но эта рана была опаснее, ибо в кровь проник яд. Долго лежал Берен без чувств, и дух его странствовал у темных границ смерти; и не отступала боль, преследуя его в видениях и снах. Но когда Лутиэн уже утратила надежду, Берен вдруг очнулся, и взглянул вверх, и увидел листву на фоне неба, и услышал под сенью листвы негромкий, медленный напев Тинувиэль. И вновь наступила весна.

Впредь Берен звался Эрхамион, что означает Однорукий; и в чертах его лица навеки запечатлелось страдание. Но любовь Лутиэн вернула его к жизни; и поднялся он; и вновь бродили они по лесам рука об руку.

*

Выше история Берена и Лутиэн изложена так, как она видоизменялась в прозаической и стихотворной форме на протяжении двадцати лет с момента создания исходного «Сказания о Тинувиэли». Берен, чьим отцом изначально был Эгнор Лесной Охотник из эльфийского народа, именуемого нолдоли, что на английский язык переведено как «номы», после недолгих колебаний автора стал сыном Барахира, вождя людей, и предводителем отряда мятежников-изгоев, не покорившихся ненавистной тирании Моргота. Возник достопамятный сюжет (в 1925 г., в «Лэ о Лейтиан») о предательстве Горлима и гибели Барахира (стр. 99 и далее). И если Веаннэ, пересказывающая «утраченное сказание», не знала, что привело Берена в Артанор, предполагая, что причиной была просто-напросто «тяга к странствиям» (стр. 45), после смерти своего отца Берен повсеместно прославился как заклятый враг Моргота и вынужден был бежать на Юг. Именно там начинается история Берена и Тинувиэли, — с того момента, как Берен всматривается в сумерки меж дерев Тинголова леса.

Весьма примечателен эпизод из «Сказания о Тинувиэли», в котором рассказывается, как Берен на пути в Ангбанд за Сильмарилем был захвачен в плен Тевильдо Князем Котов; не менее примечательна и последующая полная трансформация этого сюжета. Но утверждать, будто замок котов — «это и есть» башня Саурона на «Острове Волколаков» Тол-ин-Гаурхот, можно (как я уже отмечал) разве что в том смысле, что он занимает то же самое «место» в повествовании. Помимо этого нет никакого смысла искать даже отдаленное сходство между этими двумя твердынями. Чудовищные коты-гурманы с их кухнями и террасами для солнечных ванн, и очаровательными эльфийско-кошачьими именами «Миаугион», «Миаулэ», «Меойта», — все они исчезли бесследно. Однако, помимо их враждебности к псам (а для сюжета взаимная ненависть Хуана и Тевильдо очень важна), очевидно, что обитатели замка — не обычные коты: весьма показателен фрагмент из «Сказания» (стр. 73) касательно «тайны кошачьего рода и заклятия чар, доверенных [коту Тевильдо] Мелько»:

…То были волшебные слова, скрепляющие воедино камни его гнусного замка; при помощи этих чар Тевильдо подчинял своей воле всех котов и кошек, наделяя их злобным могуществом превыше того, что отпущено им природой; ибо давно уже говорилось, будто Тевильдо — злобный дух в обличии зверя.

Любопытно также отметить в этом фрагменте, равно как и в других местах, как отдельные аспекты и события исходного сказания порою возникают снова, но в совершенно ином качестве, проистекая из радикально изменившейся повествовательной концепции. В первоначальном «Сказании» Хуан принудил Тевильдо выдать заклятия чар, и, как только Тинувиэль произнесла волшебные слова, «замок Тевильдо содрогнулся, и оттуда хлынули сонмища его обитателей» (то есть сонмища котов и кошек). В «Квенте Нолдоринва» (стр. 138), когда Хуан одолел страшного Некроманта Ту, чародея в обличии волколака, на острове Тол-ин-Гаурхот, пес «отвоевал у него ключи и заклинания, скрепляющие зачарованные стены и башни. Так была разрушена крепость, и низверглись башни, и вскрылись подземелья. Многие узники обрели свободу...»

Но здесь мы переходим к ключевому изменению в истории Берена и Лутиэн — при объединении ее с совершенно отдельной легендой о Нарготронде. Поклявшись Барахиру, отцу Берена, в вечной дружбе и пообещав помощь в час нужды, Фелагунд, основатель Нарготронда, оказался вовлечен в поход Берена за Сильмарилем (стр. 122 и далее); и здесь возникает сюжет об эльфах Нарготронда, которые, будучи переодеты орками, были захвачены Ту и сгинули в жутких темницах крепости Тол-ин-Гаурхот. В событиях похода за Сильмарилем поучаствовали также Келегорм и Куруфин, сыновья Феанора, забравшие в Нарготронде немалую власть, — поскольку Феаноринги некогда принесли гибельную клятву мстить любому, кто «завладеет Сильмарилем, или захватит его, или сохранит против их воли». В интриги и честолюбивые замыслы Келегорма и Куруфина была втянута и Лутиэн (стр. 154–155: братья держали ее в плену в Нарготронде, а Хуан вернул ей свободу.

Остается рассмотреть еще один аспект истории, — собственно говоря, ее финал, — как мне кажется, чрезвычайно важный для автора. Самая ранняя отсылка к судьбам Берена и Лутиэн после того, как Берен погиб во время охоты за Кархаротом, содержится в «Сказании о Тинувиэли»; но на тот момент и Берен, и Лутиэн были эльфами. Там говорилось (стр. 91–92):

«Тинувиэль, сломленная горем, и не видя более в мире ни утешения, ни света, не мешкая, последовала за ним по тем темным тропам, что каждому суждено пройти в одиночестве. И вот красота ее и нежная прелесть тронули даже холодное сердце Мандоса, так, что он позволил ей вновь увести Берена в мир живых; подобного не случалось с тех пор ни с человеком, ни с эльфом. <...> Однако вот что сказал Мандос этим двоим: «Ло, о эльфы, не к жизни, исполненной безмятежной радости, отсылаю я вас, ибо в мире, где обитает злобный сердцем Мелько, более не существует она; узнайте же, что станете вы смертными, подобно людям; когда же вы вновь вернетесь сюда, это будет навечно...»

Из данного отрывка со всей очевидностью явствует, что история Берена и Лутиэн имела продолжение в Средиземье («ибо славные деяния довелось им свершить впоследствии, и немало преданий сложено о том»), однако здесь говорится только, что эти двое названы *и-Куильвартон*, то есть Умершие, что Живы; и что «стали они могучими фэйри в краях к северу от Сириона».

В еще одном из «Утраченных сказаний», «О пришествии Валар», подробно рассказывается о тех, кто приходил в Мандос (так называют чертоги и одновременно Бога, подлинное имя которого — Вэ):

Туда в последующие дни отправлялись эльфы всех родов, кои по несчастью погибли от оружия либо умерли от горя по убитым, — только так могут умереть эльдар, и то лишь на время. Там Мандос объявлял им приговор, и там ждали они во тьме, грезя о былых своих деяниях, пока не настанет назначенный Мандосом час и не смогут они возродиться в собственных детях и вновь выйти в мир к смеху и песням.

С этим фрагментом можно сравнить обособленный отрывок из «Лэ о Лейтиан», приведенный на стр. 213–214, касательно «Края Утрат, где дни Умершие влачат»:

В безмолвной мгле не слышен звук —
Ни голоса, ни сердца стук;
Лишь раз в сто лет глубокий вздох
Звучит на рубеже эпох.
Край Ожиданья тьмой укрыт:
Там те, кто в мире позабыт,
Ждут, в сумрак дум погружены,
В земле вне солнца и луны.

Концепция, согласно которой эльфы могут умереть лишь от ран и оружия, либо от горя, сохранилась и вошла в опубликованный «Сильмариллион»:

Ибо эльфы не умрут, пока жив мир, разве что будут убиты либо иссушит их горе (этим двум мнимым смертям подвластны они); равно как и не убывает с годами их сила, вот разве что ведома им усталость десяти тысяч веков; умерших же призывают в чертоги Мандоса в Валиноре, откуда со временем они могут и возвратиться. Сыны же людей знают истинную смерть и покидают мир; потому и зовут их Гостями или Чужаками. Смерть их удел, таков дар Илуватара, которому с течением Времени позавидуют даже Власти Земли.

Как мне представляется, слова Мандоса в «Сказании о Тинувиэли», процитированные выше, — «*станете вы смертными, подобно людям; когда же вы вновь вернетесь сюда, это будет навечно*», — подразумевают, что он отменяет их эльфийскую судьбу: умерев так, как могут умереть эльфы, они уже не возродятся, однако им будет дозволено — им одним и никому более! — покинуть Мандос в своем собственном естестве и обличии. Однако за это они заплатят определенную цену: ибо когда они умрут вторично, возможности вернуться у них уже не будет, и ждет их не «мнимая смерть», но смерть, что суждена людям сообразно их природе.

(в)

Ниже в «Квенте Нолдоринва» рассказывается (стр. 143–144), что «Лутиэн вскорости истаяла и угасла, и исчезла с лица земли <...>. И явилась она в чертоги Мандоса, и в песне поведала ему о горестной любви, да так чудесно, что даже Мандос испытал жалость, чего до тех пор вовеки не случалось».

И призвал он Берена: и так, как поклялась Лутиэн, целуя его в час смерти, встретились они за пределами западного моря. Мандос же дозволил им уйти, однако сказал, что Лутиэн *станет смертной, так же, как и ее возлюбленный*, и должно ей будет покинуть землю еще раз, *подобно смертным женщинам*, и лишь воспоминание о ее красоте сохранится в песнях. Так и стало; но говорится, что в возмещение Мандос даровал Берену и Лутиэн долгий срок жизни и радости, и странствовали они, не ведая ни жажды, ни холода, в прекрасной земле Белерианда, и ни один из смертных с тех пор не говорил ни с Береном, ни с женой его.

В черновом варианте истории Берена и Лутиэн, подготовленном для «Квенты Сильмариллион», упомянутом на стр. 216, появляется идея «выбора судьбы», предложенного Берену и Лутиэн перед Мандосом:

И вот какой выбор предопределил он для Берена и Лутиэн. Должно им было теперь жить в блаженстве в Валиноре до скончания мира, однако ж в конце Берен и Лутиэн каждый отправится принять ту судьбу, что назначена их роду, когда все изменится: а о замысле Илуватара касательно людей Манвэ [Владыке Валар] не вед[омо]. Либо могли они вернуться в Средиземье, но не будучи уверены, что обретут там радость и жизнь; тогда Лутиэн станет смертной, так же, как и Берен, и настигнет ее вторая смерть, и в конце предстоит ей покинуть землю навсегда, и только лишь воспоминание о ее красоте сохранится в песнях. Эту участь и избрала они, чтобы, какое бы горе ни сулило им будущее, судьбы их слились воедино и пути их увели вместе за пределы мира. Вот так единственной из эльдалиэ Лутиэн умерла и давнымдавно покинула мир; однако благодаря ей соединились Два Народа, и стала она прародительницей многих.

Эта концепция «Выбора Судьбы» сохранилась, пусть и в видоизмененной форме, как можно видеть в «Сильмариллионе»: здесь выбор предлагался одной только Лутиэн, причем иной. Лутиэн по-прежнему дозволяется покинуть Мандос и жить в Валиноре вплоть до скончания мира, — поскольку выпали ей на долю великие труды и страдания, и еще потому, что она дочь Мелиан. Но Берену туда пути нет. Тем самым, если она согласится на это, им должно расстаться ныне и навсегда: ведь Берен не может избежать собственной своей судьбы, не может избежать Смерти: Смерть — это Дар Илуватара, и отказаться от нее невозможно.

Остается второй выбор: именно его предпочла Лутиэн. Только так Лутиэн могла воссоединиться с Береном «за пределами мира»: ей самой пришлось изменить судьбу своего бытия: стать смертной и умереть по-настоящему.

Как я уже говорил, история Берена и Лутиэн на приговоре Мандоса не закончилась; необходимо вкратце рассказать и о нем, и о последующих событиях, и об истории Сильмариля, что Берен вырезал из железной короны Моргота. А это представляет определенные трудности в формате, выбранном мною для этой книги, — главным образом потому, что роль, сыгранная Береном в его второй жизни, неразрывно связана с событиями истории Первой эпохи, что выходят далеко за рамки данного издания.

Я уже отмечал (стр. 108), что «Квента Нолдоринва» 1930 года, восходящая к «Очерку мифологии» и далеко превосходящая его по объему, тем не менее представляет собою «сжатое, конспективное изложение событий»: в заголовке произведения говорится, что это — «краткая история нолдоли, или номов, почерпнутая из "Книги утраченных сказаний"». Об этих «конспективных» текстах я писал в «Войне Самоцветов» (1994): «Создавая эти варианты, мой отец опирался на пространные произведения, уже существовавшие в прозе или в стихах (разумеется, в ходе работы постоянно их перерабатывая и расширяя); а в "Квенте Сильмариллион" он довел до совершенства этот своеобразный стиль, напевный, торжественный, элегический, исполненный ощущения утраты и удаленности во времени. Как мне кажется, такой эффект возникает отчасти благодаря именно этому литературному факту: автор переводил в сокращенный и обобщенный формат все то, что одновременно живо представлял себе в куда более подробном, непосредственном и драматичном виде. Покончив с великой "помехой" — завершив работу над "Властелином Колец", вклинившимся в легендариум, — мой отец, по всей видимости, вернулся к Древним Дням с желанием снова воссоздать грандиозные масштабы, с которых начинал давным-давно, в "Книге утраченных сказаний". Намерения закончить "Квенту Сильмариллион" отец не оставил; но "великие предания", значительно расширенные в сравнении с исходными их вариантами, — на которых должны были основываться ее последние главы, — так и не были доработаны».

И здесь мы рассмотрим историю, которая восходит к последнему из написанных «Утраченных сказаний», в составе сборника озаглавленному «Сказание о Науглафринге»: так изначально назывался Науглавир, «Ожерелье гномов». Но здесь мы дошли до конечной точки в работе моего отца над легендами Древних Дней после завершения «Властелина Колец»: никаких новых текстов создано не было. Снова процитирую свои рассуждения в «Войне Самоцветов»: «ощущение такое, словно мы дошли до головокружительного обрыва на краю утеса и глядим с нагорьев, воздвигнутых в более позднюю эпоху, на древнюю равнину далеко внизу. Если же мы захотим обратиться к истории о Науглавире и об уничтожении Дориата <...> нам придется вернуться более чем на четверть века назад, к «Квенте Нолдоринва» или даже дальше». Именно к «Квенте Нолдоринва» я обращусь сейчас и приведу соответствующий фрагмент в несколько сокращенном виде.

Сказание начинается с продолжения истории великого сокровища Нарготронда, захваченного злобным драконом Гломундом. После гибели Гломунда, сраженного Турином Турамбаром, Хурин, отец Турина, с несколькими лесными изгоями пришел в Нарготронд, который до поры никто — ни орк, ни эльф, ни человек, — не дерзнул разграбить из страха перед духом Гломунда и самим воспоминанием о драконе. Но обнаружили они там некоего гнома по имени Мим.

Возвращение Берена и Лутиэн
согласно «Квенте Нолдоринва»

И вот Мим обнаружил, что чертоги и сокровища Нарготронда остались без призору, и завладел ими, и сидел там, ликуя и радуясь, и перебирал золото и драгоценные камни, и пропускал их сквозь пальцы, и неразрывно связал их с собою бессчетными заклинаниями. Но народ Мима был немногочислен, и изгои, вожделея сокровища, перебили гномов, хотя Хурин и пытался остановить их, и, умирая, Мим проклял золото.

[Хурин отправился к Тинголу и попросил его о помощи, и народ Тингола перенес сокровище в Тысячу Пещер; и тогда Хурин ушел прочь.]

Между тем чары проклятого драконьего клада начали понемногу подчинять себе самого короля Дориата; подолгу просиживал он, глядя на сокровище, и семена любви к золоту, что до поры таились в его сердце, пробудились и дали всходы. Засим призвал Тингол гномов Ногрода и Белегоста, величайших искусников среди всех тех, что еще оставались в западном мире, — ибо не было больше Наргротронда (а про Гондолин никто не ведал), — чтобы смастерили они из золота, серебра и самоцветов (ибо многое лежало до поры необработанным) бесчисленные сосуды и иные прекрасные вещи; и великолепное ожерелье непревзойденной красоты велено им было отковать, и подвеской закрепить в нем Сильмариль*.

И явились гномы, и едва взглянули они на сокровище, овладели ими вожделение и алчность, и замыслили они предательство. И говорили они промеж себя: «Разве у гномов на богатство это не столько же прав, сколь и у эльфийского короля, и разве клад не отобрали злонамеренно у Мима?» Однако ж вожделели гномы и Сильмариля. А что до Тингола, то король, все больше подпадая под власть чар, урезал обещанное гномам вознаграждение за труды, и повздорили они, и в чертогах Тингола закипел бой. Погибло там немало эльфов и гномов, и могильный холм в Дориате, в коем погребли тела, назвали Кум-нан-Арасайт, Курган Алчности. Но оставшихся гномов прогнали прочь безо всякой платы и вознаграждения.

---

* В более позднем варианте истории Наугламира говорится, что гномьи мастера создали ожерелье задолго до того, для Фелагунда; только это единственное сокровище Хурин и унес из Наргротронда и отдал Тинголу. Теперь Тингол поручил гномам *переделать* Наугламир и оправить в него Сильмариль, находившийся во владении короля. Именно в таком виде эта легенда вошла в опубликованный «Сильмариллион».

Засим, собрав в Ногроде и Белегосте новые силы, со временем возвратились гномы и с помощью нескольких эльфов-предателей, коими тоже овладело вожделение к проклятому сокровищу, тайно пробрались в Дориат.

Там подкараулили они Тингола, что выехал на охоту лишь с небольшим вооруженным отрядом, и напали на него нежданно-негаданно, и убили его; и крепость Тысячи Пещер захватили врасплох и разграбили; и так едва не сгинула навеки слава Дориата. Лишь одна-единственная эльфийская цитадель [Гондолин] держалась еще как оплот против Моргота, и время эльфов клонилось к закату.

Королеву Мелиан гномы не смогли захватить в плен, равно как и повредить ей ничем тоже не смогли; и ушла она искать Берена и Лутиэн. А надо сказать, что Гномий тракт до Ногрода и Белегоста в Синих горах проходил через Восточный Белерианд и через леса вокруг реки Гелион, где встарь были охотничьи угодья Дамрода и Дириэля, сынов Феанора. К югу от тех краев, между рекой Гелион и горами лежала земля Оссирианд, и там по сей день жили и странствовали в блаженстве и мире Берен и Лутиэн, радуясь краткой отсрочке, отвоеванной Лутиэн, прежде чем обоим им умереть; и подданными их стали Зеленые эльфы юга. Но Берен не ходил более на войну, и земля его исполнилась несказанного очарования, и в изобилии цвели там цветы; и люди часто называли этот край Куильвартиэн, Земля Мертвых, что Живы.

К северу от этой области есть брод через реку Аскар; и брод этот зовется Сарн Атрад, Брод Камней. Через этот брод и предстояло пройти гномам, прежде чем доберутся они до горных перевалов, уводящих к их поселениям; здесь Берен сразился в последней своей битве, ибо Мелиан загодя предупредила его о приближении врагов. В том бою Зеленые эльфы захватили гномов врасплох, едва те оказались на середине переправы, нагруженные награбленной добычей; и погибли там гномьи вожди и почитай что все их воинство. Берен же забрал Наугламир, Ожерелье Гномов, в коем подвеской крепился Сильмариль; и говорится и поется в песнях, что Лутиэн, носившая это ожерелье и бессмертный камень на белой своей груди, явилась воплощением несравненной красоты и величия, подобных коим не знал мир за пределами Валинора; и на краткий срок Земля Мертвых, что Живы, уподобилась земле Богов, и не бывало с тех пор края настолько прекрасного и плодородного, и столь изобильного светом.

Однако неизменно упреждала Мелиан Берена и Лутиэн о проклятии, что лежало на сокровище и на Сильмариле. Сокровище они утопили в реке Аскар и дали ей новое имя: Ратлорион, Золотое Русло, но Сильмариль сохранили. И со временем краткий час расцвета земли Ратлорион пришел к концу. Ибо Лутиэн истаяла, как и предрек Мандос, — точно так же, как истаяли эльфы позднейших времен; и исчезла она из мира;* умер и Берен, и никому не ведомо, где встретятся они снова.

После того королем лесов стал Диор, наследник Тингола, сын Берена и Лутиэн, и был он прекраснейшим из всех детей мира, ибо происхождение свое вел от трех народов: от красивейших и благороднейших людей, и от эльфов, и от божественных духов Валинора; однако ж и это не защитило его от рока, заключенного в клятве сынов Феанора. Ибо Диор

---

* Как именно умерла Лутиэн, подлежало пересмотру, судя по знаку на полях; впоследствии мой отец приписал тут же: «И однако ж поется в песнях, что Лутиэн единственная из эльфов причислена к нашему роду и путь ее пролегает туда, куда уходим и мы, к судьбе за пределами мира».

возвратился в Дориат, и до поры древнее его величие отчасти возродилось заново, хотя Мелиан уже не жила в тех местах: она ушла в землю Богов за западное море, размышлять о своих горестях в садах, откуда встарь явилась она.

Диор же носил на груди Сильмариль, и слава об этом камне разнеслась далеко и близко, и вновь пробудилась ото сна бессмертная клятва.

Ибо, пока сей несравненный самоцвет носила Лутиэн, никто из эльфов не посмел бы напасть на нее, и даже Майдрос не дерзнул о том помыслить. Однако теперь, услышав о возрождении Дориата и гордости Диора, семеро скитальцев вновь собрались воедино и послали к Диору гонцов, требуя свое достояние. Но Диор отказался уступить им камень; и пошли они на него со всем своим воинством; так во второй раз эльф поднял меч на эльфа в смертоубийстве, самом прискорбном из всех. Там пали Келегорм и Куруфин, и темный Крантир, но погиб и Диор, и Дориат был уничтожен и не возродился более.

Однако ж Сильмариля сыны Феанора не получили; ибо верные слуги бежали от них, забрав с собою Эльвинг, дочь Диора; и спаслась она, и унесли они Науглафринг, и со временем вышли к устью реки Сирион у моря.

[В тексте несколько более позднем, нежели «Квента Нолдоринва», — в самом раннем варианте «Анналов Белерианда», — сюжет был несколько изменен: Диор возвратился в Дориат в то время, как Берен и Лутиэн еще жили в Оссирианде; а что случилось с ним там, я перескажу словами «Сильмариллиона»:

И вот однажды осенней ночью, в поздний час, явился некто и ударил в ворота Менегрота, требуя, чтобы провели его к королю. То был эльф знатного рода из числа Зеленых эльфов, спешное дело привело его из Оссирианда; и стражи врат проводили его в покои Диора, где король пребывал в одиночестве. Там, не говоря ни слова, посланец вручил королю ларец и отбыл. В ларце же лежало Ожерелье Гномов с оправленным в него Сильмарилем, и Диор, взглянув на сокровище, понял: сие — знак того, что Берен Эрхамион и Лутиэн Тинувиэль воистину умерли и ушли туда, куда уходит род людской, к назначенной им судьбе вне пределов мира.

Долго глядел Диор на Сильмариль, добытый, вопреки всему, отцом его и матерью из жуткой крепости Моргота, и горько скорбел о том, что смерть настигла их столь скоро.]

Отрывок из утраченного сказания
о Науглафринге

Здесь я отступлю от хронологии создания легенды и вернусь к «Утраченному сказанию о Науглафринге». Причина же такого отступления в том, что приведенный здесь отрывок — характерный образчик той пространной манеры изложения, исполненной наглядной и порою драматичной выразительности, что была присуща моему отцу на ранней стадии создания «Сильмариллиона»; но «Утраченное сказание» в целом изобилует ответвлениями сюжета, в контексте данной книги ненужными. Потому в тексте «Квенты» на стр. 231–232 вкратце рассказывается о битве при Сарн Атраде, Каменном Броде, а ниже приводится описание гораздо более подробное, заимствованное из «Утраченного сказания», включая поединок между Береном и Наугладуром, владыкой гномов Ногрода из Синих гор.

Фрагмент начинается с приближения гномов, во главе с Наугладуром, к броду Сарн Атрад, по возвращении из разграбленных Тысячи Пещер.

И вот добралось все это воинство [до реки Аскар], а построено оно было вот в каком порядке: первыми шли гномы, ношею не обремененные, зато во всеоружии, а посередь — многочисленный отряд тех, что несли сокровище Гломунда и сверх того немало прекрасных вещей, исхищенных ими из чертогов Тинвелинта; а за ними ехал Наугладур верхом на Тинвелинтовом коне: странное зрелище являл он собою, ибо у гномов ноги короткие и кривые. Двое гномов вели коня под узцы, ибо шел он неохотно и нагружен был добычей. А за ними следовало налегке множество оружных воинов, и в таком порядке думали они перейти через Сарн Атрад в тот роковой день.

К утру достигли они ближнего берега, а в полдень все еще переправлялись длинными вереницами, медленно пробираясь вброд по мелководью стремительного потока. Здесь река расширялась и бежала по узким рукавам, загроможденным валунами промеж протяженных галечных отмелей и камней не столь крупных. И вот слез Наугладур со своего навьюченного коня и изготовился к переправе, ибо вооруженный авангард уже вскарабкался на противоположный берег — широкий, крутой, густо заросший деревьями; а из тех, кто тащил золото, одни уже ступили на твердую землю, а другие еще находились на середине реки; но оружные воины, прикрывавшие тыл, расположились ненадолго на отдых.

Внезапно отовсюду трубят эльфийские рога, а один [? выпевает] звончее всех прочих — то рог Берена, лесного охотника. И вот уж в воздухе мелькают тонкие стрелы эльдар, что бьют без промаха, и ветер не относит их в сторону, и ло! — из-за каждого дерева и валуна выпрыгивают внезапно бурые эльфы и зеленые и стреляют без устали из полных колчанов. Тут в воинстве Наугладура поднялись переполох и шум, и те, что уже переходили вброд, побросали свою золотую ношу в реку и в испуге бросились к ближнему и дальнему берегам, однако ж многих сразили безжалостные острия, и попадали гномы вместе со своим золотом в поток Ароса, пятная его прозрачные воды темной кровью.

И вот воины на дальнем берегу, [? втянутые] в бой, сплотив ряды, ринулись на врагов, но те проворно бежали пред ними, а меж тем [? прочие] по-прежнему осыпали их градом стрел; так все новые гномы падали мертвыми, эльдар же почти не пострадали. И кипела та великая битва при Каменном Броде <...> поблизости от Наугладура, ибо хотя Наугладур и полководцы его отважно вели в бой своих воинов, им так и не удавалось схватиться с врагом, а смерть обрушивалась на их ряды точно ливень, пока те в большинстве своем не дрогнули и не разбежались, и звонкий смех эльфов эхом разнесся из конца в конец, и перестали эльфы стрелять, ибо развеселились, глядя, как удирают неуклюжие гномы и белые их бороды треплет ветер. Но не стронулся с места Наугладур в окружении нескольких сподвижников, и вспомнились ему слова Гвенделин*, ибо, глядь, подступил к нему Берен, и отбросил свой лук, и извлек блистающий меч; а Берен среди эльдар отличался могучей статью, хотя в обхвате и уступал дородному Наугладуру из народа гномов.

И молвил Берен: «Защищай свою жизнь, коли сможешь, о кривоногий убийца, не то отниму я ее», — и даже Науглафринг, дивное ожерелье, предложил ему Наугладур, лишь

---

* Выше в сказании говорилось, что, когда Наугладур уже собирался уходить из Менегрота, он заявил, что Гвенделин, королева Артанора (Мелиан), отправится с ним в Ногрод; на что ответила она: «Вор и убийца, порождение Мелько, однако ж и глуп ты, ибо не видишь, что за угроза нависает над собственной твоей головой».

бы позволили ему уйти невредимым, но ответствовал Берен: «Нет, его все равно заберу я, как падешь ты мертвым»; и с этими словами один ринулся он на Наугладура и его соратников и сразил стоящего впереди, а прочие разбежались под эльфийский хохот, и так Берен оказался лицом к лицу с Наугладуром, убийцей Тинвелинта. Сей престарелый гном защищался весьма доблестно, и закипела жестокая битва, и многие наблюдающие за нею эльфы из любви к своему предводителю и из страха за него теребили тетивы луков, но Берен, сражаясь, крикнул им не вмешиваться.

Немногое рассказывается в сей повести об увечьях и ударах, в том поединке нанесенных, кроме того разве, что Берен получил немало ран, и многие из его самых сокрушительных ударов мало повредили Наугладуру благодаря гномьей кольчуге, созданной [? мастерством] и магией; и говорится, что три часа бились они, и устали руки Берена — но не Наугладура, привыкшего орудовать своим могучим молотом в кузне; и куда как вероятно, что иным был бы исход, кабы не проклятие Мима; ибо видя, что Берен слабеет, Наугладур теснил его все яростнее, и по причине тех пагубных чар воскичился он в сердце своем, и подумал он: «Я убью сего эльфа, и весь народ его в страхе разбежится предо мною!» — и, крепче сжав меч, нанес он мощный удар и воскликнул: «Погибель твоя пришла, о лесной недоросток!» — и в это самое мгновение под ногу ему подвернулся острый камень, и гном, споткнувшись, качнулся вперед, Берен же, увернувшись от удара, схватил гнома за бороду и нащупал золотое оплечье, и рванул за него, и внезапно опрокинул Наугладура ничком на землю; и выронил Наугладур меч, Берен же поймал его и зарубил недруга его же клинком, говоря: «Не стану пятнать свое блестящее лезвие твоей темной кровью, раз нужды в том нет». А тело Наугладура швырнули в реку Арос.

И вот расстегнул Берен ожерелье и, дивясь, загляделся на него, и узрел Сильмариль, тот самый камень, что добыл он из Ангбанда, снискав себе сим подвигом бессмертную славу; и молвил он: «Вовеки не видели глаза мои, о Светоч Фэери, чтобы сиял ты и вполовину столь прекрасно, как ныне, в оправе из золота и драгоценных самоцветов, и магии гномов»; и велел он омыть сие ожерелье от крови, и не выбросил его, не ведая о его силе, но унес с собою назад в леса Хитлума.

Этому отрывку из «Сказания о Науглафринге» в «Квенте» соответствуют лишь несколько слов, приведенных во фрагменте, процитированном на стр. 232.

В том бою [при Сарн Атраде] Зеленые эльфы захватили гномов врасплох, едва те оказались на середине переправы, нагруженные награбленной добычей; и погибли там гномьи вожди и почитай что все их воинство. Берен же забрал Наугламир, Ожерелье Гномов, в коем подвеской крепился Сильмариль…

Этот пример наглядно иллюстрирует мое замечание о том (стр. 227), что мой отец «переводил в сокращенный и обобщенный формат все то, что одновременно живо представлял себе в куда более подробном, непосредственном и драматичном виде».

Этот небольшой экскурс в «Утраченное сказание» об Ожерелье Гномов я завершу еще одной цитатой, к которой восходит рассказ о смерти Берена и Лутиэн и гибели Диора, их сына, в «Квенте» (стр. 232–233). Я начну этот фрагмент с диалога между Береном и Гвенделин (Мелиан), когда Лутиэн впервые надела Науглафринг. Берен объявил, что никогда прежде не казалась она столь прекрасной, но Гвенделин молвила: «Однако ж Сильмариль долго пробыл в Короне Мелько, а она откована кузнецами воистину недобрыми».

Тогда рекла Тинувиэль, что не милы ей ни драгоценности, ни самоцветы, а мила отрада эльфийского леса, и, дабы угодить Гвенделин. сорвала она ожерелье с шеи; но Берен тому не порадовался и не дал его выбросить, но сберег в своей [? сокровищнице].

После того Гвенделин пожила какое-то время с ними в лесах и исцелилась [от своего всепоглощающего горя по Тинвелинту]; и в конце концов в печали возвратилась в землю Лориэна, и не будет о ней более речи в преданиях жителей Земли; а Берена с Лутиэн вскорости настигла судьба смертных, кою провозгласил Мандос, отпуская их из своих чертогов, — и в том, верно, проклятие Мима явило свою силу, ибо рок свершился над ними ранее ожидаемого; и на сей раз эти двое не вместе прошли тем путем; когда же Диор Прекрасный, дитя их, был еще мал, Тинувиэль мало-помалу истаяла, так же, как в последующие времена угасали эльфы во всем мире; и исчезла она в лесах, и никто более не видал, чтобы танцевала она там. Берен же обошел все земли Хитлума и Артанора, разыскивая ее, и вовеки никто из эльфов не был так одинок, как он; и он тоже истаял и ушел из жизни, и Диор, сын его, остался правителем над бурыми эльфами и зелеными и Владыкою Науглафринга.

Может статься, правду говорят эльфы, и эти двое охотятся ныне в лесу Оромэ в Валиноре, а Тинувиэль вечно танцует на зеленых травах Нессы и Ваны, дочерей Богов; однако ж велико было горе эльфов, когда Гуильвартон их покинули, и, поскольку остались они без вождя и ослабла их магия, умалились они и в числе; и многие ушли прочь в Гондолин, ведь слух о его растущем могуществе и славе втайне передавался шепотом из уст в уста среди всех эльфов.

Однако ж Диор, когда возмужал, правил многочисленным народом, и любил он леса, как некогда Берен; и в песнях именуется он главным образом Аусир Богатый, ибо владел он дивным камнем, оправленным в Ожерелье Гномов. Но вот история Берена и Тинувиэли померкла в его сердце, и стал он носить ожерелье на шее, и возлюбил его прелесть всей душою, а слава о том камне распространялась как лесной пожар по всем областям Севера, и говорили эльфы друг другу: «Сильмариль пылает в лесах Хисиломэ».

В «Сказании о Науглафринге» в подробностях повествуется о нападении на Диора и о его гибели от руки сынов Феанора, и это последнее из «Утраченных сказаний», обретшее последовательную форму, завершается бегством Эльвинг:

И блуждала она по лесам, и прибились к ней немногие оставшиеся из бурых эльфов и зеленых, и ушли они навсегда от полян Хитлума и достигли юга, глубоких вод Сириона и отрадных земель.

Вот так все судьбы фэйри сплелись в единую прядь, и прядь эта — великое сказание об Эаренделе; и к истинному началу сего сказания подошли мы ныне.

* * *

Далее в «Квенте Нолдоринва» следуют фрагменты, посвященные истории Гондолина и его падению, и истории

Туора, который взял в жены Идриль Келебриндал, дочь Тургона, короля Гондолина; сыном их был Эарендель; вместе с ними он спасся при разрушении города и добрался до Устьев Сириона. «Квента» продолжается после бегства Эльвинг, дочери Диора, из Дориата к устьям Сириона (стр. 232–233).

Однако близ Сириона, где обосновались немногие уцелевшие беглецы из Дориата и Гондолина, эльфийский народ умножился в числе и окреп; и полюбили эльфы море, и стали строить прекрасные корабли, живя на самом побережье, под дланью Улмо. <...>

В ту пору ощутил Туор, что подкрадывается к нему старость, и не мог уже отрешиться от тоски по морю, что владела им; потому выстроил он могучий корабль, «Эарамэ», «Орлиное Крыло», и вместе с Идрилью отплыл на Запад, держа курс на заходящее солнце, и более не говорится о нем в преданиях ни слова. А лучезарный Эарендель стал владыкой народа Сириона и взял в жены прекрасную Эльвинг, дочь Диора; и однако ж не ведал он покоя. Два помысла сливались в его сердце воедино — в тоске по безбрежному морю: думал он уплыть вдаль следом за Туором и Идрилью Келебриндал, которые так и не возвратились, и мнил, что, возможно, удастся ему достичь последнего брега и, прежде чем истечет отмеренный ему срок, доставить Богам и эльфам Запада послание, что пробудит в сердцах их сострадание к миру и к горестям рода людского.

И построил Эарендель «Вингелот», «Пенный цветок», прекраснейший из кораблей, прославленных в песнях: корпус его сиял белизной, точно серебристая луна, весла покрывала позолота, серебром сверкали ванты, а мачты были венчаны

драгоценными каменьями, словно звездами. В «Лэ об Эаренделе» многое рассказывается о странствиях его в бескрайних
просторах океана и в незнаемых землях, во многих морях
и на многих островах <...>. Эльвинг же оставалась дома и
предавалась грусти.

Эарендель не отыскал Туора и в тот раз так и не добрался до берегов Валинора; и под конец ветра погнали его обратно на восток, и однажды ночной порой вернулся он в гавани Сириона нежданным, и никто не приветил его, ибо
гавани стояли заброшенными. <...>

Сыны Феанора прознали о том, что Эльвинг живет близ
устьев Сириона и по-прежнему владеет Наугламиром и прославленным Сильмарилем; и собрались они воедино, покинув
охотничьи тропы в глуши.

Но народ Сириона отказался уступить драгоценный камень, что отвоевал Берен и носила Лутиэн, и ради которого
убит был прекрасный Диор. Вот так вышло, что эльф вновь
поднял меч на эльфа в последней, самой жестокой из брато-
убийственных битв: то было третье бедствие, порожденное
злополучной клятвой; ибо сыны Феанора напали на изгнан-
ников Гондолина и беглецов из Дориата, — и, хотя иные из
народа братьев отказались сражаться в том бою, и нашлись
и такие, что взбунтовались и пали от руки сотоварищей, защищая Эльвинг от своих же лордов, — все же братья одер-
жали победу. Погиб Дамрод, погиб и Дириэль; из Семерых
оставались ныне в живых лишь Майдрос и Маглор; но последние уцелевшие эльфы Гондолина были либо уничтожены,
либо вынуждены покинуть те места и примкнуть к народу
Майдроса. И однако ж не добыли Сильмариль сыны Феанора; ибо Эльвинг бросила Наугламир в море, откуда не воз-

вратится он вплоть до Конца; а сама прыгнула в волны, и приняла обличие белой морской птицы, и, стеная, полетела она прочь искать Эаренделя по всем побережьям мира.

Майдрос же сжалился над сыном ее Эльрондом, и взял его к себе, и заботился о нем и опекал его, ибо сердце его истосковалось и изнемогло под бременем страшной клятвы.

Услышав такие вести, Эарендель преисполнился горя и вновь поплыл на поиски Эльвинг и Валинора. И, как говорится в «Лэ об Эаренделе», добрался он наконец до Волшебных островов и едва не подпал под власть их чар; и вновь отыскал Одинокий остров, и Тенистые моря, и Залив Фаэри у границ мира. Там Эарендель единственным из людей высадился на бессмертный берег, и поднялся на чудесный холм Кор; и прошел по опустевшим дорогам Туна, где пыль бриллиантов и драгоценных камней осыпала одежды его и обувь. Но вступить в Валинор он не дерзнул.

И выстроил Эарендель башню в Северных морях, куда порою слетаются все морские птицы мира; и неизменно горевал он по прекрасной Эльвинг, ожидая, что однажды вернется она к нему. А «Вингелот» вознесся ввысь на птичьих крыльях и поплыл в воздушных пределах на поиски Эльвинг — корабль чудный и волшебный, осиянный звездами цветок в небесах. Но Солнце опаляло его, и Луна гналась за ним по пятам; и долго скитался над землей Эарендель, мерцая, как летучая звезда.

Здесь сказание об Эаренделе и Эльвинг в исходном своем виде в «Квенте Нолдоринва» заканчивается; но позже, в ходе переработки этого последнего фрагмента, представление о том, что Сильмариль Берена и Лутиэн навеки канул в море, было коренным образом изменено. В переписанной версии говорится:

И однако ж не добыл Майдрос Сильмариль; ибо Эльвинг, видя, что все потеряно, а дети ее Эльрос и Эльронд захвачены в плен, ускользнула от воинов Майдроса, и с Наугламиром на груди бросилась в море, и, как все решили, погибла. Но Улмо вынес Эльвинг из пучины, на груди же ее сиял, как звезда, лучезарный Сильмариль; и полетела она над водой искать возлюбленного своего Эаренделя. И однажды, стоя в ночной час у руля, Эарендель заметил, как приближается она: точно белое облако, что стремительно проносится под луной, точно звезда, что сбилась с пути над морем, бледное пламя на крыльях бури.

Говорится в песнях, будто пала она с небес на палубу «Вингелота» без чувств, будучи на грани жизни и смерти, — столь быстр был полет; и Эарендель привлек ее к груди. Но утром изумленному взгляду Эаренделя предстала жена его в истинном своем обличии, погруженная в сон, и волосы ее падали ему на лицо.

Отсюда и далее сказание, представленное в «Квенте Нолдоринва» и существенно переработанное, в основном соответствует варианту «Сильмариллиона»; фрагментом из него я и завершаю историю, изложенную в этой книге.

Утренняя и вечерняя звезда

Hемало скорбели Эарендиль и Эльвинг о том, что разорены гавани Сириона, а сыновья их — в плену, и опасались они, что детей предадут смерти — но не случилось того. Ибо Маглор сжалился над Эльросом и Эльрондом, и окружил их заботой, и привязались они друг к другу (хотя и трудно поверить в это), ибо сердце Маглора истосковалось и изнемогло под бременем страшной клятвы.

Но для Эарендиля не осталось более надежды в Средиземье, и в отчаянии вновь повернул он вспять, и не возвратился домой, но решил еще раз попытаться отыскать Валинор — теперь, когда рядом с ним была Эльвинг. Почти все время стоял он у руля «Вингилота», а на челе его сиял Сильмариль; и по мере того, как корабль приближался к Западу, свет самоцвета разгорался все ярче. <...>

Тогда Эарендиль первым из людей при жизни сошел на бессмертный берег, и обратился он к Эльвинг и своим спутникам, трем мореходам, что сопровождали его в плавании через все моря: Фалатар, Эреллонт и Аэрандир звались они. И молвил им Эарендиль: «Никто кроме меня не ступит на этот берег, чтобы гнев Валар не обратился против вас. Один приму я на себя опасность во имя Двух Народов».

Но отвечала Эльвинг: «Тогда дороги наши разойдутся навсегда. Нет же, любую опасность, грозящую тебе, разделю я с тобою». И она спрыгнула в пенный прибой и подбежала к нему; и опечалился Эарендиль, опасаясь, что гнев Владык Запада обратится на любого пришельца из Средиземья, посмевшего пройти за заграждения Амана. И распрощались они со своими спутниками, и были навеки от них отторгнуты.

Тогда Эарендиль молвил Эльвинг: «Жди меня здесь: одному лишь дано доставить послание, вверенное мне судьбою». И он двинулся в глубь острова один, и вступил в ущелье Калакирья, и показалось ему, что вокруг царят пустота и безмолвие, ибо точно так же, как некогда Мелькор и Унголиант, так и Эарендиль теперь явился во время празднества, и почти все эльфы ушли в Валимар либо собрались в чертогах Манвэ на Таникветили; лишь немногие часовые оставались на стенах Тириона.

Однако нашлись те, что издалека заприметили и Эарендиля, и сияющий свет, что принес он с собою; и поспешили в Валимар. Эарендиль же поднялся на зеленый холм Туна — пустынным явился он взору; прошел он по улицам Тириона — и не встретил ни души; и тяжело стало у него на сердце, ибо устрашился Эарендиль, что неведомое зло проникло даже в Благословенное Королевство. Он брел по опустевшим дорогам Тириона, и алмазная пыль осыпа́ла одежды его и обувь, мерцая и переливаясь, в то время как поднимался Эарендиль по высоким мраморным лестницам. Громко взывал он на разных языках, — языках как людей, так и эльфов, — но не было ему ответа. Потому Эарендиль повернул, наконец, к морю; но едва ступил он на дорогу, уводящую к берегу, как некто окликнул его громовым голосом с вершины холма, восклицая:

«Привет тебе, Эарендиль, славнейший из мореходов! О долгожданный, явившийся вдруг; о луч надежды, пробившийся вопреки отчаянию! Привет тебе, Эарендиль, несущий свет, что был до Солнца и Луны! Слава и гордость Детей Земли, звезда во тьме, драгоценный камень в зареве заката, утреннее сияние!»

То был голос Эонвэ, глашатая Манвэ; он явился из Валимара и призвал Эарендиля пред троны Властей Арды. И Эарендиль вступил в Валинор, в чертоги Валимара, и не возвращался более в края людей. И вот Валар собрались на совет, и призвали Улмо из морских глубин; и Эарендиль предстал перед ними и говорил от имени Двух Народов. О прощении нолдор просил он, и о сострадании к их горестям и бедам; о милости к людям и эльфам и о помощи в час нужды. И услышана была его мольба.

Говорится среди эльфов, что едва ушел Эарендиль разыскивать свою жену Эльвинг, Мандос заговорил об участи его и молвил: «Ужели дозволено будет смертному при жизни вступить на неувядаемые земли — и сохранить жизнь?» Но отозвался Улмо: «Для того и явился он в мир. Вот что скажи мне: кто он — Эарендиль ли, сын Туора из рода Хадора, или сын Идрили, дочери Тургона из эльфийского дома Финвэ?» И ответствовал Мандос: «Нолдор, по доброй воле ушедшим в изгнание, равно не позволено возвратиться сюда».

Когда же отзвучали все речи, Манвэ объявил свое решение, и молвил он так: «В этом деле приговор выношу я. Опасность, коей подверг он себя во имя любви к Двум Народам, да не коснется Эарендиля, равно как и жены его Эльвинг, что бросила вызов опасности из любви к нему; но нет им отныне обратной дороги ни к эльфам, ни к людям Внешних земель. Вот какова моя воля: Эарендилю и Эльвинг, и сынам их, дается свободный выбор; пусть каждый решает сам, удел какого народа принять, по законам какого народа судим он будет».

[Долго отсутствовал Эарендиль, Эльвинг же, изнывая от страха и одиночества, бродила у кромки воды; там и нашел ее Эарендиль.] Но скоро призвали их обоих в Валимар, и Старший Король объявил им свою волю.

Тогда Эарендиль молвил Эльвинг: «Выбирай ты, ибо устал я от мира». И Эльвинг избрала участь Перворожденных Детей Илуватара, памятуя о судьбе Лутиэн; и ради нее Эарендиль предпочел тот же удел, хотя сердцем своим стремился скорее к людям, к народу своего отца.

Тогда по повелению Валар Эонвэ отправился к берегам Амана, где все еще ожидали вестей спутники Эарендиля; вручил он им ладью, и три морехода поднялись на палубу; и Валар наслали могучий ветер, и погнали их на Восток. Затем взяли Валар «Вингилот», и освятили его, и пронесли через весь Валинор к самым границам мира; там проплыл он через Врата Ночи и вознесся ввысь, в небесные пределы, в бескрайний воздушный океан.

Дивен и прекрасен был тот корабль: трепещущее пламя, яркое и чистое, наполняло его; Эарендиль Мореход стоял у руля, на одеждах его искрилась пыль эльфийских самоцветов, а на челе сиял Сильмариль. И отправился Эарендиль на этом корабле в далекий путь, в беззвездную тьму; чаще же всего можно было видеть его сверкающий корабль утром либо вечером, в сиянии рассвета или в закатных лучах, когда возвращался он в Валинор из странствий своих за пределами мира.

Эльвинг не сопровождала его в пути, ибо не могла вынести холода бескрайних пределов непроглядной тьмы; сердцу ее дороги были земля и ласковые ветра, что дуют над морем и холмом. Потому выстроили для Эльвинг белокаменную башню на севере, у границы Разлучающих морей; туда слетались порою все морские птицы земли. Говорится, что Эльвинг, сама принявшая однажды их обличье, постигла птичий язык, и обучили ее птицы искусству полета, крылья же ее были белы и серебристо-серы. И порою, когда Эарендиль, возвращаясь, приближался к Арде, она взлетала навстречу ему — как летела некогда над волнами, спасенная от гибели в морской пучине. Тогда зоркие глаза эльфов, живущих на Одиноком острове, различали ее вдалеке в обличье сияющей белой птицы, и на крыльях ее играл розовый отблеск заходящего солнца, когда радостно взмывала она ввысь, приветствуя возвращение «Вингилота» в гавань.

Когда впервые поднялся «Вингилот» в небесные пределы и, искристо-яркий, засиял над миром нежданно-негаданно, обитатели Средиземья узрели далекий свет и подивились, и поняли, что это — знамение, и нарекли звезду Гиль-Эстель, Звезда Надежды. Когда же новая эта звезда вспыхнула на вечернем небе, Маэдрос обратился к Маглору, брату своему, говоря: «Воистину, то Сильмариль сияет на Западе?»

Но как же Берен и Лутиэн покинули мир навсегда? Скажем о том словами из «Квенты Сильмариллион»: «Никто не видел, как Берен и Лутиэн покинули мир; никто не приметил места, где покоятся их тела».

ПРИЛОЖЕНИЕ

Переработка «Лэ о Лейтиан»

Одной из первых литературных задач, к которым обратился мой отец по завершении «Властелина Колец», — возможно, даже задачей номер один! — стало возвращение к «Лэ о Лейтиан»: причем, само собою разумеется, автор взялся продолжить повествования не с того самого момента, на котором остановился в 1931 году (нападение Кархарота на Берена в воротах Ангбанда), а с самого начала поэмы. Текстологическая история этого произведения крайне сложна; здесь нет необходимости в нее углубляться, достаточно лишь отметить, что поначалу мой отец, по всей видимости, вознамерился радикально переработать «Лэ» в целом, но побуждение это вскорости сошло на нет или было вытеснено другими задачами, и свелось к нескольким кратким и разрозненным отрывкам. Однако здесь я привожу, в качестве пространного примера нового стихотворного произведения, созданного спустя четверть века, фрагмент из «Лэ», посвященный предательству Горлима Злосчастного, которое привело к гибели Барахира, отца Берена, и всего отряда, за исключением одного лишь Берена. Это, вне всякого сомнения, самый длинный из новых фрагментов, и — наглядности ради — его удобно сравнить с исходным текстом, приведенным на стр. 99–107. Как видно из этого отрывка, Саурон (Ту), явившийся с «Острова Гаур-хот», заменил Моргота; а по качеству стиха это совершенно новая поэма.

В начале нового текста я привожу короткий фрагмент под названием «О благословенном озере Аэлуин», не имеющий аналога в исходном варианте.

> Деяний храбрых без числа
> Свершал отряд; наймиты зла,
> Их посланные превозмочь,
> От смельчаков бежали прочь.
> Хоть за изгоев нескудна
> Была назначена цена —
> Вергельд за короля таков! —
> Но тайный лагерь смельчаков
> Не удалось сыскать врагам.
> Взнеслись уступами к снегам,
> Голы, темны, за склоном склон —
> Сосновый край Дортонион
> К далеким уводил хребтам.
> Гладь озера синела там:
> Днем синева была светла;
> В ночи, как в зеркале стекла,
> В ней отражался ясный свет
> Звезд и созвездий Эльберет,
> Что в небе к Западу плывут.
> Благословленный сей приют
> Встарь осеняла благодать —
> Не смели край тот осквернять
> Ни орк, ни Морготов фантом:
> Блестел озерный окоём
> В кольце серебряных берез,
> Вокруг, в болотах, вереск рос,
> И остов каменный земли

Дрок и утесник оплели.
Близ Аэлуина вождь-изгой
В камнях устроил лагерь свой.

О Горлиме Злосчастном

Сын Ангрима, как молвит стих,
Горлим Злосчастный, среди них
Был всех отчаяннее. Он
Когда-то, молод и влюблен,
Ввел Эйлинель женой в свой дом,
И жил с ней счастливо вдвоем.
Уехал Горлим на войну,
И в разоренную страну
Приехал, возвратясь с войны:
Поля и пашни сожжены,
А дом, разрушен, разорен,
Темнеет меж безлистных крон.
А Эйлинель, его жена,
Похищена, увезена —
На смерть иль в рабство. В этот день
Ему на душу пала тень:
В глуши, от лагеря вдали,
Его сомнения гнели;
Ночами долгими без сна
Гадал он — вдруг жива она?
Вдруг уцелела, вдруг спаслась,
Под сенью леса схоронясь,
И в дом придет, и, в свой черед,
Погибшим Горлима сочтет?
Один, тайком, в ночи глухой
Он лагерь покидал порой;
Опасностям наперекор,
Прокрадывался вновь на двор,
Где нет ни света, ни огня

И бдил, и ждал, судьбу кляня,
Боль растравляя всякий раз.

А между тем немало глаз
Пронзали темноту и мрак:
Не ведал недостатка Враг
В шпионах тайных — и от них
Прознал о вылазках ночных.
Вот как-то раз осенним днем
Под стылым ветром и дождем
Пустился Горлим в долгий путь —
На дом покинутый взглянуть,
И видит: тускл и одинок,
В окне мерцает огонек.
Дивясь, подходит ближе он,
И обнадежен, и смущен.
Да, это Эйлинель! Она
Бледна, слаба, изнурена,
От слез померкнул взгляд ее,
Одета в жалкое рванье;
Она скорбит: «Горлим, Горлим!
Ты мертв! О, будь ты невредим,
Ты не расстался бы со мной!
Судьба мне прозябать одной,
И голодать, и холодать,
Бесплодной пустоши под стать!»

Он вскрикнул — огонек свечи
Погас, и на ветру в ночи
Завыли волки. Тяжела,
Длань на плечо его легла.
Так вражеским дозором он
Был схвачен, связан, приведен
К владыке духов и теней,
И волчьих стай. Страшней и злей
Всех прочих Морготовых слуг

Был Саурон. Сея смерть вокруг,
Он остров Гаурхот, свой оплот,
Покинул и повел в поход,
По слову Морготову, рать,
Чтоб Барахира отыскать.
В стан Саурона в глухой ночи
Свою добычу палачи
К его ногам приволокли,
Скрутив покрепче и петли
Не снявши с шеи. Много мук
Он претерпел от вражьих рук, —
И длились казни день и ночь,
Чтоб противленье превозмочь;
Но Горлим стойко муки снёс,
И, новых не страшась угроз,
Не выдал своего вождя.
Но вот, немного погодя,
Был в пытках сделан перерыв,
И некто, ближе подступив,
Заговорил с ним в тишине
Об Эйлинели, о жене.
«Ужель ты умереть готов,
Когда двух-трех довольно слов,
Чтоб для нее и для себя
Купить свободу? Вы, любя
Друг друга, будете вольны
Вдали от ужасов войны
Жить как вассалы Короля».
И Горлим, тем речам внемля,
В надежде вновь жену узреть
(Что тоже угодила в сеть
Наймитов вражьих, думал он)
И долгой пыткой изнурен,
Дал низким помыслам расцвесть,
И дрогнул, и забыл про честь.

Тотчас был пленник приведен
Пред Сауронов зловещий трон
Из камня. Горлим, рад не рад,
Стоял и, ужасом объят,
Взирал на жуткие черты.
«Ну, жалкий смертный! Значит, ты
Дерзнул со мной вступить в торги? —
Рёк Саурон. — Говори, не лги!
Цена измены какова?»
И Горлим, подобрав едва
Слова, и голову склонив,
Просил того, кто зол и лжив,
Ему свободу даровать,
Чтоб Эйлинель найти опять
И мирно жить с женой вдвоем,
Впредь не воюя с Королем.

И улыбнулся Враг слегка:
«Что ж, раб! Цена невысока
За стыд с изменой наряду!
Исполню все! Реки, я жду!»
И Горлим был уже готов
Отречься от позорных слов,
Взяв обещания назад:
Но Саурона горящий взгляд
Огнем несчастного ожёг,
И тот солгать уже не смог.
Тому, кто оступился, вспять
Возврата нету; рассказать
Пришлось ему все то, что знал —
Так братство и вождя вассал
Предал — и ниц повергся.

                                    — «Дрянь,
Никчемный червь! — рёк Саурон. — Встань

И слушай! И до дна испей
Отмеренный рукой моей
Фиал скорбей! Знай — пуст твой дом,
Глупец! Ты видел лишь фантом,
Обманный морок, что помог
Влюбленного завлечь в силок!
Объятья духов холодны!
А что же до твоей цены —
Я расплачусь с тобой сполна:
Давно мертва твоя жена
И стала пищей для червей
Тебя ничтожней и гнусней!
Но вновь ты встретишь Эйлинель
И ляжешь вновь в ее постель,
Забыв про войны, гнет невзгод
И мужество! Награда ждет!»

Уволокли его, и он
Жестокой смертью был казнен,
И в яму сброшен был, на дно,
Где упокоился давно
Несчастной Эйлинели прах —
Убитой в выжженных лесах.
Так сгинул Горлим, и не раз
Он клял себя в предсмертный час.
Так Моргот сплел искусно сеть,
Чтоб Барахира одолеть.
Предательство свело на нет
Благословенье, что от бед
Хранило край тот испокон:
И пал невидимый заслон
Вкруг Аэлуина — в тайный стан
Был путь отныне невозбран.

О Берене, сыне Барахира, и о том,
как ему удалось спастись

Стояла осени пора,
Пригнали с Севера ветра
Густую хмарь. Темна, мутна,
Плескала стылая волна,
И шелестел пожухший дрок.
«Сын Берен, — Барахир изрёк, —
Дошла молва: на нас Гаурхот
Рать многочисленную шлет;
У нас же на исходе снедь.
Тебе достался жребий — средь
Всех прочих: так ступай скорей
Просить подмоги у друзей,
Какие даже посейчас
Тайком поддерживают нас,
И постарайся принести
Нам вести. Доброго пути!
Вернись скорей! Отряд наш мал,
Да Горлим или заплутал,
Иль мертв. Нам без тебя невмочь!
Прощай!» Пустился Берен прочь;
Пока же шел сквозь чащу он,
В душе, как погребальный звон,
Звучали эхом без конца
Последние слова отца.

Сквозь лес и топь, и луг, и лог
Он шел и шел: был путь далек,
Он миновал Сауронов стан:
Пылал костер, багрово-рдян,
И вой заливистый не молк:
То промышляли орк и волк.
Когда же повернул он вспять,

Пришлось ему заночевать
В лесу: устал и изнурен,
Найдя барсучью нору, он
Залег под корни и траву.
Во сне, а может, наяву
Он слышал: маршем шли войска —
В нагорья, вверх, под облака,
К крутым плато в кольце хребтов,
Под звон кольчуг и лязг щитов.
Затем он соскользнул во тьму —
На дно — но удалось ему,
Рванувшись из последних сил,
Всплыть вверх и вынырнуть сквозь ил
У кромки сонного пруда.
Темнела тусклая вода,
Деревья мертвые вокруг
Вздымали ветви: каждый сук
Листва живая облекла —
Трепещут черные крыла,
И гнутся ветки, как былье:
Нет, то не листья — воронье!
Сочится кровью каждый клюв.
Камыш и ряску всколыхнув,
Отпрянул Берен прочь. Но вот,
Над мертвой гладью жутких вод
Сгустилась тень, бледна, тускла,
И тихо, медленно рекла:
«Я Горлим был, теперь я дух,
Лишенный воли, к чести глух,
Предатель преданный. Не стой,
Не жди! Назад спеши стрелой!
О Барахиров сын, воспрянь!
Сомкнулась Морготова длань
На горле твоего отца!
Про тайный стан у озерца

Проведал Враг — и знает путь
В наш лагерь». Адских козней суть
Раскрыл тут Горлим, рассказал,
Как он обманут был и пал,
В слезах просил простить ему
И канул вновь в немую тьму.
Проснулся Берен, — ярый гнев
Его объял, в груди вскипев;
Свое оружье подобрав,
Как вспугнутый олень, стремглав,
Помчался он, не чуя ног,
Через болота, лес и лог,
До света не повременя.
С закатом, на исходе дня
Вернулся к Аэлуину он.
Багряно-алый небосклон
Огнем на западе пылал,
Но Аэлуин — от крови ал,
Кровь меж камнями запеклась;
Красна истоптанная грязь.
А на березах тут и там
Расселась по нагим ветвям
Густая стая воронья,
Ошметки влажные клюя:
Как клочья мглы, черным-черна.
      «Не скор был Берен! — так одна
Закаркала. И жуткий хор
Откликнулся: «Ха-ха! Не скор!»
      И Берен поскорей в камнях
Похоронил отцовский прах,
Не начертав ни рун, ни слов
Над насыпью из валунов;
Но в верхний камень, исступлен,
Ударил трижды; трижды он
Отцово имя прокричал,

И эхо дрогнуло средь скал.
«За гибель я твою воздам,
Хотя бы к Ангбандским вратам
Судьба направила меня», —
И он, слезы не пророня,
Отворотился молча: мгла
Герою сердце облегла:
Сир, обездолен, одинок,
Он в ночь пустился без дорог
И без труда сыскал следы —
Победоносны и горды,
Назад убийцы маршем шли
В пределы Северной земли,
Топча кусты, трубя в рога.
По следу злобного врага,
Как пес — за дичью, быстр и смел,
Шел Берен. Где родник темнел
(То Ривиль тонкою струей,
Излившись с пустоши глухой,
Нес воды в серехский тростник),
Головорезов он настиг.
Со склона ближнего холма
Он счел их всех: врагов — не тьма,
Но всех он перебьет навряд:
Велик достаточно отряд,
Разбивший лагерь у ручья.
Бесшумно, как в траве змея,
Поближе подобрался он.
Уже сморил уставших сон;
Разлегшись, пили вожаки,
И, ухмыляясь воровски,
Награбленному счет вели,
И по рукам трофеи шли.
Завистливо и алчно всяк
Косился на любой пустяк,

Что посрывали с мертвых тел.
Один кольцо в руках вертел:
«Чур, это мне! Гляди, братва,
Моя добыча какова!
Таких немного видел мир!
Сраженный мною Барахир
Его носил, стервец и плут!
Когда побасенки не врут,
Какой-то там эльфийский князь
Им наградил, не мелочась,
Лихого мечника. И что ж?
Он пал — на что подарок гож,
Раз Барахир уже мертвец?
Хоть от эльфийских от колец
Добра не жди, я утаю
Находку ценную свою,
Удвоив жалкий свой барыш.
Расстаться с перстнем? Нет, шалишь!
Мне Саурон наказал принесть
Кольцо — но у него не счесть
В казне сокровищ! Ей-же-ей,
Чем князь богаче, тем жадней!
Чур, про добычу ни словца!
Скажу, что не нашел кольца!»
Тут из-за дерева стрела
Взвилась — и речь оборвала:
С торчащим в горле острием,
Убийца рухнул вниз лицом,
Ухмылки не стерев. Стремглав,
Как беспощадный волкодав,
Ворвался Берен в стан врагов,
Двоих отбросив, заколов
Того, кто дал отпор ему,
Схватил кольцо, и вновь во тьму
Метнувшись, сей же миг исчез.

Истошный крик прорезал лес:
Звенели в нем и страх, и гнев;
Как волчья стая, озверев,
Убийцы кинулись вдогон,
Ломясь сквозь зарослей заслон,
Поднявши гвалт, и рев, и вой,
Ругаясь — и за роем рой
Пуская стрелы наугад —
Где тени и листы дрожат.

      Был Берен в добрый час рожден,
Над стрелами смеялся он,
Неутомим и легконог,
Любого обогнать он мог;
Как эльф, знал все пути лесов;
Броня работы кузнецов
Из Ногрода, крепка, светла,
От стрел владельца берегла.

      Был Берену неведом страх:
За доблесть в сечах и боях
Он был отмечен меж имен
Воителей былых времен.
Шел слух: прославится герой
В веках, как Хадор Золотой,
Как Барахир и Бреголас,
И паче них во много раз.
Теперь же свет небес померк
Для Берена. Скорбя, отверг
Он смех и радость; воевал
Не ради жизни и похвал,
Но чтобы Моргота бы смог
Его карающий клинок
Сколь можно глубже уязвить, —
Доколе горькой жизни нить
Не оборвется и доколь

Со смертью не утихнет боль.
Страшась лишь участи раба,
Он смерти вызов слал — судьба
Его оберегала. Толк
О дерзких подвигах не молк
И вновь надежду даровал
Тем, кто ослаб и духом пал.
При слове «Берен» люд в ночи
Опять тайком точил мечи
В подпольных кузнях; песен звук
Звенел в тиши — про меткий лук,
Про Дагмор, меч; и как герой
Бесшумно проникал порой
Во вражеские лагеря,
Чтоб там прикончить главаря;
Как загнан в угол, окружен,
Выскальзывал из сети он
И возвращался всякий раз, —
Под звездами в полночный час,
В тумане или белым днем.
Так пели без конца о нем —
О череде его удач:
Загонщик — загнан, пал палач;
Зарублен Горгол Живоглот,
На Ладрос учинен налет,
Друн выжжен; перебит отряд —
Десятка три мертвы лежат;
Бежали волки, как щенки,
Сам Саурон ранен в кисть руки.
Так Берен с вражеской ордой
Один вел беспощадный бой.
Его друзьями в трудный час
Надолго стали бук и вяз;
Пернатый и пушной народ,
Что рыщет, прячется, снует

В холмах и чащах без дорог,
За ним следил, его стерег.

Но всяк мятежник обречен:
Могуч был Моргот и силен,
Не помнят короля грозней
Сказания минувших дней;
Болота, скалы, сосняки
Накрыла тень его руки —
Над той землей, темным-темна,
Тянулась все хищней она,
Назад отдернувшись едва.
Один враг пал — являлось два.
Мертва надежда, нет в живых
Мятежников; звук песен стих;
Рубили лес и вереск жгли,
И орды орков маршем шли;
Из края в край была страна
Шпионами наводнена.
В кольце врагов, что с ходом дней
Сжималось туже и тесней,
Затравлен, помощи лишен,
Знал Берен: либо ныне он
Погибнет, либо, наконец
Покинув край, где пал отец,
Спасется, горы перейдя.
Истлеет славный прах вождя,
Покинут сыном и родней,
Вблизи от заводи немой,
И восскорбят над ним в тиши
Лишь Аэлуина камыши.

Пришла зима. Ночной порой,
Сквозь неусыпных стражей строй
Прокрался Берен — он врагу

Помстился тенью на снегу,
Порывом ветра; скрылся он —
Захваченный Дортонион,
Немую Аэлуина гладь
Ему отныне не видать.
Смолк свист стрелы. Среди листвы
Не слышно звона тетивы;
Не преклонит главы изгой
На дерн и вереск голубой.
Безмолвен облетевший лес.
Созвездья северных небес, —
Огнь серебристый, что с высот
«Пылающий Шиповник» льет, —
Теперь ему светили вслед:
Лучи горят — его уж нет.

    Он к югу шел; на юг пролег
Путь, долог, труден, одинок,
Под сенью жутких горных гряд,
Что прозывались Горгорат.
Доселе тот, кто храбр и смел,
В те горы восходить не смел,
Не поднимался на хребты,
Не видел с жуткой высоты,
Как громоздятся глыбы скал,
Как низвергаются в провал,
Из тьмы предвечной взнесены
Во дни до солнца и луны.
В долинах, средоточье чар,
Таятся морок и кошмар,
И сладковато-горький яд
Потоки мертвые струят.
А вдалеке, за цепью гор,
Мог различить орлиный взор
С недосягаемых твердынь,

Пронзавших горизонтов синь, —
Что смертный взгляд бы не постиг, —
Как на озерах — звездный блик,
В неясной голубой дали
Границы призрачной земли:
Белерианд, Белерианд,
Плетенье колдовских гирлянд.

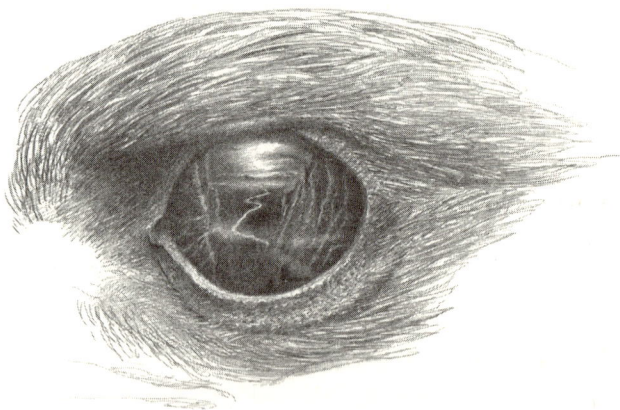

Список имен и названий
в исходных текстах

Я составил данный список имен и названий (включив в него только те имена, что встречаются во фрагментах, заимствованных из сочинений моего отца), — который никоим образом не является Указателем! — преследуя две цели. Причем ни одна из них для этой книги не существенна.

Во-первых, список призван помочь читателю, который не в силах вспомнить из всего великого множества имен (и форм имен) то самое, что имеет значение для повествования. Во-вторых, некоторые имена и названия, особенно те, что встречаются в текстах редко или единожды, снабжены чуть более подробными объяснениями. Например, в то время как этот факт со всей очевидностью для данной повести совершенно неважен, кому-то, возможно, захотелось бы узнать, почему никто из эльдар ни за что не дотронется до паука «из-за Унгвелиантэ» (стр. 45).*

Аглон (*Aglon*) — узкое ущелье между нагорьем Таур-на-Фуин и холмом Химринг, удерживаемое сыновьями Феанора.

---

* В русском переводе в эльфийских именах и названиях проставлено ударение согласно правилам, изложенным в Приложении Е к «Властелину Колец»; для удобства читателя в скобках дается написание латиницей. — *Примеч. пер.*

Айнур (*Ainur*), ед.ч. **Айну** (*Ainu*) — 'Священные': Валар и Майар. [Имя *Майар* появилось на позднем этапе, вместе с включением в легендариум более ранней концепции: «С великими Валар пришли и многие другие, меньшие, духи, существа одной с ними природы, но не столь могущественные» (такие, как Мелиан).]

Аман (*Aman*) — земля на Западе, за Великим морем, где обитали Валар («Благословенное Королевство»).

Анфауглит (*Anfauglith*) — 'Удушливая Пыль'. См. *Дор-на-Фауглит, Жаждущая равнина.*

Ангайну (*Angainu*) — громадная цепь, откованная Аулэ, одним из Валар; этой цепью был скован Моргот (впоследствии называлась *Ангайнор*).

Ангаманди (*Angamandi*) (мн. ч.). — 'Железные Преисподни'. См. *Ангбанд.*

Ангбанд (*Angband*) — огромная подземная крепость Моргота на северо-западе Средиземья.

Ангрим (*Angrim*) — отец Горлима Злосчастного.

Ангрод (*Angrod*) — сын Финрода (впоследствии Финарфина).

Арда (*Arda*) — Земля.

Артанор (*Artanor*) — 'Запредельная Земля'; область, впоследствии названная Дориатом; королевство Тинвелинта (Тингола).

Арьадор (*Aryador*) — 'Земля Тени', название Хисиломэ (Дор-ломина) среди людей. См. *Хисиломэ.*

Аскар (*Ascar*) — река в Оссирианде; была переименована в *Ратлорион* 'Золотое русло', когда в ней утопили сокровища Дориата.

Аулэ (*Aulë*) — великий Вала, известный как Аулэ Кузнец, он «сведущ во всех ремеслах» и «его владычество простирается над всеми веществами, из которых создана Арда».

Аусир (*Ausir*) — одно из имен Диора.

Аэлуин (*Aeluin*) — озеро на северо-востоке Дортониона, где скрывались Барахир и его соратники.

Балроги (*Balrogs*) — [В «Утраченных сказаниях» утверждается, что балрогов существуют «многие сотни». Их называют «демоны мощи»; они облечены в железную броню, у них стальные когти и огненные бичи.]

Барахир (*Barahir*) — вождь людей, отец Берена.

Бауглир (*Bauglir*) — 'Притеснитель', прозвище Моргота среди нолдор.

Белег (*Beleg*) — эльф из Дориата, великий лучник по прозвищу *Куталион* 'Могучий Лук'; друг и соратник Турина Турамбара; по трагической случайности пал от его руки.

Белегост (*Belegost*) — один из двух великих гномьих городов в Синих горах.

Белерианд (*Beleriand*) — (первоначально назывался *Броселианд*); обширная область Средиземья, протянувшаяся от Синих гор на Востоке до гор Тени на Западе (см. *Железные горы*) и до западного побережья. Бо́льшая ее часть затонула и была уничтожена в конце Первой эпохи.

Беор (*Bёor*) — вождь людей, пришедших в Белерианд первыми. См. *Эдайн*.

Благословенное Королевство (*Blessed Realm*) — см. *Аман*.

Боги (*Gods*) — см. *Валар*.

Болдог (*Boldog*) — один из предводителей орков.

Бреголас (*Bregolas*) — брат Барахира.

Валар (*Valar*) (ед. ч. *Вала* (*Vala*)) — 'Власти', в ранних текстах именуются Богами (*Gods*). Это могущественные сущности, вступившие в Мир в начале Времени. [В «Утраченном сказании о Музыке Айнур» Эриол говорит: «Весьма хотелось бы мне знать, кто они, эти Валар. Они Боги?» И ответом ему было: «Так и есть, хотя люди рассказывают о них множество престранной небывальщины, далекой от истины, и многими странными именами называют их, кои здесь ты не услышишь».]

Валиэр (*Valier*) (ед. ч. *Валиэ* (*Valië*)) — 'Королевы Валар'; в этой книге упоминаются только Варда, Вана и Несса.

Валинор (*Valinor*) — земля Валар в Амане.

Валмар, Валимар (*Valmar, Valimar*) — город Валар в Валиноре.

Вана (*Vána*) — супруга Оромэ. См. *Валиэр*.

Варда (Varda) — могущественнейшая из Валиэр, супруга Манвэ; созидательница звезд [отсюда ее имя *Эльберет (Elbereth)*, 'Королева Звезд']

Веаннэ (Vëannë) — рассказчица «Сказания о Тинувиэли».

Великие земли (Great Lands) — земли к востоку от Великого моря; Средиземье [в «Утраченных сказаниях» этот термин никогда не использовался.]

Великое Западное море (Great Sea of the West) — *Белегаэр (Belegaer)*, море, пролегающее между Средиземьем и Аманом.

«Вингелот» (Wingelot) — 'Пенный цветок', корабль Эаренделя.

Внешние земли (Outer Lands) — Средиземье.

Волшебные острова (Magic Isles) — острова в Великом море.

Гавань Лебедей (Haven of the Swans) — см. «Примечания о Древних Днях», стр. 28.

Гаурхот (Gaurhoth) — волколаки Ту (Саурона); *остров Гаурхот,* см. *Тол-ин-Гаурхот.*

Гелион (Gelion) — огромная река в Восточном Белерианде, питаемая реками, стекающими с Синих гор в области Оссирианд.

Гилим (Gilim) — великан, поименованный Лутиэн в ее «удлиняющем» волосы заклинании (стр. 59), более нигде не упоминается, кроме как в соответствующем фрагменте «Лэ о Лейтиан», где он назван «великаном Эрумана» [область на побережье Амана, «где лежат тени, гуще и непрогляднее которых нет в целом мире»].

Гимли (Gimli) — престарелый и слепой эльф-нолдо, долго протомившийся пленным рабом в крепости Тевильдо и обладавший поразительно тонким слухом. В «Сказании о Тинувиэли» он никакой роли не сыграл, равно как и где-либо еще, и нигде больше не упоминается.

Гинглит (Ginglith) — река, впадающая в Нарог выше Нарготронда.

Гломунд, Глорунд (Glómund, Glorund) — ранние варианты имени Глаурунга, 'Отца Драконов', великого дракона Моргота.

Гондолин (Gondolin) — сокрытый город, основанный королем Тургоном, вторым сыном Финголфина.

Горгол Живоглот (Gorgol the Butcher) — орк, сраженный Береном.

Горгорат, также *Горгорот* (*Gorgorath*, также *Gorgoroth*) — горы Ужаса; отвесно обрывающиеся склоны Дортониона на юге.

Горлим (*Gorlim*) — один из соратников Барахира, отца Берена; он выдал тайное убежище отряда Морготу (позже Саурону). Прозван *Горлимом Злосчастным* (*Gorlim the Unhappy*).

Гронд (*Grond*) — оружие Моргота, гигантская булава, известная как Молот Преисподней.

Гуильвартон (*Guilwarthon*) — см. *и-Гуильвартон*.

Гвенделинг (*Gwendeling*) — имя Мелиан на ранней стадии.

Горы Ночи (*Mountains of Night*) — громадные возвышенности (*Дортонион* (*Dorthonion*), 'Земля Сосен'), впоследствии переименованные в *Лес Ночи* (*The Forest of Night*) (*Таурфуин* (*Taurfuin*), позже *Таур-на-[–ну-]фуин* (*Taur-na-[–nu-]fuin*).

Горы Тени, Тенистые горы (*Mountains of Shadow, Shadowy Mountains*) — см. *Железные горы*.

Дагмор (*Dagmor*) — меч Берена.

Дайрон (*Dairon*) — менестрель Артанора, причисленный к «трем эльфийским музыкантам, чья колдовская власть не имела себе равных», изначально брат Лутиэн.

Дамрод и Дириэль (*Damrod and Díriel*) — младшие сыновья Феанора. (В поздних версиях именовались *Амрод* (*Amrod*) и *Амрас* (*Amras*)).

Диор (*Dior*) — сын Берена и Лутиэн; отец Эльвинг, матери Эльронда и Эльроса.

Дориат (*Doriath*) — позднее название Артанора, обширной лесистой области, в которой правили Тингол (Тинвелинт) и Мелиан (Гвенделинг).

Дор-ломин (*Dor-lómin*) — см. *Хисиломэ*.

Дор-на-Фауглит (*Dor-na-Fauglith*) — обширная травянистая равнина Ард-гален к северу от гор Ночи (*Дортониона*), превращенная в пустыню (см. *Анфауглит, Жаждущая равнина*).

Дортонион (*Dorthonion*) — 'Земля Сосен', обширные сосновые нагорья на северных границах Белерианда, впоследствии получившие название *Таур-на-Фуин* ('*Taur-na-Fuin*'), 'Лес под покровом Ночи'.

Друн (*Drûn*) — область к северу от озера Аэлуин; более нигде не поименована.

Драуглуин (*Draugluin*) — самый огромный из волколаков Ту (Саурона).

Иварэ (*Iváre*) — прославленный эльфийский менестрель, «слагающий напевы у моря».

Иврин (*Ivrin*) — озеро под сенью гор Тени, где брала начало река Нарог.

Идриль (*Idril*) — прозванная *Келебриндал* (*Celebrindal*), 'Среброногая', дочь Тургона, короля Гондолина; стала женой Туора; мать Эаренделя.

Илькорины, илькоринди (*Ilkorins, Ilkorindi*) — эльфы не из Кора, города эльфов в Амане (см. *Кор*).

Индраванги (*Indravangs*), также *индрафанги* (*Indrafangs*), 'Долгобороды', гномы Белегоста.

Ингвиль (*Ingwil*) — река, впадающая в Нарог близ Нарготронда (более поздняя форма — *Рингвиль* (*Ringwil*)).

Иврин (*Ivrin*) — озеро под сенью гор Тени, где брала начало река Нарог.

Жаждущая равнина (*Thirsty Plain*) — см. Дор-на-Фауглит.

Железные горы (*Iron Mountains*) — также назывались Холмами Горечи (*Bitter Hills*); громадная горная цепь, соответствующая более поздним *Эред Ветрин*, горам Тени (*Ered Wethrin, the Mountains of Shadow*), и образующая южную и восточную границы Хисиломэ (Хитлума). См. *Хисиломэ*.

Зеленые эльфы (*Green Elves*) — эльфы Оссирианда, прозванные *лайквенди* (*Laiquendi*).

Калакирья (*Calacirya*) — ущелье в горах Валинора, где находился город эльфов.

Каркарас (*Karkaras*) — гигантский волк, охранявший врата Ангбанда (позже *Кархарот* (*Carcharoth*)); его хвост упоминается в «удлиняющем заклинании» Лутиэн; имя переводится как Ножевой Клык.

Кархарот (*Carcharoth*) — см. *Каркарас.*

Келегорм (*Celegorm*) — сын Феанора по прозвищу Прекрасный.

Кор (*Kôr*) — город эльфов в Амане, а также холм, на котором стоял город; позже город был переименован в *Тун* (*Tûn*), и название *Кор* осталось только за холмом. [В финальной версии город стал называться *Тирион* (*Tirion*), а холм — *Туна* (*Túna*).]

Крантир (*Cranthir*) — сын Феанора по прозвищу Темный.

и-Куильвартон (*i-Cuilwarthon*) — 'Умершие, что Живы', Берен и Лутиэн после возвращения из Мандоса; *Куильвартиэн* (*Cuilwarthien*) — земля, в которой они поселились. (Поздняя форма — *Гуильвартон* (*Guilwarthon*)).

Куивиэнен (*Cuiviénen*) — Воды Пробуждения: озеро в Средиземье, где пробудились эльфы.

Кум-нан-Арасайт (*Cûm-nan-Arasaith*) — Курган Алчности, в котором захоронили убитых в Менегроте.

Куруфин (*Curufin*) — сын Феанора, прозванный Искусным.

Ладрос (*Ladros*) — область к северо-востоку от Дортониона.

Лориэн (*Lórien*) — Валар Мандос и Лориэн звались братьями и именовались *Фантури* (*Fanturi*): Мандос был *Нефантур* (*Néfantur*), а Лориэн — *Олофантур* (*Olofantur*). В «Квенте» говорится, что Лориэн «творец видений и снов; в целом мире не было места красивее, нежели сады его в земле Богов, населенные духами могучими и прекрасными».

Лесные эльфы (*Wood-elves*) — эльфы Артанора.

«Лэ о Лейтиан» (*Lay of Leithian, The*) — см. стр. 98.

Маблунг (*Mablung*) — по прозвищу 'Тяжелая Длань', эльф из Дориата, главный военачальник Тингола, принимал участие в охоте на Каркараса и присутствовал при смерти Берена.

Маглор (*Maglor*) — второй сын Феанора, прославленный певец и менестрель.

Майар (*Maiar*) — см. *Айнур.*

Майдрос (*Maidros*) — старший сын Феанора, прозванный 'Высоким' (поздняя форма *Маэдрос* (*Maedhros*)).

Манвэ (Manwë) — главный и самый могущественный из Валар; супруг Варды.

Мандос (Mandos) — могущественный Вала, Судия и хранитель Чертогов Мертвых; призывает духи убитых [«Квента»]. См. *Лориэн.*

Мелиан (Melian) — королева Артанора (Дориата); на ранней стадии звалась *Гвенделинг (Gwendeling)*; Майа, пришедшая в Средиземье из владений Валы Лориэна.

Мелько (Melko) — могущественный злой Вала, Моргот (поздняя форма имени — *Мелькор (Melkor))*.

Менегрот (Menegroth) — см. *Тысяча Пещер.*

Миаулэ (Miaulë) — кот, повар в кухне Тевильдо.

Мим (Mîm) — гном, обосновавшийся в Нарготронде после ухода Дракона; наложил проклятие на сокровище.

Миндеб (Mindeb) — река, впадающая в Сирион в области Дориат.

Нан (Nan) — по-видимому, единственное, что известно про Нана, — это название его меча, *Гленд (Glend)*, упомянутое в «удлиняющем заклинании» Лутиэн (см. *Гилим*).

Нан Думгортин (Nan Dumgorthin) — «Земля темных идолов», где Хуан нашел Берена и Лутиэн, бежавших из Ангбанда. В аллитерационной поэме «Лэ о детях Хурина» (см. стр. 83) содержатся следующие строки:

В Нан Дунгортин, где в ночи таятся
Богов безымянных забытые капища —
Древнее, чем Моргот и владыки исконные —
Заграждённого Запада златые Боги.

Нарготронд* (Nargothrond) — огромный город и крепость в пещерах, основанные Фелагундом на реке Нарог в Западном Белерианде.

Нарог (Narog) — река в Западного Белерианде; см. *Нарготронд*. Название зачастую используется в значении «королевство как таковое», т.е. «Нарготронд».

---

* Касательно постановки ударения в этом слове см. предисловие «От переводчика». — *Примеч. пер.*

Наугладур (*Naugladur*) — владыка гномов Ногрода.

Наугламир (*Nauglamír*) — Ожерелье Гномов, в которое был оправлен Сильмариль Берена и Лутиэн.

Несса (*Nessa*) — сестра Оромэ и супруга Тулкаса. См. *Валиэр*.

Ногрод (*Nogrod*) — один из двух великих гномьих городов в Синих горах.

Нолдоли (*Noldoli*), позже *нолдор* (*Noldor*) — второй отряд эльдар в Великом Странствии, во главе которого стоял Финвэ.

Номы (*Gnomes*) — ранний вариант перевода *нолдоли, нолдор*: см. стр. 36–37.

Одинокий остров, Тол Эрессеа (*Lonely Isle, Tol Eressëa*) — большой остров в Великом море близ берегов Амана; самая восточная часть Бессмертных земель, где жило много эльфов.

Ойкерой (*Oikeroi*) — свирепый кот-воитель на службе у Тевильдо; убит Хуаном.

Ородрет (*Orodreth*) — брат Фелагунда; король Нарготронда после гибели Фелагунда.

Оромэ (*Oromë*) — Вала по прозвищу Охотник; верхом на коне вел отряды эльдар в ходе Великого Странствия.

Оссирианд (*Ossiriand*) — 'Земля Семи Рек', то есть Гелиона и его притоков с Синих гор.

Остров Чародея (*Wizard's Isle*) — Тол Сирион.

Палисор (*Palisor*) — область в Великих землях, где пробудились эльфы.

Пенные Всадники (*Foamriders*) — род эльдар, называемый *солосимпи*, позже — *телери*; третий и последний народ Великого Странствия.

Пылающий Шиповник (*Burning Briar*) — созвездие Большая Медведица.

Ратлорион (*Rathlorion*) — река в Оссирианде. См. *Аскар*.

Рингиль (*Ringil*) — меч Финголфина.

Ривиль (*Rivil*) — река, берущая начала на западе Дортониона и впадающая в Сирион у топей Серех, к северу от Тол Сириона.

Сарн Атрад (Sarn Athrad) — Каменный Брод, в месте, где осси-
риандскую реку Аскар пересекала дорога к гномьим городам
в Синих горах.

Серех (Serech) — обширная топь в том месте, где река Ривиль
впадает в Сирион; см. *Ривиль.*

Серп Богов (Sickle of the Gods) — созвездие Большая Медведица
[Варда поместила его в вышине над Северной землей как угрозу Морготу и знамение его падения.]

Сильмарили (Silmarils) — три великих драгоценных камня, запол-
ненных светом Двух Древ Валинора; созданы Феанором. См.
стр. 40–41.

Сильпион (Silpion) — Белое Древо Валинора; с его цветов спада-
ла роса из серебристого света; также называлось *Тельперион
(Telperion).*

Синие горы (Blue Mountains) — огромная горная цепь на восточ-
ной границе Белерианда.

Скрежещущий Лед, Хелькараксэ (Grinding Ice, Helkaraxë) — пролив
на дальнем Севере между Средиземьем и Западной землей.

Смертная Ночная Мгла (Deadly Nightshade) — перевод топонима
Таур-на-Фуин; см. *Горы Ночи.*

Сирион (Sirion) — огромная река Белерианда, брала начало в горах Тени и текла на юг, разделяя Восточный и Западный Белерианд.

Таврос (Tavros) — имя Валы Оромэ на языке номов: «Владыка
Лесов»; более поздняя форма — *Таурос (Tauros).*

Тангородрим (Thangorodrim) — горы над Ангбандом.

Таниквэтиль (Taniquetil) — самая высокая Гора Амана, обитель
Манвэ и Варды.

Таурфуин, Таур-на-Фуин (Taurfuin, Taur-na-Fuin) (позже — *ну-* (*–*
пи-)) — 'Лес под покровом Ночи'; см. *Горы Ночи.*

Тевильдо (Tevildo) — Князь Котов, самый могучий из котов, «одержимый злым духом» (см. стр. 53, 74); приближенный Моргота.

*Тенистые горы, горы Тени (Shadowy Mountains, Mountains of
Shadow)* — см. *Железные горы.*

Тенистые моря (Shadowy Seas) — область Великого моря Запада.

Тимбрентинг (Timbrenting) — древнеанглийское название горы Таникветиль.

Тинвелинт (Tinwelint) — король Артанора; см. *Тингол*, более позднее имя.

Тингол (Thingol) — король Артанора (Дориата); более ранний вариант имени — *Тинвелинт (Tinwelint)*. [Его звали *Эльвэ (Elwë)*: он возглавил третий отряд эльдар, телери, в ходе Великого Странствия, но в Белерианде его знали под прозвищем 'Серый плащ' (таково значение имени *Тингол*).

Тинувиэль (Tinúviel) — 'Дочь Сумерек', т.е. соловей: имя, данное Лутиэн Береном.

Тинфанг Трель (Tinfang Warble) — прославленный менестрель [*Tinfang* = квенийское *timpinen* 'флейтист'.]

Тирион (Tirion) — город эльфов в Амане; см. *Кор*.

Тол-ин-Гаурхот (Tol-in-Gaurhoth) — Остров Волколаков, название Тол Сириона после того, как остров был захвачен Морготом.

Тол Сирион (Tol Sirion) — остров на реке Сирион, на котором стояла эльфийская крепость; см. *Тол-ин-Гаурхот*.

Торондор (Thorondor) — Король Орлов.

Ту (Thû) — Некромант, самый могущественный из слуг Моргота, жил в эльфийской сторожевой башне на Тол Сирионе; более позднее имя — *Саурон (Sauron)*.

Тулкас (Tulkas) — Вала, описанный в «Квенте» как «превосходящий всех Богов телесною силой и не знавший себе равных в деяниях доблести и отваги».

Туор (Tuor) — двоюродный брат Турина, отец Эарендиля.

Турин (Túrin) — сын Хурина и Морвен; по прозвищу *Турамбар (Turambar)*, 'Победитель Судьбы'.

Турингветиль (Thuringwethil) — имя, которым назвалась Лутиэн, представ перед Морготом в обличии летучей мыши.

Тысяча Пещер, Менегрот (Thousand Caves, Menegroth) — потаенные чертоги Тинвелинта (Тингола) на реке Эсгалдуин в Артаноре.

Уинен (Uinen) — Майя (см. *Айнур*). «Владычица Морей», «ее волосы пронизывают все воды под небесным сводом»; поименована в «удлиняющем заклинании» Лутиэн.

Улмо (*Ulmo*) — 'Владыка Вод', могущественный Вала Морей.

Умбот-Муилин (*Umboth-Muilin*), *Сумеречные озера* (*Twilight Meres*), где Арос, южная река Дориата, впадает в Сирион.

Умуийан (*Umuiyan*) — старый кот, привратник Тевильдо.

Унгвелиантэ (*Ungweliantë*) — чудовищная паучиха, живущая в Эрумане (см. *Гилим*); вместе с Морготом уничтожила Два Древа Валинора (поздняя форма имени — *Унголиант* (*Ungoliant*)).

Феанор (*Fëanor*) — старший сын Финвэ, создатель Сильмарилей.

Фелагунд (*Felagund*) — эльф-нолдо, основатель Нарготронда; связан клятвой дружбы с Барахиром, отцом Берена. [О взаимосвязи имен *Фелагунд* и *Финрод* см. стр. 109].

Финвэ (*Finwë*) — предводитель нолдор (нолдоли), второго народа эльфов, в Великом Странствии.

Финголфин (*Fingolfin*) — второй сын Финвэ; пал в поединке с Морготом.

Фингон (*Fingon*) — старший сын Финголфина и Верховный король нолдор после смерти отца.

Финрод (*Finrod*) — третий сын Финвэ. [Имя было заменено на *Финарфин*, когда *Финродом* был назван его сын, *Финрод Фелагунд*.]

Хадор (*Hador*) — великий вождь людей, прозванный «Златовласым», дед Хурина, отца Турина, и Хуора, отца Туора, отца Эаренделя.

Химлинг (*Himling*) — высокий холм на севере Восточного Белерианда, крепость сыновей Феанора.

Хирилорн (*Hirilorn*) — 'Королева Дерев', гигантский бук близ Менегрота (чертогов Тингола); в его ветвях находился домик, в котором томилась в заточении Лутиэн.

Холмы Охотников (*Hills of the Hungers*) (тж. *Охотничье нагорье* (*The Hunters' Wold*)) — нагорья к западу от реки Нарог.

Хисиломэ (*Hisilómë*) — Хитлум. [В списке ономастики на этапе «Утраченных сказаний» говорится: «*Дор-ломин*, или "Земля Тени", — это край, именуемый эльдар *Хисиломэ* (что означает "тенистые сумерки") <…> и зовется он так по той причине, что мало солнца проникает за Железные горы к востоку и югу от него».]

Хитлум (*Hithlum*) — см. *Хисиломэ*.

Холмы Горечи (*Bitter Hills*) — см. *Железные горы*.

Хранимая Равнина (*Guarded Plain*) — обширная равнина в междуречье Нарога и Тейглина, к северу от Нарготронда.

Хуан (*Huan*) — могучий волкодав из Валинора, ставший другом и спасителем для Берена и Лутиэн.

Хурин (*Húrin*) — отец Турина Турамбара и Ниэнор.

Эарамэ (*Eärámë*) — 'Орлиное Крыло', корабль Туора.

Эарендель (*Eärendel*) (поздняя форма *Эарендиль* (*Eärendil*)) — сын Туора и Идрили, дочери Тургона, короля Гондолина; женился на Эльвинг.

Эдайн (*Edain*) — 'Второй Народ', люди; слово используется главным образом по отношению к трем Домам Друзей эльфов, пришедшим в Белерианд первыми.

Эгнор бо-Римион (*Egnor bo-Rimion*) — 'Охотник из народа эльфов', отец Берена; был заменен на Барахира.

Эгнор (*Egnor*) — сын Финрода (позже Финарфина).

Эйлинель (*Eilinel*) — жена Горлима.

Эльберет (*Elbereth*) — 'Королева Звезд'; см. *Варда*.

Эльвинг (*Elwing*) — дочь Диора; стала женой Эаренделя; мать Эльронда и Эльроса.

Эльдалиэ (*Eldalië*) — народ эльфов; то же, что *эльдар*.

Эльдар (*Eldar*) — эльфы Великого Странствия от места пробуждения; в ранних текстах это слово иногда используется для обозначения всех эльфов в целом.

Эльронд из Ривенделла (*Elrond of Rivendell*) — сын Эльвинг и Эаренделя.

Эльрос (*Elros*) — сын Эльвинг и Эаренделя; первый король Нуменора.

Эльфинесс, эльфийский край (*Elfinesse*) — собирательное название для всех эльфийских земель в целом.

Эонвэ (Eönwë) — вестник Манвэ.

Эрхамион (Erchamion) — 'Однорукий', прозвище, данное Берену; другие формы — *Эрмабвед (Ermabwed)*, *Эльмавойтэ (Elmavoitë)*.

Эсгалдуин (Esgalduin) — река Дориата, протекала мимо Менегрота (чертогов Тингола) и впадала в Сирион.

Глоссарий

Этот глоссарий содержит слова (включая формы и значения слов, отличающихся от современного узуса), что, на мой взгляд, могут затруднить понимание. Такой список, конечно же, никак не может отличаться систематичностью, соответствующей каким-либо внешним стандартам*.

an — если
bent — луг, луговина, склон холма — открытое пространство, поросшее травой
bid — предложил
chase — охотничьи угодья
clomb — устаревшая форма прош. вр. от гл. *climb*, взбираться, подниматься, воздвигаться
corse = corpse, труп
croft — небольшой участок земли
drouth — засуха, сухость, засушливость
entreat = treat, обращаться; [в современном значении] умолять
envermined — кишащий паразитами. По-видимому, это слово более нигде не зафиксировано.
fell — шкура

---

* Данный глоссарий предназначен для англоязычного читателя. Тем не менее мы сочли необходимым сохранить его в русскоязычном издании, дабы наглядно проиллюстрировать использование Толкином архаизмов, а также авторское словотворчество. — *Примеч. пер.*

flittermouse — летучая мышь

forhungered — изголодавшийся

frith — лес, лесные угодья

frore — морозный, холодный

glamoury — магия, чары

haggard (о холмах) — дикие

haply — возможно, вероятно

hem and hedge — оградить, заградить

howe — могильный холм, погребальный курган

inane — пустой

lave — омывать

leeches — лекари

let — препятствовать: *their going let* — 'не давали им пройти'

like — нравиться (в *doth it like thee?* — 'по душе ли тебе это?')

limber — гибкий

march — граница, пограничная область

neb — клюв

nesh — мягкий, нежный

opes — открывается, разверзается, зияет

parlous — опасный

pled — устар. ф. прош. вр. от *plead* 'умолять'

quook — устар. ф. прош. вр. от quake 'содрогаться, дрожать'

rede — совет

rove — прош. вр. от *rive* 'разрывать, раздирать, рассекать'

ruel-bone — слоновая кость

runagate — дезертир, ренегат

scullion — прислуга на кухне, судомойка

shores — опоры

sigaldry — колдовство, чародейство

slot — след животного

spoor — то же, что *slot*

sprite — дух

sylphine — подобный сильфу (духу воздуха). Это прилагательное нигде более не зафиксировано.

swath — прокос, просека, полоса скошенной травы (след, оставленный косарем или жнецом) tarn — небольшое горное озеро

thews — физическая сила

thrall — раб, невольник

trammelled — стесненный, затрудненный

unkempt — нечёсаный, растрепанный

viol — виола, альт, струнно-смычковый музыкальный инструмент

weft — тканое полотно

weird — судьба

weregild — (др. — англ.) вергельд, цена, назначенная за человека сообразно его статусу

whin — утёсник, дрок

wolfhame — волчья шкура

woof — тканое полотно

would — желал

Литературно-художественное издание

Толкин Джон Рональд Руэл

БЕРЕН И ЛУТИЭН

Ответственный редактор *В. Демичев*
Корректор *Е. Захарова*
Компьютерная верстка: *Р. Рыдалин*
Технический редактор *Т. Полонская*

Подписано в печать 06.05.2022. Формат 60x90 $^1/_{16}$.
Печать офсетная. Гарнитура Arno Pro.
Усл. печ. л. 18,0. Доп. тираж 2 000 экз. Заказ 1338.

Общероссийский классификатор продукции ОК-034-2014 (КПЕС 2008);
58.11.1 – книги, брошюры печатные

Произведено в Российской Федерации
Изготовлено в 2022 г.
Изготовитель: ООО «Издательство АСТ»
129085, г. Москва, Звёздный бульвар, дом 21, строение 1, комната 705,
пом. I, 7 этаж.
Наш электронный адрес: **www.ast.ru**. Интернет-магазин: **www.book24.ru**.
E-mail: **ask@ast.ru**. ВКонтакте: **vk.com/ast_neoclassic**.

«Баспа Аста» деген ООО
129085, г. Мәскеу, Жұлдызды гүлзар, д. 21, 1 құрылым, 705 бөлме, пом. 1, 7-қабат
Біздін электрондық мекенжайымыз: **www.ast.ru**
Интернет-магазин: **www.book24.kz** Интернет-дүкен: **www.book24.kz**
Импортер в Республику Казахстан и Представитель по приему претензий
в Республике Казахстан — ТОО РДЦ Алматы, г. Алматы.
Қазақстан Республикасына импорттаушы және Қазақстан Республикасында наразылықтарды
қабылдау бойынша өкіл — «РДЦ-Алматы» ЖШС, Алматы
қ., Домбровский көш., 3«а», Б литері офис 1. Тел.: 8(727) 2 51 59 90,91,
факс: 8 (727) 251 59 92 ішкі 107; E-mail: **RDC-Almaty@eksmo.kz, www.book24.kz**
Тауар белгісі: «АСТ» Өндірілген жылы: 2022
Өнімнің жарамдылық; мерзімі шектелмеген.

Отпечатано с электронных носителей издательства.
ОАО "Тверской полиграфический комбинат". 170024, Россия, г. Тверь, пр-т Ленина, 5.
Телефон: (4822) 44-52-03, 44-50-34, Телефон/факс: (4822)44-42-15
Home page - www.tverpk.ru Электронная почта (E-mail) - sales@tverpk.ru

16+

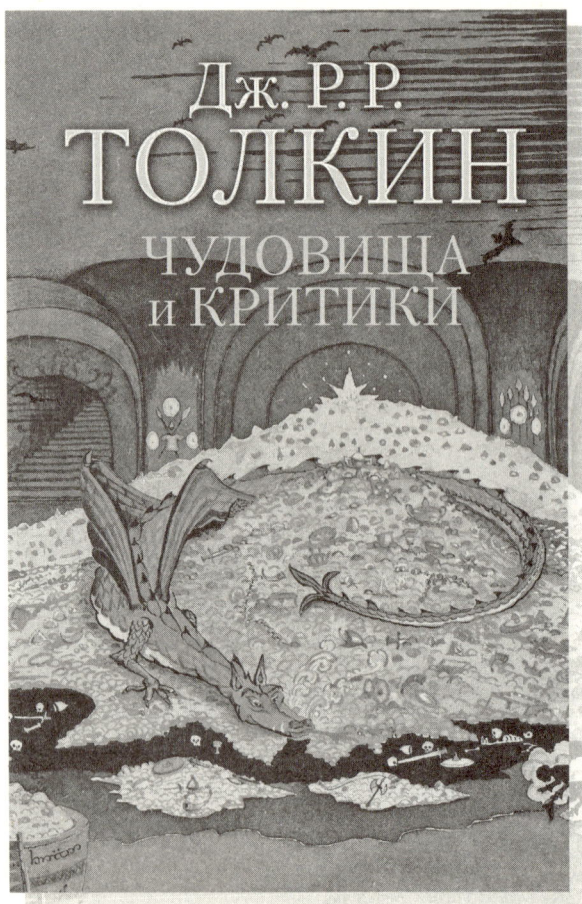